CB036395

BLOOD SPLATTERS QUICKLY
Anthology Selection and Arrangement
© OR Books 2014. All rights reserved.

This Portuguese edition published by
agreement with OR Books and Vikings of
Brazil Agência Literária e de Tradução Ltda.

Copyright Ilustrações
© Laerte Coutinho, 2022

Tradução para a língua portuguesa
© Carlos Primati, 2022

Diretor Editorial
Christiano Menezes

Diretor Comercial
Chico de Assis

Gerente Comercial
Giselle Leitão

Gerente de Marketing Digital
Mike Ribera

Gerentes Editoriais
Bruno Dorigatti
Marcia Heloisa

Editora
Raquel Moritz

Capa e Projeto Gráfico
Retina 78

Coord. de Arte
Arthur Moraes

Coord. de Diagramação
Sergio Chaves

Designer Assistente
Aline Martins / Sem Serifa

Finalização
Sandro Tagliamento

Preparação
Aline TK Miguel

Revisão
Jessica Reinaldo
Talita Grass
Retina Conteúdo

Impressão e Acabamento
Leograf

DADOS INTERNACIONAIS DE CATALOGAÇÃO NA PUBLICAÇÃO (CIP)
Jéssica de Oliveira Molinari — CRB-8/9852

Edward Davis Wood Jr., 1924-1978
   Contos de Ed Wood / Ed Wood; tradução de Carlos Primati;
ilustrações de Laerte Coutinho. — Rio de Janeiro : DarkSide
Books, 2022.
   288 p. : il.

   ISBN: 978-65-5598-169-8
   Título original: Blood Splatters Quickly

   1. Ficção americana 2. Cinema 3. Edward Davis Wood Jr., 1924-
1978 I. Título II. Primati, Carlos III. Coutinho, Laerte

21-5117   CDD 813

              Índices para catálogo sistemático:
                  1. Ficção americana

[2022]
Todos os direitos desta edição reservados à
 DarkSide® *Entretenimento LTDA.*
Rua General Roca, 935/504 — Tijuca
20521-071 — Rio de Janeiro — RJ — Brasil
www.darksidebooks.com

ORGANIZAÇÃO
BOB BLACKBURN

INTRODUÇÃO
PAULO BISCAIA FILHO

ILUSTRAÇÕES DE LAERTE

ED WOOD JR.

CONTOS & DELÍRIOS

TRADUÇÃO
CARLOS PRIMATI

DARKSIDE

ED WOD JR.

CONTOS & DELÍRIOS

SUMÁRIO

ED GOD WOD JR.

CONTOS & DELÍRIOS

SUMÁRIO

ED WOOD JR.

CONTOS & DELÍRIOS

PRELIMINARES DARK

Introdução de Paulo Biscaia Filho

"Greetings, my friends!"[1] — Saudações, amigues!

Você acabou de adquirir este livro porque tem interesse no desconhecido, no misterioso, no inexplicável? É por isso que está aqui? Talvez, mas também muito provavelmente porque veio em busca daquela lenda absoluta do cineasta *crossdresser* que não é apenas ruim — é o pior. Não apenas o pior, mas o pior de todos. Não se enganem. Edward D. Wood Jr. não se enquadra na categoria de artista brilhante incompreendido em vida aos moldes das biografias trágicas de Van Gogh ou Antonin Artaud. Não. Isso seria fácil demais.

A consagração absoluta de nosso herói vestido em angorá veio dois anos depois de sua morte, quando o afetuoso e amado Eddie recebeu a duvidosa honraria de "O Pior Cineasta de Todos os Tempos". O título foi resultado de uma votação lançada pelo livro *The Fifty Worst Films of All Time*, uma celebração bem-humorada a filmes ruins compilada e publicada em 1978 por Harry Medved, Randy Dreyfus e Michael Medved.

---

1 Citação da abertura de *Plano 9 do Espaço Sideral* (1957) interpretada por Criswell. [As notas desta introdução são de Paulo Biscaia Filho.]

O livro que reunia a tal lista dos 50 piores filmes não incluía as obras de Eddie, mas curiosamente trazia clássicos consagrados como *O Ano Passado em Marienbad* (*L'année dernière à Marienbad*, 1961. Dir.: Alain Resnais) e *A Profecia* (*The Omen*, 1976. Dir.: Richard Donner) ao lado de *Mulheres do Pântano* (*Swamp Women*, 1955. Dir.: Roger Corman) e *Papai Noel Conquista os Marcianos* (*Santa Claus Conquers the Martians*, 1964. Dir.: Nicholas Webster). Em um estilo de interatividade natural aos anos 1970, o livro convidava os leitores a enviarem suas listas de piores de todos os tempos. O resultado veio depois de mais de 3 mil votos enviados pelo correio. O cálculo final foi publicado no livro *Golden Turkey Awards*, escrito em 1980 por Harry e Michael Medved. Uma publicação nos moldes pré-IMDb com um catálogo de filmes que não eram classificados pelas famosas estrelinhas, mas sim com um dourado peru cheio de penas. O peru dourado (o tal *golden turkey*) era a classificação utilizada por críticos estadunidenses para aquelas obras que estavam abaixo da linha de qualquer avaliação positiva possível. Nessas listas, o voto popular computado pelos Medveds não só ofereceu o título a Eddie, mas incluiu seu filme *Glen ou Glenda?* (1953) como um dos mais reprováveis de todos os tempos e ainda o prêmio de pior obra cinematográfica desde a criação dos irmãos Lumière.

É pouco lembrado que esse panteão trazia também Raquel Welch, considerada a Pior Atriz de Todos os Tempos, e Richard Burton, recebendo o prêmio de Pior Ator de Todos os Tempos somando-se às suas prévias sete indicações ao Oscar.[2] É bom informar que Burton e Welch jamais participaram de nenhum filme de Wood, da mesma forma que Wood teve filmes com orçamentos cujo valor integral não pagaria nem mesmo uma fração do que esses astros de Hollywood chegaram a receber. Quem era aquele realizador que nunca estampou revistas de celebridades e nem sequer era lembrado por críticos? Certamente o *Peru de Ouro* não é um prêmio que alguém gostaria de ganhar, mas a partir de então o culto a Edward D. Wood Jr. teve início.

Descobri Eddie em 1990 quando, em plena explosão da cultura de TV a cabo no Brasil, o canal Multishow retransmitiu a série britânica *The Incredibly Strange Film Show*, produzida originalmente em duas temporadas em 1988 e 1989. A série trazia o apresentador Jonathan Ross investigando vida e obra de cineastas obscuros e com uma filmografia original, e que seguramente fugia do que se considera "bom gosto". A lista era composta por realizadores que se não estavam ainda em atividade ao menos estavam vivos. Sam Raimi, Tsui Hark, Stuart Gordon, Fred Olen Ray, Ted V. Mikels, Doris Wishman, entre outros.

---

2   A comoção gerada a partir dos livros dos Medveds foi tanta que, um ano depois, o publicitário John Wilson resolveu entrar na onda e criou os Golden Raspberry Awards (Prêmios Framboesa de Ouro). Uma premiação que consagra anualmente os piores do ano com a tradição de entregar troféus um dia antes da cerimônia dos Oscars.

O único realizador que não estava vivo para poder dar um depoimento em câmera era Ed Wood. Sua história era tão repleta de detalhes singulares que imediatamente me tornei fã mesmo sem ter visto seus filmes.

Em 1992, Rudolph Grey, um dos entrevistados de Ross, publicou a biografia *Nightmare of Ecstasy: The Life of Edward D. Wood Jr.*, que se transformou em roteiro para cinema pelas mãos de Scott Alexander e Larry Karaszewski, dois dos mais hábeis roteiristas especializados em cinebiografias. Dois anos depois, o texto chegou às telas sob a direção do cultuado Tim Burton apresentando seu ator-fetiche Johnny Depp no papel de Eddie. Em março de 1995, o filme recebeu dois Oscars. Na época, eu estava fazendo meu mestrado em Londres e pude estar presente em todas as sessões da mostra que o British Film Institute fez celebrando a obra de Edward D. Wood Jr. com restaurações de cinco de seus longas.

Toda essa carreira de sucesso aconteceu depois da fatídica tarde de 10 de dezembro de 1978, quando Kathy, esposa de Eddie, entrou no quarto e encontrou seu marido morto na cama. "Enquanto eu viver, nunca esquecerei a aparência em seu olhar. Ele tinha essa expressão horrível. Foi um olhar horrível. Ele se agarrou aos lençóis. Parecia que tinha visto o inferno, o que você acha que ele viu naqueles últimos momentos?",[3] testemunhou Kathy. O que sabemos é que, para muito além do olhar de quem estava mergulhado no alcoolismo e havia sido despejado semanas antes de sua casa por não ter dinheiro para o aluguel, Eddie nos deixou o seu olhar autoral e absolutamente único em filmes e livros. Sua obra traz a certeza de que os espaços para questionar qualidade não apenas são desprovidos de objetividade como nem sempre são aplicáveis para a apreciação de uma obra. Eddie sempre fugiu das convenções — e até mesmo dos padrões de quebra das convenções.

"A new life is begun. A life is ended."[4] — Ou seria o contrário?

Edward Davis Wood Jr. nasceu em Poughkeepsie, NY, no dia 10 do mês em que se celebra o Halloween, em 1924, pouco menos de um ano depois do casamento entre Edward Sr. e Lilian. A mãe sempre quis ter uma filha e se divertia em vestir o pequeno Eddie com roupas ditas femininas. O filho ficava feliz com a brincadeira, olhando a alegria da mãe e dando um largo sorriso em resposta. Sorriso de quem tem o acolhimento para poder ser quem realmente é. O pai não gostava, mas a mãe ria feliz e todos vibraram quando Eddie ganhou um concurso de fantasias de Halloween caracterizado como uma linda menina.

---

3   Conforme depoimento na obra de Grey, 1992. p. 160.
4   Citação de *Glen ou Glenda* (1953), na interpretação de Béla Lugosi.

O primogênito cresceu entusiasmado por aulas de redação na escola, tinha uma namoradinha na adolescência e tocava bateria em uma banda de bailes de colégio. Sempre carregava um livro onde quer que fosse. Livros de mistério eram seus favoritos. Adorava ir ao cinema e era fã do Drácula interpretado por Béla Lugosi. O entusiasmo pela sala escura se transformou em um de seus primeiros trabalhos. Foi lanterninha em um dos grandes cinemas da cidade. Logo foi promovido a gerente assistente e, junto de sua paixão incondicional por contar histórias, a carreira parecia ser das mais promissoras. Ir para Hollywood era mais que inevitável. Era obrigatório.

No entanto, antes veio a Segunda Guerra. Eddie entrou para o exército e foi lutar contra os japoneses no Pacífico. Testemunhou os horrores da guerra, mas mandava poéticos desenhos de soldados nas cartas que enviava para a mãe. Ganhou medalhas pelo certeiro uso de metralhadora nos campos de batalha e suas habilidades como nadador garantiram participação em missões secretas. Chegava nas áreas de conflito de paraquedas jamais temendo levar um tiro do exército nipônico, mas ficava apavorado com a ideia de uma bala lhe tirar a vida e um exame atento do corpo revelar seu segredo. Por baixo do uniforme de fuzileiro naval, Eddie buscava a segurança e o conforto de calcinhas de renda, cinta-liga e meias de seda para ser o melhor soldado que a força militar estadunidense poderia ter. Foi condecorado, atravessou a guerra com vida e seu segredo permaneceu guardado por mais um bom tempo. Hollywood seria a próxima batalha e o uniforme estava prestes a ser retirado.

O carisma e contagiante entusiasmo de Eddie construiu laços de amizade e trabalho com outros aspirantes ao estrelato em Los Angeles. Juntou um grupo para montar, em 1948, a peça *The Casual Company*, escrita e dirigida por ele e baseada em suas experiências de guerra. Conrad Brooks e Paul Marco estavam no elenco e permaneceriam na lista de intérpretes de muitas das obras de Eddie que estavam por vir. A crítica não foi nem um pouco simpática com a primeira tentativa artística de Eddie, mas isso não seria capaz de demovê-lo de continuar contando as suas histórias. Foi essa inabalável paixão que criou a oportunidade de ser casualmente apresentado a um de seus grandes ídolos — o grande Béla Lugosi. Longe dos estúdios há anos e em pleno declínio profissional e físico, Lugosi foi mais um dos muitos que mergulharam no vórtex amoroso que emanava daquele artista que distribuía as energias de quem tem todos os ímpetos do início da carreira artística. Uma vez dentro do vórtex, o destino seria inevitavelmente se transformar em mais uma das imagens icônicas do "cinema edwoodiano".

É comum no mundo do showbiz que artistas sejam reconhecidos por crítica e público quando expõem as idiossincrasias em suas biografias e revelam segredos sórdidos. Era a hora de Eddie revelar o que estava debaixo do uniforme de guerra. Através de um acordo com o produtor de filmes *sexploitation* George Weiss,

Eddie realizou sua primeira obra lendária: *Glen ou Glenda* (1953). O filme trazia o próprio diretor como um protagonista em uma autobiografia bastante... poetizada talvez seja a palavra. A obra conta, em parte, a história de um *crossdresser* heterossexual em meio ao dilema de contar ou não para a sua noiva sobre seus hábitos de indumentária. As escolhas narrativas de Eddie são tão plurais quanto as cores do arco-íris. Um letreiro no início do filme faz uma breve apresentação do tema e encerra com uma expressão retirada da Bíblia: "Não julguem!", palavras de Cristo segundo Mateus 7:1. Depois disso, um psicólogo narra histórias de alguns de seus pacientes para um policial que investigava o motivo de suicídio de uma travesti. De repente, nos vemos em meio a sonhos delirantes, comparáveis aos mais fantasticamente oníricos trabalhos de Buñuel, onde um ator maquiado de diabo e Glen (ou Eddie) tentavam levantar um tronco de árvore caído sobre sua mulher amada, interpretada por Dolores Fuller, que também era sua noiva atrás das câmeras na época de realização do filme.

O orçamento limitado, incapaz de rodar cenas suficientes para um longa-metragem, não se tornou um problema para Eddie, que complementou a narrativa com cenas de filmes em domínio público ainda que com aplicação peculiarmente aleatória. Como se o que já foi apresentado não bastasse, Eddie realizou seu sonho de trabalhar com o ídolo Béla Lugosi, e Lugosi realizou o sonho de conseguir pagar as despesas do mês com o cachê recebido. O eterno Drácula interpreta um espírito-deus-cientista que, em um cenário repleto de caveiras e balões volumétricos com gelo seco, filosofa sobre a existência humana. Em um dos momentos mais semioticamente crípticos do filme, Lugosi urra dramaticamente sobre puxar as cordas, como se a humanidade fosse uma imensidão de marionetes. Enquanto isso, um trecho de domínio público mostra uma manada de bisões cruzando o rosto em fusão de Lugosi. No entanto, a sequência mais lembrada do filme é quando a noiva aceita Glen como *crossdresser* e lhe entrega seu casaquinho angorá. O material peluciado e de toque suave retorna como elemento-fetiche em diversos outros trabalhos de Eddie e até mesmo em um de seus pseudônimos (como uma certa Ann Gora que assina alguns dos contos deste livro). Dolores Fuller fala em entrevista, corroborada por registros fotográficos dos sets de filmagem, que Eddie adorava dirigir vestindo um casaquinho de angorá. Segundo ela, o diretor falava que a pelagem da roupa o ajudava a pensar melhor. Quem somos nós para julgar?

Na cultura anglófona, há uma cantiga de autoria anônima surgida em meados do século XIX: "Do que são feitos os menininhos? / Recortes, lesmas e rabos de cachorrinho. / Do que são feitas as garotinhas? Açúcar e especiarias / E tudo de bom". A cantiga[5] é parafraseada por Eddie no roteiro de *Glen ou Glenda*

---

5   "What are little boys made of? / Snips, snails / And puppy-dogs' tails / What are little girls made of? / Sugar and spice / And everything nice", no original.

para mais um monólogo bizarro do personagem de Béla Lugosi: "Cuidado com o grande dragão verde sentado à sua porta. Ele come garotinhos. Rabos de cachorrinho e lesmas grandes e gordas".

É bem possível que a variação da cantiga original seja resultado de um improviso de Lugosi. Além de alterar, ele dizima qualquer chance de leitura minimamente objetiva para significados possíveis. De qualquer modo, a mescla do original e o resultado no roteiro dão indícios do imaginário no universo estético de Eddie que resulta em uma espécie de filme-manifesto. A fala está esperando para ser desvendada e aponta para elementos sobre a visão que o realizador tinha sobre gêneros. Todos contidos em sua persona. O caótico e monstruoso masculino unido e equilibrado por qualidades gentis atribuídas à feminilidade. Esse ponto de estabilidade em um aparente caos era a ferramenta principal de Eddie como artista, mas é certo que ainda não seria uma característica a ser respeitada publicamente por grandes nomes de Hollywood.

Enquanto realizava *Glen ou Glenda*, Eddie provavelmente não fazia ideia das elocubrações e teorias construídas por André Bazin e seus colegas da Cahiers du Cinema acerca do *Auteur* fílmico. Da mesma forma, tenho sérias dúvidas se Bazin ou Truffaut chegaram a ver os trabalhos de Ed Wood na época. Mesmo assim, é inquestionável que, ainda que em início de carreira no cinema, Eddie já revelava uma perceptível estética e universo pessoal que se enquadraria nos parâmetros estabelecidos pela turma dos Cahiers. Eddie não buscava apenas contar histórias. Era para contar histórias *do jeito que ele queria*. Claro que não queria fazer apenas um take de cada cena, mas ele não tinha tempo ou dinheiro para fazer de outro jeito. Era melhor do que não contar nenhuma de suas histórias.

Os mínimos valores de produção levantados já eram motivos para Eddie exercitar sua expressão artística. Em *A Face do Crime (Jail Bait, 1954)*, experimentou ambientes do cinema noir em uma história que envolvia cirurgias plásticas radicais que abriam caminho para elementos que, décadas depois, John Woo usaria com rasgados elogios da crítica em *A Outra Face (Face Off, 1997)*. *A Noiva do Monstro (Bride of the Monster, 1955)* marca uma nova parceria de Eddie com Bela. A lenda húngara do horror interpreta um cientista proscrito por seus pares. A história do personagem está resumida em um monólogo escrito por Eddie. O texto fazia clara referência à história de Bela com Hollywood, mostrando como o cineasta era o mais afetuoso acolhimento que Bela recebeu nos anos anteriores à sua morte: "Eu fui chamado de louco. De charlatão. Proscrito no mundo da ciência, que anteriormente me exaltava como um gênio. Agora, aqui nesta selva infernal abandonada, provei que estou bem. [...] Eu não tenho casa. Caçado. Desprezado. Vivendo como um animal. A selva é a minha casa".

Lugosi retribui o afeto de Eddie interpretando a fala em uma das mais tocantes cenas na história do cinema. É possível sentir a dor do banimento e do ostracismo em cada sílaba que emana de sua boca e nos dedos da velha mão enrugada agarrando o braço da poltrona. No filme de Tim Burton há uma sequência que mostra Béla Lugosi (na magnífica interpretação de Martin Landau) declamando este monólogo espontaneamente na calçada da Hollywood Boulevard. A cena pode parecer estranha e forçada, mas nada na biografia de Bela e Eddie é impossível, e tal cena não só aconteceu de fato como se repetiu diversas vezes. Este era o tamanho do apreço que Lugosi tinha por este texto. Declamava publicamente como uma forma de alívio do passado e das dores no corpo, resultado de seu vício em morfina.

Percebendo que Lugosi estava definhando a olhos vistos, Eddie deu um jeito de arranjar uma câmera 16mm e fez algumas imagens descontextualizadas de Bela. Uma delas mostra o ator saindo de casa vestindo um chapéu e roupas pretas, cheirando uma flor e indo para fora de cena. A outra sequência, igualmente sem áudio, mostra Lugosi vestindo seu icônico traje de Drácula. Bela morreu, mas deixou o registro de afeto do amigo para ele e vice versa. Aquela imagem se juntou aos milhares de pedaços de filmes em domínio público que Eddie usava para contar histórias.

Viria então sua história mais icônica. Aquela que fala sobre a invasão de ladrões de túmulos do espaço sideral. *Plano 9 do Espaço Sideral* (*Plan 9 from Outer Space*, 1957) não apenas ficou marcado pelo Golden Turkey Award, mas é mais um filme que traz a marca autoral delirante de Eddie. Um grupo de alienígenas, cujo QG lembra um gigantesco seio, aciona um plano que consiste em trazer de volta à vida três pessoas (sim, apenas três) como forma de interromper o crescimento do poderio nuclear no planeta terra. Nada fez sentido para você? Apenas aceite e seja feliz. É Ed Wood.

Plano 9 traz construções imagéticas que inquestionavelmente estão ao lado de Colin Clive gritando "It's Alive!" ou Max Von Sydow chegando no portão de uma casa insuspeita em Georgetown. A imagem de Tor Johnson e Vampira (Maila Nurmi) avançando ameaçadoramente em um cemitério com lápides de papelão é uma imagem tão inigualável quanto Scarlett O'Hara levantando o rabanete em direção ao céu cor-de-rosa. Pode ser que você não entenda de imediato, mas se veio em busca da palavra de Edward D. Wood Jr., vai entender — uma sequência como essa que descrevi é a essência do prazer pelo cinema. Três piruetas mortais em todo o conceito de "suspensão de descrença".

Não é de se surpreender que o filme de Tim Burton encerre com uma energia de esperança e positividade. É isso que Hollywood permite. Como consequência, pouco se fala sobre a carreira de Eddie depois de *Plano 9*. Ele dirigiu alguns curtas metragens, os longas *Noite das Assombrações* (*Night of the Ghouls*, 1959), falando sobre falsos médiuns que passam a ser assombrados por espíritos reais, e o policial erótico (para os padrões da época) *The Sinister Urge* (1960). Iniciou aqui um hiato de 10 anos de filmes dirigidos por Ed Wood. Se já era difícil conseguir financiamento antes, agora estava impossível. O ambiente nem mesmo era amigável para o universo de terror ingênuo de Eddie. Depois de *Psicose* (*Psycho*, 1960. Dir.: Alfred Hitchcock) e *Banquete de Sangue* (*Blood Feast*, 1963. Dir.: Hershell Gordon Lewis) o horror sobrenatural não tinha mais tanto espaço, à exceção dos trabalhos magistrais de Roger Corman com suas adaptações de Edgar Allan Poe. Eddie passou a se dedicar exclusivamente à escrita de romances eróticos, novelas pulp e alguns poucos roteiros de encomenda. Um deles é o célebre *Orgia da Morte* (*Orgy of the Dead*, 1965. Dir.: Stephen C. Apostolof), um roteiro com pouco mais de trinta páginas cuja ação se concentrava em um casal perdido em uma floresta quando encontram Criswell, uma espécie de mago responsável por testar os limites morais do casal puritano (apresentando números de strippers caracterizadas como figuras monstruosas mas, naturalmente, *super* sexy). O filme pode ser descrito como um passeio a um *strip club* em noite de Halloween.

Eddie só foi ocupar a cadeira da direção novamente com a produção *Take it Out in Trade* (1970), uma produção pornográfica sobre um detetive particular que testemunha mulheres suspeitas em pleno ato de conjunção carnal e às vezes se junta a elas. O filme também marca a volta de Eddie como ator... ou atriz. Ele encarna a personagem Alecia, deliciosa figura de alívio cômico em meio a surubas variadas, usando um vestido verde de malha e peruca loira. Nos anos seguintes dirigiu outros três longas focados em sexo explícito e vários curtas na mesma temática. Seu gosto por filmes de horror conseguia se manter *presente*. *Necromania!: A Tale of Weird Love* (1972) oferece uma trama sobrenatural como desculpa esfarrapada para uma putaria desenfreada com direito a uma sequência de intensa transa dentro de um caixão. Sim, esse é nosso Eddie.

Os contos deste livro foram escritos nessa fase da vida de Ed Wood. São narrativas surpreendentemente bem escritas. Focado agora na escrita, Eddie não traz mais seus notórios pleonasmos[6] e a liberdade da página escrita permitia que ele explorasse lugares ilimitados sem precisar se preocupar com orçamento. Nestes contos, Eddie parece flutuar com um sorriso (de dentadura, pois já tinha perdido os dentes reais na guerra) de quem pode fazer o que quiser. Com esses contos escritos sob encomenda para pequenas editoras de *sexploitation* literária no início dos anos 1970, Eddie conseguiu pagar o aluguel da casa onde ele e a esposa Kathy moravam. As páginas a seguir são uma porta para mergulhar fundo no delicioso imaginário de Ed Wood. De demônios libidinosos a corpos mutilados, a leitura passeia por diversos fetiches de Eddie e por isso mesmo também é um prazer absoluto para os amantes de literatura pulp.

---

6   Os pleonasmos nas estruturas dos diálogos são uma marca estilística acidental de Ed Wood. Alguns exemplos podem ser encontrados em *Plano 9*, quando Criswell fala no prólogo "Eventos futuros como esse nos afetarão no futuro", ou em *A Face do Crime* quando o médico interpretado por Herbert Rawlinson desabafa sobre uma cirurgia dizendo que "foi cansativo e muito complicado. Cirurgia plástica muitas vezes é.... (pausa dramática) muito complicada".

Na biografia escrita por Grey em 1992 havia um anexo com uma lista trabalhos realizados e não realizados por Eddie. Nessa lista estava incluído o argumento para o longa *I Woke Up Early The Day I Died*, um de seus roteiros favoritos que lamentavelmente não foi realizado em vida.[7] O título e a premissa de um maníaco vestindo roupas de enfermeira perseguiram minha imaginação por mais de vinte anos. Em 2017, exatas seis décadas depois de discos voadores flutuarem sobre Hollywood, escrevi e dirigi a peça teatral *Acordei Cedo no Dia em que Morri*. Um espetáculo que se sustentava sobre a ingenuidade safada do olhar de Eddie em seus filmes como a gostosa brincadeira boba que é. Dessas que fazem a vida valer a pena. Vendo os filmes ou lendo os contos de Eddie você não vai se deparar com obras que buscam Oscars ou Pulitzers, mas com absoluta certeza verá trabalhos que têm muito mais amor e carinho no olhar do artista que a maioria dos filmes cult, e certamente muito mais que quase todos os blockbusters. Amor ingênuo. Essa é a essência de Ed por trás dos discos voadores, zumbis vampiros e strippers.

A peça não era uma adaptação do roteiro de Eddie. Era seu personagem fugindo para seu sonho antes de morrer. Um sonho que também empresta olhares de Lynch, Monty Python, John Waters e outros artistas que, como Ed, não têm medo de inconsequências no sentido mais puro da expressão. Não é sobre olhar para trás e ver o que construiu. É sobre saber que viveu amando muito o que faz. Não é pouco. Por esses ensinamentos, dediquei aquele espetáculo a todos os que amam *de verdade*. Sem culpas e com monstros.

Na peça, que trazia o ator Ricardo Nolasco como um alter ego de Eddie, Luiz Bertazzo como um alienígena-Bela e Camila Fávero como a cientista stripper Kathy, escrevi um monólogo-manifesto para a atriz Guenia Lemos que encarnava a figura da lendária Vampira. Nesse texto, derramei toda a difícil relação do público e de Hollywood com o trabalho de Eddie. Só depois da estreia compreendi o quanto o texto tocava o público. Não fazia ideia quando escrevi. Estava focado em tentar traduzir a rejeição que Eddie sofreu por causa de seus trabalhos e seus sonhos. Depois de algumas semanas em temporada, percebi que tinha gente que estava vendo a peça diversas vezes e já tinha decorado o texto, falando junto da Guenia enquanto ela declamava:

> *Você não tem liberdade de ser quem você é.*
> *Nem de pular de paraquedas usando calcinha e cinta-liga.*
> *Você nunca teve liberdade para vestir saia e casaquinho de angorá.*
> *Muito menos a liberdade de amar mulheres usando saia e casaquinho de angorá.*

---

7   O roteiro foi realizado em 1997 com o ator Billy Zane como protagonista. Problemas entre produtora e distribuidora prejudicaram o lançamento do filme que nunca foi exibido amplamente e foi pessimamente distribuído em VHS. O resultado pode estar aquém do que esperamos da diversão em um trabalho de Ed Wood, mas com certeza é um filme munido de selvageria suficiente para se tornar uma boa experiência.

Você não tem liberdade de amar um ator que ninguém mais ama.
Você não tem a liberdade de amar o cinema.
Nem a liberdade de fazer cinema.
Não existe pra você a liberdade de fazer filmes sobre travestis, transsexuais,
cientistas que criam monstros atômicos, polvos gigantes, bandidos com ciru-
gia plástica, alienígenas pacifistas com planos de tirar os mortos das tumbas,
monstros que fazem strip tease, boquetes na tumba, você não tem liberdade
de amar na tumba...
Você não tem liberdade de sair de sua própria tumba.
Você não tem liberdade de amar o que faz.
Não tem liberdade de amar beber até cair.
Alguém um dia te falou que você pode fazer tudo o que faz com amor,
mesmo que todo mundo diga que tudo o que você faz é reprovável?
Você não tem liberdade de ser ruim.
Você não tem liberdade de fazer cenários ruins.
Não tem liberdade de escrever falas que não fazem sentido.
Jamais perca a continuidade!!
Você não tem liberdade de ser o pior. O pior de todos.
Você não tem liberdade de não se importar com o que os outros dizem de você.
E nunca, nunca, nunca, nunca, nunca, nunca, nunca,
Nunca olhe para os meus lábios porque eu não estou te falando nada.
Não estou te falando de nenhuma liberdade. Não estou te falando nada.
Eu não tenho liberdade de falar. É por isso que não falo.
Não estou te falando que a única liberdade que você tem hoje... é de acordar
cedo... num dia como hoje.[8]

É claro que Eddie garantiu para si mesmo todas essas liberdades. Não adianta dizer que não tem, porque só vai fazer tudo isso com ainda mais paixão. Tudo e todos podem depor contra os anseios, desejos e sonhos de pessoas como Ed Wood, mas há uma resiliência sendo testada constantemente. A peça falava sobre o direito que temos de ser ruins. Na sociedade estadunidense isso é um tabu mais que em outras culturas. Vivendo a lógica de vencedores/perdedores que permeia o *american way of life*, Eddie conseguiu quebrar o padrão e se tornou o perdedor mais vencedor de todos os tempos. Uma pena que ele não estava vivo para ver isso.

Na mesma época da peça, estava organizando em Curitiba o festival Grotesc-O-Vision. Fizemos uma sessão especial de *Plano 9 do Espaço Sideral* para celebrar os 60 anos de sua estreia, com o elenco da peça *Acordei Cedo no Dia em que Morri* no palco do Guairinha, em frente à tela de projeção, fazendo uma espécie de karaokê do filme de Eddie. Muita gente na plateia nunca tinha visto nenhum filme

---

8   Monólogo da peça teatral *Acordei Cedo no Dia em que Morri*,
    escrita e dirigida por Paulo Biscaia Filho em 2017.

dele. O prazer da experiência foi tamanho que tive relatos de novos fãs de Ed Wood, incluindo o da minha amada companheira Rafaelle Cristina, que recentemente batizou sua empresa de produção com o nome "Criswell". Sim, Eddie e sua turma estão sempre presentes em nossas vidas. Sei que não estamos sozinhos.

A popularidade de Eddie cresceu em paralelo à entrada da internet nas casas e, desde meados dos anos 1990, a Igreja de Ed Wood se dedica a espalhar a palavra do cineasta de angorá. Quem acessa o site hoje em dia se depara antes de mais nada com a mensagem: "Para responder a sua primeira pergunta: sim, levamos isso a sério!".[9] A página, que parece não ter mudado o design desde sua a criação, afirma que o *Woodismo* quer injetar espiritualidade através da vida e dos filmes de Ed Wood onde podemos aprender a levar vidas felizes e positivas lutando pela aceitação dos outros e de si mesmo. A organização se orgulha de ter batizado mais de 3 mil fiéis em todo o mundo pela filosofia do *Woodismo*. (Isso me lembra que preciso entrar em contato com eles para meu batismo.)

Não sei se Eddie acordou cedo naquela tarde fatídica em que seu coração parou de bater enquanto ele tinha o olhar de quem via o inferno. O título de seu roteiro escrito pouco antes de morrer falava sobre acordar cedo para aproveitar o seu dia ao máximo e em escala máxima. Hitchcock me ensinou a olhar melhor para o cinema, Kubrick me ensinou a pensar melhor sobre cinema — e Wood (ao lado de Corman) me ensinou a amar plenamente para fazer cinema. É um amor tóxico? Provavelmente. Mas ninguém disse que o cinema, ou qualquer arte, seria uma amante gentil. Por isso Eddie produziu histórias como essas. Apenas sendo selvagem em resposta à crueldade para permanecer vivo.

Antes de me despedir, peço uma gentileza: durante sua leitura dos contos de amor e morte neste volume, imaginem Eddie atrás da máquina de escrever, digitando vorazmente palavra após palavra, vestindo uma saia, cinta-liga, sutiã e seu inabalável casaquinho de angorá. Se fizerem isso, não só a experiência se tornará ainda melhor, mas com certeza vocês vão deixar um fantasma muito feliz.

Paulo Biscaia Filho

Curitiba, 21 de novembro de 2021

Texto escrito ao lado de um polvo de tecido, carinhosamente batizado de Criswell, além de mais outros tentáculos gigantes que emolduram a parede atrás de mim. Sobras de adereços e cenários da peça *Acordei Cedo no Dia em que Morri* que não apenas se tornaram belas decorações em meu lar, mas também me recordam constantemente da minha devoção a Edward D. Wood Jr.

---

9   No site edwood.org, com acesso em 21 de novembro de 2021.

ED WOOD JR.

CONTOS & DELÍRIOS

GRITE E PERCA CABEÇA

1972

Ela iria mandá-lo para o cemitério. Ele soube disso no momento em que a viu correndo em sua direção, empunhando uma faca reluzente acima da cabeça.

Fazia muito frio e a nevasca estava se espalhando pela região havia mais de dois dias, sem dar sinal de que iria diminuir, e Stella, a esposa de Johnnie, jazia sem vida no chão da cozinha... exatamente onde ela caíra morta pelo ferimento de faca de açougueiro em seu coração — na noite em que a tempestade começou.

Claro, Johnnie havia transado o dia todo com a vizinha — Stella tinha certeza disso —, mas ele não conseguia entender por que ela o atacou com aquela enorme faca de açougueiro. Ela correu em disparada pela cozinha gritando como quem perde a cabeça... gritando como uma águia ferida. Estava gritando como se todos os demônios do inferno, todas as criaturas dos túmulos, tivessem entrado em seu ser. Nem sequer era sua própria voz. Ela já tinha gritado com ele antes... muitas vezes antes... mas nunca com um tom de pânico, desespero e horror — se é que aqueles ruídos podiam ser chamados de tom.

Tudo o que ele lembrava sobre tal momento, com exceção dos grunhidos aterrorizantes que saíam daquela boca aberta, era a reluzente lâmina de açougueiro erguida bem lá no alto, acima da cabeça dela, e que vinha em sua direção. O grito agudo... A boca escancarada... A língua e os lábios pingando saliva... O vermelho — o vermelho dos olhos injetados de sangue, que de repente pareciam não ter pálpebras. Apenas olhos vermelhos de sangue em orifícios escuros, que nunca piscavam, e aquela camisola preta e esvoaçante, como as asas de um morcego em uma brisa mais forte.

Ela havia se transformado em um diabo preto com presas brancas, e somente uma motivação lhe restara na vida: canalizar a fúria através de seu braço para agarrar a faca e cravá-la nele.

Ela iria mandá-lo para o cemitério. Ele soube disso no momento em que a viu correndo em sua direção, empunhando uma faca reluzente acima da cabeça. Apenas a faca e o vermelho nos olhos da mulher se destacavam em sua mente, hipnotizando-o à primeira vista. Não havia nada que ele pudesse fazer além de reagir na mesma medida.

O instinto animal.

O lobisomem... o monstro... o próprio diabo. Era a única emoção que ele poderia evocar naquele instante. Seria impossível agir com racionalidade em tal situação. Tinha que ser uma reação motivada pelo impulso. A fúria daquele morcego de asas bem abertas o estava atacando com uma força e uma velocidade que não deixavam nada além de reações e reflexos... e...

O instinto animal de sobrevivência.

E o tempo todo Stella estava gritando como quem perde a cabeça, berrando um amontoado de obscenidades — e ela era o túmulo, o cemitério, o caixão e o coveiro, todos fundidos em uma criatura horrível, em um terror carregado, em uma fúria desencadeada pelos infernos de Hades.

Uma vez iniciado o golpe, nada poderia impedir aquela faca de afundar... nada no mundo.

De repente, Johnnie já não era deste mundo, era uma supercriatura com a força letal de uma serpente. Ele tinha que se proteger. Sua vida inteira passou diante de seus olhos naquele breve instante. Ele só conseguia ver o vermelho brilhante dos olhos dela... e depois o vermelho do sangue que esguichava de seu seio esquerdo nu, no lugar exato onde a camisola preta se abria. Ele tinha torcido o braço da mulher naquele último instante e, com toda a força do corpo que vinha em sua direção, a faca penetrou fundo, até o cabo, no seio esquerdo dela, e, em seguida — envolta em sangue no chão — ela simplesmente morreu.

O morcego perdeu sua forma.

E não restou nada além do corpo branco ferido, que rapidamente se tornava vermelho por causa do sangue, e as dobras da camisola preta e macia já começavam a grudar no chão.

Johnnie ficou ofegante por um bom tempo devido a toda a agitação emocional. Não havia em sua mente uma explicação lógica para aqueles momentos terríveis. Simplesmente permaneceu ali, com os longos braços caídos, pendendo de seu corpo como se ele fosse um macaco exausto. O fôlego vinha em arfadas, mas ele mal percebia que estava respirando por causa da imensa dor em seus pulmões. Aquele esforço pesaria sobre ele por um longo tempo.

Ele sabia que tinha que se mexer, tinha que sair da cozinha. Mas não conseguia entender por quê. Ele tinha feito alguma coisa, mas o que diabos havia sido? Percebeu que queria uma bebida — e que precisava de uma mudança de ares. De repente, ele parecia sentir o cheiro de vermes... de covas, criptas e antigos mausoléus.

Ele queria muito uma bebida.

Ele nunca quis tanto beber em toda a sua vida. Havia muitas garrafas na sala de estar, e ele lutou para afastar as teias de aranha de sua mente e se livrar da gosma vermelha que esguichava e parecia grudar em seus pés e mãos conforme ele abria caminho através do corredor escuro e entrava na sala de estar adjacente, onde a única lâmpada acesa pouco serviu para clarear sua mente.

Esfregou na lateral da calça o sangue que escorria das mãos, mas não havia nada que pudesse fazer para limpá-las, ou para tirar da mente aquela visão. Ele tinha feito algo terrível... e sabia disso. Mas o que poderia ser tão terrível a ponto de fazê-lo sentir cheiro de larvas e cemitério? Por que as aranhas e os vermes estavam rastejando por cima dele sem que ele fosse capaz de afastá-los — e por que aquele morcego investira contra ele do nada?

Ele precisava pensar de maneira mais clara. Deu um tapa na cabeça para matar a aranha que estava repousando logo ao lado do canto de seu olho direito. Mas ela desviou da bofetada e foi até o canto do outro olho.

Em seguida ele tomou um segundo gole de uísque, e as teias de aranha pareceram todas se misturar, para então gotejar como se fossem água. Sentiu-se fraco de repente e, depois de se servir de uma terceira dose, afundou em uma das enormes cadeiras da sala de estar. Bebericou mais devagar, e então os pensamentos sobre o morcego voando em sua direção lhe cruzaram a mente de novo. Talvez tivessem desaparecido por completo, mas ele evocou aquela visão e mais uma vez viu Stella vindo velozmente em sua direção com aquela faca de açougueiro e a camisola preta flutuando atrás dela como asas de morcego... e viu seu próprio corpo se contorcer com violência para poder cravar a faca de açougueiro no seio esquerdo dela.

Ele não queria voltar para aquela cozinha, mas sabia que tinha de fazer isso.

O pânico se instalou. Ele queria gritar como quem perde a cabeça, exatamente como Stella tinha feito quando o atacou.

Girou a cabeça de um lado para o outro.

A bebida que ele segurava na mão trêmula respingou para fora do copo e escorreu por sua virilha, ensopando a parte da frente da calça. Seu corpo inteiro se contraiu, liberando as tensões.

Ele se levantou da cadeira com um salto e foi até o armário mais uma vez, ergueu a garrafa e matou tudo o que restava nela... cada gota... matou como tinha matado Stella. O fogo que desceu por sua garganta e chegou ao estômago levou junto o pânico que havia em seu cérebro. Pânico não iria resolver nada. Então ele olhou ao redor da sala e viu as poucas gotas de sangue no carpete — gotas pequenas, que antes lhe pareceram poças. Não seria difícil limpá-las. Pânico só iria piorar as coisas. Ele sabia que tinha de planejar tudo com cuidado.

Stella iria simplesmente desaparecer. Todo mundo sabia que eles brigavam feito cão e gato, e ela estava sempre berrando que iria deixá-lo e que exigiria o divórcio. Todos os vizinhos do quarteirão tinham ouvido aquela ladainha pelo menos uma dúzia de vezes nos últimos seis meses em que estavam morando ali, e em muitas ocasiões ela havia sido bastante convincente em suas palavras. A maioria daquelas pessoas realmente achava que ela acabaria por abandoná-lo.

Johnnie gostava de garotas. Stella fora o suficiente para ele durante o primeiro ano de vida conjugal, mas isso tinha sido havia cinco anos. Depois daquele primeiro ano, ele estava de volta à caça de qualquer broto que pudesse pegar, e para ele isso não era problema. Era um sujeito bonito, de corpo bem definido e avantajado entre as pernas, e usava seu membro como um autêntico garanhão. As garotas sempre se sentiam atraídas por seu corpo — até mesmo as vizinhas que vinham para uma visita rápida sentiam tesão por ele. Johnnie não fazia qualquer objeção a levar as esposas dos vizinhos para a cama. E tinha permanecido impune por bastante tempo.

Mas Stella não era burra. Sabia o que estava acontecendo. Ela não o confrontou sobre isso, mas viu quando o marido entrou na casa de Barbara naquela manhã, e ele só saiu de lá mais de duas horas depois. Em seguida foi trabalhar, e Stella voltou para casa.

Ela podia sentir novamente os lábios dele em seus mamilos e, sabendo o que aqueles lábios eram capazes de fazer com ela, sabia também o que tinham feito com Barbara... e quantas vezes antes a língua dele desceu serpenteando de seus lábios, de sua língua, até chegar nos seios suculentos — e Barbara também tinha seios suculentos... Stella sabia muito bem disso. E quantas vezes Stella usou a própria língua para percorrer os lábios e o queixo de Barbara, até o espaço entre seus seios voluptuosos? E quantas vezes tinha aninhado sua língua naquela caixa de amor, com os suaves pelos pubianos fazendo cócegas em seu nariz e acariciando suas bochechas?

Por Deus, como Barbara foi capaz de fazer isso com ela depois de tudo o que tinham sido uma para a outra...? A maldita cadela... e aquele cretino!

E Stella ficou ainda mais irritada ao tentar imaginar quanto tempo a língua dele se concentrava no umbigo de Barbara antes de descer até a moita e chegar ao vale daquele ninho louro de amor... exatamente do jeito como sua própria língua tinha feito muitas vezes antes.

Ela sabia muito bem o que iria fazer e, durante muito tempo naquela tarde, ficou afiando a faca de açougueiro até conseguir um corte de navalha e uma ponta de punhal. Ela iria cortá-lo muito bem e garantir que ele fosse para o caixão sem aquela coisa entre as pernas. O que o marido tinha usado tantas vezes na terra ele não teria a oportunidade de usar no *inferno*.

Em seguida, ela vestiu sua camisola preta mais sedutora, sob a qual não usava mais nada. Apenas o corpo delicioso, que Johnnie antes havia adorado, podia ser visto através do delicado tecido. Sua intenção era que ele ficasse completamente atordoado ao vê-la. Até mesmo arrumou o cabelo e o enfeitou com brilhos prateados. Ela iria atraí-lo no exato momento em que ele pousasse os olhos nela, e então pegaria a faca de açougueiro e o cortaria em pedacinhos... e jogaria na lata de lixo aquela tão usada masculinidade dele.

Esse era o plano dela.

"Seu maldito cretino", ela gritou diversas vezes, indo para cima dele com a faca de açougueiro. Ela na verdade não sabia o que estava fazendo, exceto que gritava como quem perde a cabeça. E estava morta quase no mesmo instante em que caiu sobre o próprio sangue no chão da cozinha.

Johnnie conseguiu enfiá-la em um saco de lavanderia e limpou tudo ao redor dela, mas era o máximo que conseguia fazer. Ela ainda estava no chão da cozinha. Pelo menos ele não precisava mais ver aqueles olhos mortos e escancarados, olhando fixamente para ele. O saco de lavanderia ocultava dele aquela visão.

O plano completo era empacotar alguns dos pertences dela e colocar a mulher no porta-malas de seu carro, e então a levaria até o lago e a jogaria na água. Sempre havia pequenos barcos amarrados perto da margem. Ele não teria nenhum problema para encontrar um que pudesse levá-los ao centro do lago.

Ele já estava enchendo a segunda mala com as peças de roupa dela, cuidadosamente arrumadas e dobradas, quando a nevasca bateu forte. Mas ele continuou arrumando, e quando as malas estavam devidamente fechadas, ele as levou até a porta que conduzia à garagem ao lado da casa. Ninguém o veria sair com seu fardo macabro porque a porta da cozinha dava diretamente para a garagem.

Ele abriu a porta da cozinha e carregou as malas até o carro, colocando-as no banco traseiro, e em seguida caminhou em direção à porta da garagem. Olhou pela janela e viu apenas escuridão do lado de fora. Mas, por mais escuro que estivesse, ele não podia ignorar o fato de que a neve estava se acumulando com rapidez.

Não havia a mínima condição de dirigir naquela noite.

E não seria possível dirigir na noite seguinte também. Ele sabia que nevascas como aquela duravam de seis a sete dias nos anos realmente ruins, e não queria aquele saco de lavanderia recheado com o corpo de uma garota morta largado por ali durante tanto tempo. Ele não conseguiria dormir pensando na visão daquele saco — sabia que aquilo lhe causaria sonhos horríveis e, portanto, lutou para não dormir. Mas não podia se manter acordado por muitas noites.

Naturalmente não sentiriam sua falta no escritório, porque ninguém conseguiria chegar até lá, em primeiro lugar. A cidade inteira havia ficado paralisada, como sempre acontecia durante as nevascas de inverno.

Mas ele tinha que tirá-la de casa e tinha que levá-la para o lago.

O lago!

Ele só foi pensar com a devida cautela nos detalhes da situação no momento em que escorregou garganta abaixo uma dose dupla de uísque. O pensamento súbito o fez engasgar e seus olhos rapidamente se voltaram para o saco de lavanderia no meio do chão da cozinha.

O lago estaria congelado naquela época do ano. Não haveria como ir ao centro do lago de barco para jogar Stella na água. E não teria como perfurar sessenta centímetros ou mais de gelo sem atrair a atenção de alguém.

O lago estava fora de questão!

Ele precisava encontrar outra maneira de se livrar do corpo.

Mas não deu certo. Se ela tivesse ficado apenas docemente sensual, as coisas teriam saído do jeito que ela havia planejado. Em vez disso, tudo o que conseguia lembrar era ele entrando e saindo da casa de Barbara, e podia visualizar o que tinha acontecido lá dentro, o que a deixava mais e mais enfurecida. Podia ver as mãos dele, as mãos que haviam percorrido amorosamente cada centímetro de seu corpo, deslizando pelo corpo de outra mulher. Podia ver os lábios dele, sua língua se enroscando na de Barbara, e então se lembrou de seu próprio corpo em chamas quando ele fazia isso com ela.

Ela podia sentir aquele corpo pesado sobre o seu uma vez mais, sempre ritmado, sempre em movimento... socando nela, movendo-se para a frente e para trás, afastando-se e agarrando-a de novo... e Stella sabia a reação violenta que Barbara certamente tivera... Quantas vezes? Aquele cretino imundo... quantas vezes?

E então, no momento em que ele entrou pela porta, a raiva havia crescido a um ponto em que ela não era mais capaz de se controlar.

Quanto horror ele sentia, o terror de ter que olhar novamente para o corpo morto dela. Mas era a única coisa que podia fazer. Não podia sair de casa, e mesmo que pudesse, o lago era o único cemitério possível para um desaparecimento permanente. Ele pensou em enterrá-la no bosque, mas o solo também estaria congelado. Nem a pá mais firme seria capaz de penetrar na superfície.

Mas talvez houvesse alguma solução e ele tinha que tentar. Pelo menos isso não lhe traria nenhuma encrenca adicional.

Johnnie agarrou o saco de lavanderia pelas cordinhas e arrastou o pacote pela casa até chegar ao banheiro, onde o abriu e puxou para despejar o corpo dela no chão. Retirou rapidamente a camisola preta e delicada do outrora adorável corpo de Stella. Estava exausto quando terminou por causa da atitude frenética com a qual tinha se atirado à tarefa.

Ele ficou olhando para o rosto morto dela, para seus olhos vidrados, perdidos, sem vida, cegos, mas que pareciam estar rindo dele.

"Sua cadela. Você foi uma cadela o tempo todo em que esteve viva, e agora que está morta é uma cadela ainda pior. Continua rindo de mim. Bem, eu vou rir por último. Pode apostar que tive muitas garotas, e elas fizeram comigo e para mim todas as coisas que você nunca fez... Você e sua educação puritana!"

"Pegue uma faca para mim, por favor. Espero que você queime muito no inferno. Porque sei que é para onde a enviei. Direto para o inferno!"

Quando sua respiração voltou ao normal, ele esticou os braços para pegar o cadáver nu e o colocou dentro da banheira. Abriu a torneira e, enquanto ia enchendo a banheira de água, foi buscar a faca de açougueiro. Quando voltou, fincou a faca diversas vezes por todo o corpo dela, fazendo cortes profundos em várias partes, para o sangue derramar na água.

Seguidas vezes deixou que a água ensanguentada corresse pelo ralo e encheu a banheira novamente. Fez isso muitas vezes até que não houvesse nem mesmo o menor indício de sangue. Ele desempenhou com destreza as tarefas de um agente funerário. Não restou uma única gota de sangue no corpo dela, e não ficou nenhuma na banheira. Desceu tudo pelo ralo.

Ele a puxou para fora da banheira e deixou que o corpo caísse no chão de azulejo, em seguida deixou a água correr ralo abaixo por um longo tempo. Queria ter certeza de que todo o sangue tinha descido pelos canos para desembocar em algum esgoto distante. Sentiu-se extremamente esperto fazendo isso.

O restante da operação seria bastante difícil de realizar no escuro. Mas ele não podia correr o risco de acender a luz na garagem, onde poderia ser visto acidentalmente. A cidade podia estar parada em termos motorizados, mas alguém talvez estivesse andando pelas ruas. Sempre havia aqueles doidos que gostavam de caminhar embaixo de nevascas.

E alguém do outro lado da rua poderia lançar um olhar casual em sua direção. Foi então que ele lamentou o fato de ter mandado colocar uma janela na porta da garagem. Mas Stella tinha preferido assim. Uma vez que as portas da garagem ficavam de frente para a rua, como a fachada da casa, ela quis colocar uma pequena janela para que desse a impressão de ser um cômodo extra, e não uma garagem. Isso tinha aumentado o valor da propriedade — mas naquele momento era um pesadelo para Johnnie. Ele não poderia acender as luzes. Teria de fazer o que deveria ser feito em total escuridão, e tentar lembrar onde estava tudo.

Faria pouca ou nenhuma sujeira, já que o sangue havia sido completamente drenado.

Johnnie carregou Stella nos ombros, atravessando a casa mais uma vez e descendo até a garagem, onde a colocou sobre sua comprida bancada de trabalho. Ele prendeu uma lâmina pesada na serra elétrica... e então começou a cortar.

As mãos foram as primeiras partes a serem libertadas, depois o antebraço foi cortado em cinco pedaços pequenos. Ele prosseguiu, serrando a parte superior do braço, e então passou para o braço esquerdo. Os pedaços foram se amontoando na bancada e começaram a atrapalhar a tarefa.

Ele voltou ao banheiro e pegou o saco de lavanderia empapado de sangue. Por enquanto, aquilo teria que servir para guardar os pedaços de carne e osso.

Então novamente estava na garagem, e a serra elétrica zumbiu por mais de duas horas. Quando terminou, não havia restado um naco do corpo dela com mais de oito ou dez centímetros de profundidade e largura. Ele inclusive esmagou os ossos maiores para reduzi-los de maneira considerável.

Johnnie arrancou o cabelo e o couro cabeludo do crânio antes de cortá-lo. Os cabelos não seriam destruídos no triturador de comida da pia. No máximo iriam se enroscar no mecanismo e travar o dispositivo, e então como ele ficaria? Não poderia sequer cogitar jogá-los no vaso sanitário e dar descarga. Mas esse era um problema que ele teria de resolver mais tarde. Pelo menos o tamanho do corpo havia sido reduzido, e se aquilo era tudo o que restava, ele iria tratar de encontrar uma solução.

O triturador de comida trabalhou durante horas. Várias vezes ameaçou parar de funcionar completamente quando os ossos maiores ficavam entalados. Ele então tinha que removê-los e voltar para a serra elétrica a fim de deixá-los menores e menos resistentes. O crânio e os ossos do tornozelo eram os que mais resistiam. No entanto, por fim, o último pedaço desceu em direção ao esgoto, e Johnnie deu um enorme suspiro de alívio.

Ele voltou mais uma vez ao banheiro, despiu-se e tomou um banho demorado na mesma banheira onde o sangue de Stella tinha sido despejado pouco antes. Mas ele nem sequer pensou nisso. Estava tudo terminado. Não havia restado o menor vestígio dela. Ele até abriu o reservatório no fundo do triturador da pia para se certificar de que estava limpo — e queria que seu próprio corpo ficasse igualmente livre de sujeira.

Depois de se enxugar, vestiu o roupão e deu uma olhada no banheiro todo. O chão estava molhado, então ele o secou com uma toalha e depois a jogou em um cesto. Tudo teria que ir para a lavanderia muito em breve. Pensar na lavanderia fez com que sua atenção se voltasse para o saco de roupa suja que ele tinha usado para guardar o corpo e, depois, para levar os pedaços de carne do porão para a cozinha e até o triturador.

Ele se lembrou do sangue seco no tecido, no interior do saco; parte desse sangue havia esguichado dos primeiros ferimentos. Aquilo não poderia ser enviado para lavanderia alguma — nem suas roupas manchadas de sangue. Teriam que ser destruídos exatamente como tinha feito com o corpo de Stella. Tinham que desaparecer completamente.

Johnnie voltou para a cozinha e pegou o saco comprometedor com uma das mãos. Era de um tecido grosso e forte. Teria que ser queimado, mas, por ser resistente, apenas jogar um fósforo aceso nele não seria o bastante. Precisaria ficar de molho em gasolina por algum tempo, para que realmente queimasse. Havia muito espaço no chão de cimento da garagem para queimar o tecido sem que isso representasse algum perigo para a casa. Ele ficaria ali perto controlando o fogo.

Aquilo tinha que desaparecer, assim como Stella havia desaparecido. Cada pedacinho dela tinha sumido...

Exceto uma coisa...

O objeto sobre o qual ele pisou no primeiro degrau da escada que levava até a garagem. A única coisa que caíra do saco que ele havia arrastado escada acima até o triturador de resíduos.

Os dedos de um dos seus pés se enroscaram no longo cabelo castanho com brilhos prateados que ainda estava preso ao escorregadio couro cabeludo. Seu pé hesitou por um instante e o fez perder o equilíbrio, de maneira que ele e o escalpo de Stella se precipitaram escada abaixo, e seu próprio crânio estalou como uma melancia ao bater no chão de cimento.

Quando ele foi encontrado, o cabelo e o couro cabeludo de Stella estavam agarrados ao seu pé... e Johnnie, no silêncio da morte, gritava como quem perde a cabeça.

ED WOD JR.

CONTOS & DELÍRIOS

FOGO DO INFERNO

1972

*Quem conhece o mal que se esconde nas ruas escuras?
Somente o Diabo o conhece... e em cada alma ele respira.*

O Zakaaka soprou com toda a fúria que as entranhas da terra seriam capazes de proporcionar. Era como se o centro da terra tivesse armazenado toda a energia desde o princípio dos tempos para aquela única e tremenda explosão avassaladora de estourar os tímpanos.

As águas ao redor da pequena ilha do Pacífico tornaram-se torrentes escaldantes de entidades que se arvoravam na praia. E as águas continuariam a ferver muito tempo depois que a ilha afundasse sob a superfície. Era como se a explosão do vulcão tivesse cumprido seu trabalho — e, em certo sentido, tinha... Mas o Diabo prospera junto do fogo e ao redor dele. Quanto mais tremendo é o fogo, mais enlouquecidamente lascivo ele se torna — e mais é desejado pelos depravados, pelos degenerados, pelos desviantes e pelas prostitutas.

Seu harém ficaria cheio. Sempre haveria aqueles que se curvariam diante de todos os seus desejos, de todas as suas exigências, de sua fornicação da própria essência da existência espiritual.

"Eles eram os condenados!", ele gritou para as nuvens naquele lugar tão profundo e escuro como o ébano, onde nem nuvem nem céu podiam ser vistos. "Eles buscaram o fogo que incendeia a alma e foi isso que receberam como recompensa... ALMA!" E ele riu: "ALMA?". E riu novamente. "O que é a alma? Você pode tocá-la, pode senti-la, ela existe...? Como sabe que existe se não pode tocá-la, senti-la ou vê-la? Se esses sentidos não se aplicam, não pertence ao mundo humano; então a entidade não existe? Eu afirmo isso como sendo um fato."

E o Diabo, cheirando a salmoura e enxofre, roubou com seus lábios anêmicos toda a beleza voluptuosa dos lábios vermelhos abaixo dele. Ela o desejava. Ela lhe fez uma felação e recebeu uma cunilíngua em troca, e ele meteu aquela língua — muito fria, mas abrasadora — dentro da boca dela e, embora o frio escaldante em sua boca lhe inflamasse os sentidos com uma intensidade que nunca antes havia experimentado, o calor em sua virilha era ainda mais intenso.

Ela experimentara orgasmos múltiplos em muitas, muitas ocasiões, mas nunca com a ferocidade que esse ser inumano havia lhe proporcionado. Essa visão... irreal... mas real o bastante quando ele a tomou... um poder que não existe em nenhum mortal. E ela ficou orgulhosa ao ser selecionada, estava orgulhosa de aceitar o gigantesco mastro que ele possuía. E quando ele explodiu dentro dela, foi a força e o calor das eternidades que esmagaram suas entranhas... e, com o poder de cada gota, o calor permaneceu. Em seguida, conforme enroscava os braços no pescoço dele e puxava aqueles lábios frios e abrasadores junto aos seus, ela se deparou com uma resistência que antes não existia.

O Diabo ergueu-se e se desvencilhou dela com facilidade, apesar de toda a força que ela empregara para mantê-lo em seus braços. Ele se afastou da cama coberta de cetim vermelho e limpou-se com o movimento mágico de um dedo, arremessando os resquícios sexuais em direção ao queixo dela. Ela o limpou usando o próprio dedo, que colocou na boca para não perder nenhuma gota e tirou de lá totalmente limpo. E então o Diabo a encarou de novo.

"Haverá uma próxima vez", ele murmurou enquanto vestia sua capa escarlate.

"Mas eu não terminei. Não concluí tudo o que posso lhe dar. Você me deixou querendo mais. Eu sou apenas humana, mestre."

"Se você não fosse humana... não estaria aqui!" O Diabo não se preocupou em ajustar o cinto escarlate em torno da capa em forma de roupão. Mas observou os espasmos nas pernas dela enquanto a cabeça revirava, e viu a língua rosa tocar os lábios vermelhos, dando-lhes a umidade necessária... mas apenas uma gotinha aqui e ali, porque o interior da boca estava preenchido pelo calor que ele lhe tinha destinado. Ela sentiria falta disso durante toda a eternidade porque, apesar de ter chegado a ele como humana, tinha sido apanhada e enviada para o esquecimento da morte... e lá permaneceria, com um sentimento de vazio, durante os tempos infinitos da eternidade — ela continuaria sentindo falta e querendo mais...

Havia muitas outras vítimas para encontrar, muitas outras belezas para violar, e quando assumia a forma humana, ele chamava a si mesmo de Vivido... Em seguida iria conhecer a extremamente lasciva Marsha.

No início, ela se encolheu ao seu toque, aninhando-se em uma concha invisível e incapaz de compreender. Ela queria gritar de horror, aterrorizada, com sons arrancados da profundidade de sua própria alma. Mas então olhava nos olhos dele e ficava maravilhada quando eles mudavam do azul profundo em um fundo branco para os círculos de ébano sobre um fundo vermelho.

Tinha um frio mortal, o frio úmido das mãos dele. E mais ainda, o frio se transformava em um gelo lancinante que a assustava e excitava ao mesmo tempo. Ela o queria longe de si, mas se agarrava a ele como se sua vida dependesse daquele abraço — e, de fato, sua vida pendia por um fio.

Os dedos dele, com longas unhas pontudas, tocaram os botões do suéter de angorá que ela vestia, e as pequenas peças derreteram ao toque, retornando à matéria a partir da qual haviam sido fabricadas. Ela sentia aquele mesmo frio lancinante quando ele ligeiramente lhe roçava os seios. Sua respiração vinha em pequenos suspiros, e ela enroscava as pernas ao redor do corpo dele mesmo enquanto permaneciam de pé, as coxas pulsantes exigindo resposta.

Em seguida a noite se tornou absolutamente escura, e não se enxergava nenhum vulto, nenhuma sombra, nem sequer uma cintilação de qualquer entidade. E era possível ouvir um trovão ganhando intensidade em algum lugar ao longe, movendo-se de maneira furtiva e com firmeza, sempre em frente, até que não houvesse nada além do barulho ensurdecedor desse trovão ressoante.

Ela gritou, mas não saiu nenhum som de sua garganta — apenas a sensação de que o grito estava lá e da absoluta aspereza enquanto sua garganta ansiava por produzir algum ruído...

Grande parte da escuridão havia passado quando o trovão se afastou mais uma vez rumo ao infinito, e ela pôde ver o Diabo segurando-a, pressionando-a. Mas não se importava mais. Seus lábios frios e abrasadores juntaram-se aos dela, suas línguas se encontraram e houve o mesmo calor gelado e abrasador que atiravam seus sentidos em uma espiral... e um momento depois, quando se separaram, ele se afastou apenas o bastante para que pudesse respirar.

"Eu sou vivido, portanto sou chamado de Vivido", ele declarou. "Você deve se aventurar pela VIDA..." A voz hipnótica se apossou da mente dela. O horror à sua frente, deitado sobre seu corpo nu, dizia-lhe que obedecesse, e ela sabia que deveria obedecer. Era como se nunca tivesse havido outro homem em toda a sua vida — e ela se apegava a essa impressão... ela se apegava a ele, com seus hipnóticos olhos de ébano...

Sem se conter, ela falou: "Meu Deus, você me deu...".

Ele pousou a mão gélida sobre os lábios dela com leveza: "Você jamais deve dizer essa palavra... *esse nome*... aqui".

"Eu apenas disse..."

"Eu sei o que você disse. Isso não se repetirá." E então ele tomou seus lábios novamente...

"Oh, os poderes que você detém... Me agarre... Me possua agora... Satisfaça os meus desejos inesgotáveis. Você precisa me possuir agora."

O Diabo a jogou sobre um dos travesseiros e a possuiu, um retorcer de pernas e mãos bruscas... unhas cravadas no corpo dela e o sangue derramado que ele tanto desejava, mas que jamais poderia fluir por suas próprias veias... e bombeou para dentro dela os sucos de seu próprio corpo que trariam mais uma criatura para seu reino. Mais uma vez o DIABO tinha VIVIDO... e viveria novamente.

Ele podia andar pelas ruas.

Vivido saiu das sombras profundas emanando um forte odor de túmulo... uma característica que jamais poderia ser encoberta, não importava que forma humana ele assumisse. E ele apareceu atrás de Paulette, que usava um vestido curto de cetim vermelho com um decote profundo na frente e nas costas. Estava parada no mesmo lugar, na esquina do beco onde sempre esperava por seus *clientes*.

Ela não ficou incomodada com o tapinha no ombro. Estava acostumada que a chamassem assim. Tampouco se importava com o cheiro de terra úmida e o intenso e fétido odor de vermes e outras criaturas dos túmulos que lhe penetravam as narinas — ela já tinha se deitado com homens de muitos odores. Mas o calor que cercava a figura, apesar da frieza de seu toque, perturbou seus sentidos de maneira instantânea. Ela começou a se afastar, mas aquelas garras pálidas, embora parecessem macias e não exercessem pressão, a seguraram com um aperto firme.

"Não está satisfeita com o que vê?" A voz surgiu através de lábios exangues, cujos sons pareciam percorrer um túnel longo e vazio... um túnel que se estendia desde os rincões infinitos da eternidade.

Paulette estremeceu com aquele som, um som tremendamente agourento. "Não é que você seja feio demais... mas tem o aspecto de alguém que quer algo além do convencional."

"Talvez eu queira... Isso a assustaria?"

Então Paulette teve que se mover, porque o branco dos olhos do homem se alterou para um escarlate profundo... um escarlate próximo do ébano. Não havia mais nenhuma possibilidade de resistir quando ele a puxou para perto de seu corpo, mantendo-a firmemente próxima dele, fazendo com que sua capa vermelha envolvesse o corpo dela. Paulette podia sentir a repentina nudez sendo forçada contra seu próprio corpo, e sentiu-se totalmente impotente.

"Você está nu por baixo desta coisa. Antes não parecia estar." Sua voz soava muito tensa.

"O mundo inteiro está nu... Quando alguém é Vivido, todos devem ficar nus."

Ela se percebeu falando, mas não se lembrava de formar as palavras ou de mexer os lábios. E, quando ele respondeu, podia jurar que não viu os lábios dele se mexerem. Era como se os sons tivessem passado entre eles, originando-se de cada corpo e atravessando alguma caverna antes de se espalharem pelo ar em torno deles.

"Você não liga... para como eu sou?"

O Diabo sorriu, babando luxúria pelos cantos de seus lábios encurvados.

"Quero dizer, não se importa com a barreira da cor?" Mais uma vez ela olhou para o ébano profundo dos olhos dele — aqueles olhos cercados pelo vermelho. "Porque eu sou... eu sou negra?"

"Digamos, minha cara", ele murmurou, "que não existe barreira de cor na minha esfera." Ele pressionou a cintura dela com mais firmeza e a conduziu para o beco ali ao lado. Nesse momento, afastou a capa escarlate e sua nudez foi exposta — havia o mastro e aquelas coisas que tinha visto muitas vezes antes... no entanto, normalmente havia apenas duas, e não três. Então os olhos de ébano lhe indicaram que pegasse no mastro com ambas as mãos, que o colocasse entre os lábios de um roxo profundo e o levasse com a língua ao fundo da garganta — e ela engasgou, sufocou e cuspiu... tentando engolir o veneno... e, de joelhos naquele beco, ela olhou novamente para aqueles olhos intensos enquanto um pouco do fluido escorria por seu queixo e descia pelo decote de sua roupa aberta — e ela então soube que tinha sido visitada pelo VIVIDO.

No instante seguinte, Paulette caiu no chão, ainda agarrada desesperadamente a seu mastro.

"Segure firme, minha criança... Porque este é o único que irá segurar durante toda a eternidade."

Ele se abaixou e fechou aqueles olhos arregalados e amedrontados.

Havia outros, de natureza e desvios diversos, que ele sabia que tinha de encontrar naquela rua... como o sujeito louro e magro que estava à procura de outros homens...

O macho aventureiro cutucou o ombro do Diabo.

"O que posso eu fazer por você?"

"Talvez seja o que *eu* posso fazer por você. Sim, gosto mais assim."

Vivido tinha reparado no sujeito primeiro, mas quanto mais ele olhava, mais aquilo se transformava em uma intensa investigação. No entanto, não havia dúvida de que o rapaz estava pronto para uma visita ao vivo.

O jovem louro revirou os olhos novamente. "Você está pronto?"

"Eu me pergunto se sei do que você está falando."

"Ah, ora, senhor... Você não acha que fico nas esquinas apenas porque amo muito isso..." E então o rapaz louro riu. "Eu dou risada porque é engraçado. Se você realmente não entendeu aquilo, senhor, então *isto* você entende. Não fico parado nas esquinas porque gosto... Não entendeu o sentido?"

"Está tudo muito claro, meu jovem."

"Então bote sua grana para mostrar que está falando sério — e vou lhe mostrar o que a minha boca é capaz de fazer."

O Diabo, em seu personagem de Vivido, deu um suspiro espalhafatoso. "Você nem se importa em saber o meu nome?"

"Por que inferno eu deveria?"

"Talvez vá mesmo saber no inferno."

"Não entendi esse comentário... mas você pode decidir como vai ser. Vamos para algum lugar. Nós fazemos o que sei fazer e você me dá a grana... antecipada, é claro. Depois você segue o seu caminho e eu sigo o meu — e é como se nunca tivéssemos nos encontrado antes. Nunca mais nos veremos... Entendeu?"

"Talvez haja uma próxima vez... Mais demorada, quem sabe." A voz do Diabo tornou-se mais ressonante, mais intensa.

"Que merda, cara, vá embora! Vou ver se consigo outro encontro. Apenas vá embora daqui." O rapaz louro estava ficando tenso e desconfortável.

"E se eu não quiser ir embora?"

O jovem deu um tapinha no ombro de Vivido e deixou-o parado lá. "Senhor... Tenho alguns colegas esperando naquela esquina... e se eu os chamar, eles logo estarão aqui e não acho que você verá a luz do dia tão cedo."

"Aposto que você não está..."

Então o rapaz ajeitou a frente da calça para exibir o tamanho do volume. "Vai querer um pouco disto ou não?"

"Você disse que tem amigos em algum lugar aqui perto?"

"Se não me pagar depressa, você os verá."

"Vamos para o beco... meu amigo!"

"E sobre a grana... o arame, meu senhor... O cobre." Seus sentimentos revelavam tanto impaciência quanto medo.

Foi então que o rapaz parou e deixou cair as calças, ficando tão nu quanto o Diabo diante dele. Mas naquele beco escuro, o Diabo seria confrontado por mais quatro comparsas do jovem louro, os quais empunhavam canivetes e correntes e avançavam em direção ao estranho. O Diabo permaneceu ereto e altivo, observando-os de cima a baixo com seus olhos de ébano, e fez uma pergunta muito simples:

"Garotos... Vocês têm VIVIDO?"

Um dos rapazes, balançando uma corrente, rosnou: "Você é quem vai deixar de viver, amigão".

E então atacaram Vivido — eles o atacaram como se estivessem atacando uma pessoa viva. O Diabo havia encontrado novas almas para suas chamas e os levou todos no mesmo instante — *em um piscar de olhos*.

O vulcão Zakaaka soprou com toda a fúria que as entranhas da terra seriam capazes de proporcionar. Era como se o centro da terra tivesse armazenado toda a energia desde o princípio dos tempos para aquela única e tremenda explosão avassaladora de estourar os tímpanos...

O Diabo sempre sobreviverá.

VIVER é simplesmente MAL escrito de trás para a frente.

VIVIDO é igualmente simples... é DIABO[1] escrito de trás para a frente.

Fique atento... Tenha cuidado... O Vivido procura *em todos os lugares*!

---

1 O autor faz aqui um jogo de palavras em inglês, intraduzível para o português, em forma de dois pares de palíndromos, com os vocábulos "live" (viver) e "evil" (mal), e "lived" (vivido) e "devil" (diabo). A mesma ideia aparece em outro conto do escritor presente nesta antologia, "Eu, Bruxo" (1971).

SEM ATEUS NO TÚMULO

1971

*O jipe disparou contra o depósito
de munição que estava explodindo,
e as chamas se elevaram atrás dele.*

O reverendo dr. Paul Carstairs caminhava quase sem rumo através de uma área de evacuação dianteira coberta de figueiras robustas. As intermináveis raízes aéreas, que haviam se tornado troncos adicionais, serpenteavam para fora das águas do pântano e voltavam a se enredar de tal modo que não era possível acompanhar a trajetória de uma única raiz do início ao fim. Ocasionalmente, uma cobra entrava no labirinto e se perdia, mas sempre surgia outra serpente de presas envenenadas para tomar seu lugar.

Os homens feridos da Companhia Charlie estavam sobre macas de bambu apoiadas em estacas a sessenta centímetros do chão. Mas, se uma das cobras mortais decidisse investir, a distância de sessenta centímetros não serviria de proteção. Muitos homens, nos últimos cinco anos, despertaram com essas companheiras fatais ao seu lado na cama. Poucos viveram mais do que alguns segundos após a primeira picada.

Mas não era com as cobras que o reverendo Carstairs estava preocupado — elas eram o menor dos problemas da batalha. Os homens haviam vivido muito tempo entre as víboras para não esperar algumas baixas, mas, no geral, podiam cuidar de si mesmos. Quanto aos feridos, sempre havia diversos subordinados de prontidão com armas capazes de explodir a cabeça na ponta daqueles corpos esguios em pleno sibilar que antecede o golpe, frustrando o ataque e deixando somente um pescoço sem cabeça — e a vítima escolhida só teria que limpar o sangue da cobra de sua pele.

O reverendo Carstairs parou ao lado de um médico que estava cuidando de um homem inconsciente e com um braço quebrado. Ele não falou com o homem; não havia motivo, e ele poderia estar interrompendo uma ajuda muito necessária. Estava quente, um calor tropical fumegante e úmido. Mas não foi o calor que fez brotar as gotas gordas de suor que escorriam de sua testa, descendo como um rio até o colarinho aberto da camisa cáqui. Ele tinha 48 anos de idade e havia servido em guerras durante toda a sua vida adulta, desde o início da Segunda Guerra Mundial, e estava exausto. Seus olhos estavam cansados e seu espírito estava cansado. Ele confortava os feridos e os moribundos quando descobriu que não era mais capaz de confortar a si mesmo.

Todo ano que passava, desde 1965, ele decidia se aposentar, mas quando chegava a hora sempre surgia algum outro campo de batalha que precisava dele mais do que sua pequena igreja no interior de Illinois. Mas ele também percebeu que, mesmo se vivesse mil anos, sempre existiriam as mesmas necessidades militares religiosas. No entanto, ele sentia que não podia passar seus deveres adiante. Ele estava nisso havia muito tempo; toda aquela encrenca estava em seu sangue, talvez arraigada até demais em suas veias.

Uma vez, depois de uma crise quase fatal de malária e ainda tremendo com os efeitos da febre, um coronel lhe havia dito: "Qualquer dia desses você simplesmente vai pirar, Paul. Vamos, cara, você não é um combatente. Pule fora enquanto pode. Você já cumpriu o seu período. Ainda tem muita vida pela frente se decidir parar e for cuidar de uma igrejinha lá de onde você veio. Você fez mais do que o suficiente todos esses anos. Volte e vá ver os pássaros cantarem, em vez de ficar ouvindo o zunido das balas. Não é a mesma coisa. Você está prestes ter um colapso".

"Então aí você poderá me mandar pastar, Carl", ele gaguejou por entre lábios trêmulos. Poderia ter dito mais, mas estava exausto, cansado do mundo e cansado pela doença. Mas a doença não o derrubaria; dentro de algumas semanas ele estava de volta ao campo de batalha, em meio aos enxames de mosquitos que podiam partir para um novo ataque.

Ele tirou um grande lenço cáqui do bolso traseiro e enxugou a transpiração excessiva de sua testa, em seguida de seus olhos, nos quais o sal queimava e os deixava embaçados. Se o inferno fosse ao menos um pouco parecido com o Vietnã, ele sabia que havia tomado o caminho certo.

Uma vez mais deixou seus olhos percorrerem os corpos feridos da Companhia Charlie, cujos gemidos — que às vezes se tornavam gritos gorgolejantes — superavam quaisquer outros sons. Se um elefante bramisse ou qualquer outro animal berrasse, tais ruídos teriam sido silenciados por gritos de desespero humano: toda a morfina tinha acabado havia dois dias, e a trilha de onde vieram estava fechada... à frente, somente o inimigo. Helicópteros tentaram pousar diversas vezes, mas foram derrubados, e, assim, ainda mais corpos mutilados se juntaram aos feridos — aqueles que puderam ser resgatados das águas do pântano. Quanto aos outros... a lama e a areia movediça se tornaram suas sepulturas eternas.

O reverendo Carstairs se virou para observar as raízes emaranhadas de figueiras e manguezais que se espalhavam pela água turva tanto acima quanto abaixo da superfície; elas seriam eternas. O fedor da morte era forte demais nessa direção. Sua mente lhe dizia que o pântano era um monumento à morte, uma morte rastejante e devoradora, sempre à espera de sua próxima vítima. O pântano nunca teve que esperar por muito tempo, mas, mesmo assim, sua gula nunca se abrandou. Tinha um apetite insaciável pela morte.

Sacudiu a cabeça vigorosamente em uma fútil tentativa de clarear seu cérebro nebuloso. Houve momentos em que até considerou fumar um cigarro de maconha, como muitos dos soldados faziam quando a depressão os dominava completamente. Mas ele não havia sucumbido ao pensamento fugaz, nem mesmo quando a mente se mostrava propensa e a carne, fraca.

Ele se virou bem a tempo de ver duas cobras erguendo a cabeça e se avolumando na direção de uma vítima inconsciente. O sangue que escorria da ferida no pescoço do homem e pingava no chão deve ter atraído a atração das serpentes. Ele queria gritar para os guardas, mas não conseguia... O homem estaria morto antes do amanhecer, de qualquer maneira; ele inclusive já havia recebido uma oração do reverendo. As cobras teriam sido rápidas em aliviar o sujeito de sua angústia, e ele estava sentindo uma dor terrível. Logo despertaria e iria gritar por causa da dor até que o castigo fosse novamente amenizado pela bênção da inconsciência. E ele despertaria com aquela dor uma e outra vez até que a morte, inevitavelmente, o levasse. O rapaz — talvez não tivesse mais de 18 anos — não deveria morrer dessa maneira. Dois disparos em rápida sucessão atravessaram os ruídos da selva e as cobras caíram, já sem cabeça e contorcendo-se em círculos, e em seguida rastejaram para dentro da moita da mesma maneira que ele vira as galinhas fazendo na roça ao terem a cabeça cortada... rastejaram de volta à moita para morrer às cegas.

O guarda que havia disparado os tiros foi até a maca e chutou as cabeças, com as presas expostas, para dentro do espesso arbusto onde os corpos ainda se debatiam — e seus espasmos não cessariam até o pôr do sol. O guarda, um cabo, virou-se para encarar Carstairs, cujos olhos ainda estavam fixos no local logo abaixo da maca, onde ele tinha avistado as cobras. O cabo se aproximou, quase cambaleando, até ficar diante do clérigo. Ele olhou para o homem em silêncio por um longo momento.

"Você as viu, padre." As palavras eram quase uma pergunta, mas o jovem cabo sabia o que tinha visto quando se virou naquele último instante antes que as cobras atacassem. Ele atirou primeiro, e faria perguntas depois.

"Esse rapaz já é um homem morto, cabo." O reverendo Carstairs ficou olhando fixamente para as gotas de sangue debaixo da maca. Aquele local específico o fascinava porque o sangue das cobras também se mesclara ao chão, e ambos pareciam ter a mesma cor. O sangue que possibilita a vida retornava à mãe terra que o havia produzido. Ele não conseguia olhar para o rosto do cabo.

"Ele ainda está respirando... senhor." O cabo olhou de relance para o peito que arfava sob o pesado uniforme. Ninguém nunca sabia quando o céu tropical ficaria nublado e uma tempestade desabaria em cima de todos eles. Os inconvenientes e os benefícios dos céus eram completamente imprevisíveis nos trópicos asiáticos.

O clérigo não disse mais nada ao cabo, caso contrário poderia acabar relatando algo que o faria se arrepender mais tarde. Poderia ter dito que seria melhor se o homem partisse rápida e silenciosamente rumo ao esquecimento com a picada da víbora. Eram pensamentos que ele sabia serem completamente estranhos à sua posição, mas já não conseguia se conter — como a ideia de tentar fumar maconha para relaxar. Mas esses eram apenas os pensamentos menos importantes que andavam visitando sua mente. Havia outros que ele sabia que estavam lá, mas via apenas um espaço em branco ao tentar recordar sobre o que eram. Ele experimentava um bloqueio mental cuja culpa atribuía às pressões crescentes de suas atividades diárias na guerra.

Com lentidão, andou entre os homens abatidos e o fedor invadiu suas narinas até que sentisse vontade de vomitar. Desejou estar em outro lugar, em qualquer lugar, menos ali. O que será que ele tinha em comum com aqueles seres humanos infestados de vermes, que logo estariam debaixo da terra esperando pela invasão em massa dos habitantes da sepultura?

"Reze pela minha alma", murmurou um velho soldado que o reverendo Carstairs conhecia havia mais de dez anos. Metade do rosto do homem tinha sido arrancada, e as moscas estavam devorando as bandagens encharcadas de sangue. Seu único olho, vítreo no olhar perdido que antecedia a morte, pestanejou trêmulo para o mensageiro do Senhor. O que sobrou da vista do moribundo implorava com toda a força que lhe restava pelo toque da mão que o ajudaria a atravessar o imenso e derradeiro vazio.

"Sou apenas um homem... um homem de carne e osso como você, Henry. Reze por sua própria alma; isso lhe fará bem, da mesma forma que se eu o fizesse por você." As palavras saíram ásperas, foram cuspidas com tanto veneno quanto aquele que escorria das presas pontiagudas das cobras que espreitavam tão perto deles na grama.

Então recuou um passo e olhou para o homem que ele desejava que estivesse morto. Não havia ódio nesse desejo, embora ele sentisse ódio; ódio por tudo o que estava acontecendo a ele, e Henry, esse velho soldado, fazia parte do que lhe acontecia. Tudo ao redor fazia parte do horror que se desenrolava em seu cérebro. Ele não sentiu qualquer remorso quando viu o olho de seu velho amigo se fechar, e então se abrir novamente com o olhar vítreo e inconfundível da morte. A pálpebra daquele único olho parecia uma cortina que ficava abrindo e fechando em uma peça de teatro. Havia sido fechada para encerrar uma parte do espetáculo e depois foi aberta para o ato final.

"Agora você escapou disso, Henry." E as palavras mais uma vez continham pouco ou nenhum sentimento.

Ele estendeu a mão de súbito e puxou a parte solta do poncho, jogando-a sobre o rosto do homem. "Rezar por sua alma, é isso? Você mesmo pode falar por ela agora, Henry."

Ele se virou rapidamente e caminhou entre duas macas. Um dos homens estendeu o braço quando ele estava prestes a passar, e agarrou sem força o braço dele. Carstairs sentiu o toque pegajoso da mão coberta de sangue segurando a pele nua de seu punho. Afastou a mão com violência, como se estivesse arrancando a cabeça de uma cobra. Eles não trocaram palavra, ouviu-se apenas um grunhido do soldado ferido.

"INFERNO", o reverendo Carstairs de repente gritou. "Para o inferno com isso! Para o inferno, todos vocês! Estão ouvindo?!" E então ele voltou para o centro da clareira, embaixo das árvores que se inclinavam, e virou em todas as direções enquanto gritava a plenos pulmões. Todos os que podiam ouvir e entender mantinham o olhar fixo nele, paralisados, incapazes de qualquer coisa a não ser escutar. "Quando estão livres, cada um de vocês sai e toma sua bebida. E se diverte com qualquer puta desprezível que o aborda na rua. Vocês se misturam com os mortos e moribundos e riem na cara deles. Matam qualquer um que seja considerado inimigo e recebem troféus por isso, mas quando são vocês que recebem o golpe, ficam deitados aqui, choramingando como uma criança mimada. E por isso devem morrer. Todos vocês vão morrer mais cedo ou mais tarde, seja aqui no campo de batalha ou em qualquer outro lugar. Qual é, então, a necessidade de alguém rezar por vocês quando estão na cidade bebendo e se deitando na sarjeta com alguma vagabunda?! 'Reze por mim', é isso? Rezem pelo inferno, que é para onde estão indo! Rezem pelo Diabo, que sempre os amparou!"

O cabo que o havia encarado antes se aproximou e falou com uma voz calma: "Pare com isso, padre. Você está sob o efeito deste calor". Ele colocou a mão no braço do reverendo.

"Não encoste em mim, cretino!" Ele deu um golpe com seu punho enorme, e o cabo deslizou pelo chão sólido e caiu para trás, despencando de cabeça na água do pântano. Ele não iria morrer ali, mas teria muita dificuldade para se desvencilhar das raízes de figueira abaixo da superfície.

"Prestem penitência ao Diabo. Sou um homem de carne, sangue e lágrimas como todos vocês. As suas orações, de qualquer maneira, são tão boas quanto as minhas. Não vou perder o tempo de mais ninguém com as minhas orações. Onde está a resposta para qualquer uma dessas orações?", disse ele, aos gritos.

Um sargento deu uma coronhada com a pistola na parte de trás da cabeça do reverendo, com força apenas suficiente para deixá-lo atordoado. Talvez ele fosse detido por causa disso mais tarde. Mas o que o pregador estava dizendo não era nada bom. Três homens da Companhia Charlie haviam morrido devido ao choque, ou pelo menos era o que se supunha. O sargento puxou rapidamente o cabo que estava em meio às raízes de figueira e mangue, e depois tomou uma decisão súbita. A única que ele poderia tomar, a mesma que ele teria tomado em relação a qualquer um de seus homens nas mesmas circunstâncias. Algo assim precisava ser interrompido às pressas, independentemente das consequências futuras.

"Ele está assim há dois dias", murmurou o médico da equipe, enquanto ele e o coronel da companhia olhavam para o reverendo Carstairs, deitado na cama de campanha em sua tenda. Ele estava plenamente acordado, mas não de todo consciente, não conseguia falar nem se mexer. "Não há nada realmente errado com o homem. O golpe na cabeça não é responsável por essa condição. É como se ele tivesse guardado todos os sentidos dentro de si e não os libertasse."

"Tem um helicóptero grande voltando amanhã, caso dê tudo certo. Ele está capacitado para viajar?" O coronel olhou para o doutor.

O médico meneou a cabeça. "Não há nada fisicamente errado com ele." Então pegou o braço do coronel e eles caminharam para o lado de fora da tenda. "Há acusações contra o sargento?"

"É o tipo de coisa que é melhor manter na surdina. Tenho certeza de que o capelão não sabe o que o atingiu. O sargento fez o que achou melhor para sua companhia, e eu teria feito a mesma coisa. Concordo com o que ele fez."

O médico apontou para o lado de dentro. "E ele?"

"O velho já era. As batalhas enfim o venceram. Ele está exaurido. Cabe a você decidir como redigir o relatório. Desta vez ele precisa se aposentar."

A sirene de ataque aéreo soou à meia-noite, e o primeiro conjunto de morteiros caiu dez minutos depois. Eles esquadrinharam a área toda. Nada foi poupado, e um cartucho de oito milímetros explodiu bem no meio do depósito principal de munição. O céu ficou iluminado como se fosse Quatro de Julho.

O estoque de bombas explodiu em uníssono, uma devastadora explosão na ilha. A munição se espalhou a esmo com a velocidade de uma metralhadora, e o suprimento de mísseis seguiu em todas as direções. Havia quatro guardas no ponto central da área de explosão; cada um patrulhava rigorosamente seu posto — como ditava o dever.

"Aqueles homens não têm a menor chance."

"Eles já eram!"

"Que Deus esteja com suas almas."

"Meu Deus, homem, não há nada que possamos fazer."

"Temos que entrar lá. Eles podem estar vivos."

"Só sendo louco para entrar lá. Ninguém sairá vivo daquele caos."

"Não conte comigo!"

O reverendo Paul Carstairs, descalço e com o peito nu, saiu correndo de sua tenda, roubou um jipe, empurrou o motorista para fora do veículo e deu a partida no motor. O jipe disparou contra o depósito de munição que estava explodindo, e aqueles que se encontravam perto o suficiente para testemunhar a cena viram o veículo atravessar a fumaça, o fogo e as explosões, até que as chamas se elevaram e encobriram a visão da traseira do carro. Não se ouvia mais o som do motor, apenas o barulho de um depósito de munição sendo destruído.

Não houve mais xingamentos ou gritos, não houve mais pedidos de ajuda ou recusas. Havia apenas a tensão paralisante dos homens que não conseguiam acreditar no que tinham visto... e tampouco puderam acreditar em seus olhos quando o jipe ressurgiu dentre as chamas, no mesmo local por onde havia entrado instantes antes.

Os quatro homens — o que havia restado deles — estavam na parte traseira do jipe... eles foram mortos com a primeira explosão. Mas não poderiam ser deixados para trás para serem despedaçados de novo e de novo a cada nova explosão.

O coronel, com lágrimas nos olhos, olhou para o pregador todo queimado e suado, e o clérigo forçou um sorriso cansado e doloroso. "Eu realmente tentei me aposentar desta vez. Mas, droga, sempre parece haver outra frente de batalha que precisa de mim. Sabe, coronel, eu acho que aprendi algo desta vez que eu não tinha percebido em todos esses anos." Ele se virou e olhou para os feridos, para os mortos e para os homens saudáveis, porém cansados, e também para as brasas ardentes do caos em que ele se enfiara.

"Não há nenhum ateu no túmulo."

ED WOOD JR.

CONTOS & DELÍRIOS

MATANDO O SÁBADO

1972, ASSINADO COMO "ANN GORA"

Os dois homens se sentaram na calçada em uma das ruas mais escuras da cida- dezinha. Eles não queriam ficar sentados lá por muito tempo, porque o xerife sempre passava por ali em seu carro de patrulha e sempre queria saber o que estavam fazendo quando os encontrava sentados na calçada. Mas por que diabos uma pessoa não pode simplesmente ficar sentada na calçada, no escuro, cuidando de seus próprios problemas?

Só que esses dois homens chegaram à conclusão de que não cuidariam de seus próprios problemas por muito mais tempo. Cuidar dos próprios problemas é um tédio. Um desperdício de uma agradável noite de sábado. A noite de sábado foi inventada por um único motivo: para se divertir, encher a cara, dar uns amassos em uma puta... ou simplesmente para o prazer de botar para quebrar.

A noite de sábado foi criada para dar um tempo do maldito trabalho árduo no campo e ir para o centro da cidade se divertir, se embriagar e transar. Só que quando o sujeito se embebeda demais, ele não serve para nada na cama.

Fica incapaz de levantar seu mastro, caso seja necessário. Tudo o que ele pode fazer é ficar sentado lá, esbofeteando o infeliz, e se amaldiçoar diante do espelho quando for ao banheiro — sempre prometendo a si mesmo que, na próxima vez, vai transar antes mesmo de entrar em algum bar ou passar por qualquer uma das três lojas de bebidas pelo caminho. Seria a única maneira de valorizar o dinheiro gasto com as putas locais.

"E então, o que acha que devemos fazer, Art?", murmurou um dos homens enquanto bebericava uma garrafa estreita de vinho tinto — da marca mais vagabunda possível. "Com certeza não podemos ficar sentados nesta calçada por muito mais tempo. O velho Mac vai chegar gritando naquela viatura, e ele não vai com a nossa cara. Com certeza vamos acabar passando todo o fim de semana na prisão... até que o velho Jacobs vá até lá nos livrar pagando a fiança. E depois, o quê? Passaremos as próximas duas semanas pagando de volta o maldito dinheiro que ele nos emprestou. Com certeza não podemos ficar sentados aqui por muito tempo."

"Verdade... E você tem alguma ideia, Pete?" Art tirou a garrafa de seu parceiro e deu um grande gole.

"Uma coisa que com certeza temos de fazer é levantar nossos traseiros e ir até a loja de bebidas para comprar outra garrafa. Eu disse que devíamos ter comprado um garrafão dos grandes quando estivemos lá antes."

"Quem quer ficar por aí carregando uma coisa enorme daquelas?"

Pete esticou o braço e deu um tabefe debochado na virilha de seu parceiro. "Você tem carregando uma coisa enorme há anos e nunca ouvi nenhuma reclamação sua antes."

"Agora você está pensando feito uma puta."

"É, talvez devêssemos pegar umas putas. Temos grana suficiente para pagar."

"Eu não conseguiria fazer isso aqui levantar. Não conseguiria fazer subir nem pelo fogo do inferno. Não vou pagar uma piranha se não vou ser capaz de me divertir com ela."

"Talvez devêssemos ir até lá mesmo assim."

"Que inferno, homem, acabei de dizer..."

"Não... Não quis dizer para trepar." Pete pegou a garrafa novamente e a esvaziou. "Primeiro vamos passar na loja de bebidas e pegamos outra garrafa, e depois vamos fazer uma visita para a Lulu. Acho que ela nos deve um favor."

"Ela podia estar me devendo cinquenta favores, Pete, e ainda assim não me serviria de nada do jeito que estou."

"Então por que não vamos até lá para matar algumas putas?"

"Você disse *matar*?"

"Claro. É sábado à noite. Temos que fazer algo numa noite de sábado que seja decente e correto para o mundo."

"Bem, não acho que o mundo iria gostar muito se saíssemos por aí matando as putas."

"É melhor do que sair e matar qualquer outra pessoa, não é? Quero dizer, não é a mesma coisa que matar o velho pastor Hawkes, certo?"

"Não, não é a mesma coisa."

"E não é a mesma coisa que matar uma velhinha e roubar a bolsa dela em um beco, certo?"

"Não, também não é igual a matar uma velhinha. Mas significa matar putas. Elas têm sangue nas veias como o pastor e qualquer outra pessoa. O xerife com certeza não gostaria de investigar nenhuma morte de puta."

"Provavelmente nem sequer se daria ao trabalho de sair para investigar. Apenas telefonaria para o velho Peabody, o agente funerário, e o mandaria passar lá e pegá-la para enterrar o quanto antes. A cidade é quem paga quando é assim, pelo que ouvi dizer. O velho Peabody com certeza não iria reclamar de ganhar alguns dólares extras em uma noite de sábado. Só sei que eu não me importaria em ganhar fácil uns dólares extras, ainda mais em um sábado. E as putas sempre estão com alguma grana nos sábados à noite. Esse é o melhor momento para matar uma prostituta... em um sábado à noite, quando estão com o dinheiro guardado no sutiã."

"Mazie não usa sutiã."

"Então ela talvez guarde na calcinha. Foi lá que Lulu colocou os meus cinco dólares na última vez que a vi. Eu puxei para fora e ela enfiou aquela maldita nota de cinco dólares bem onde eu estava pouco antes... Foi o que ela fez." Pete jogou a garrafa no meio da rua, onde se estilhaçou em mil pedaços. "Quem sabe o xerife passe por cima disso e estoure alguns pneus. Com certeza eu gostaria de estar por perto para ver."

"Se você estivesse por perto para ver isso, Pete, ele iria estourar algo mais além dos pneus. Ele iria rachar a sua cabeça ao meio."

"Então eu não estarei por perto."

"Onde você vai estar, Pete?"

"Na rua de baixo matando algumas prostitutas. Quantas você acha que conseguimos matar em uma noite, antes de ficarmos cansados de caçar putas?"

"Ah, talvez seis ou sete. Mas tenho certeza de que o pessoal daqui não vai gostar muito de ver suas prostitutas sendo eliminadas. Alguns desses caras não têm outra coisa para fazer em um sábado à noite que não seja visitar essas putas."

"Que diabos, cara... Para onde mais podemos ir? Fomos até a loja de bebidas, pegamos um pouco de vinho tinto e voltamos direto para esta maldita sarjeta, e aqui tomamos quase dois litros, e eu não sinto nada ainda. Tem que haver algo que possamos fazer para matar um sábado à noite." Pete piscou. "E eu sei exatamente o quê. Pensei muito nisso. Tudo o que temos que fazer é sair e matar algumas putas. Elas não importam muito, de qualquer maneira."

"Elas importam para alguns caras."

"Então eles são doentes. Doentes, estou dizendo. Só mesmo alguém doente pode achar que não tem outra coisa para fazer além de ir ver as putas."

Eles se levantaram lentamente e cambalearam pela rua até a loja de bebidas mais próxima, onde desta vez gastaram o último dinheiro que possuíam em um garrafão de vinho tinto amargo, e em seguida voltaram para o mesmo lugar na sarjeta.

"Essas prostitutas deixam muitos caras doentes. Simplesmente nunca vão a médico algum. Continuam assim ano após ano e apodrecem. Eu acho que se formos até lá e matarmos algumas delas, vamos fazer um grande favor em pleno sábado à noite." Pete arrancou a tampa de plástico do garrafão de vinho e o ergueu para dar um longo gole, e depois o passou para Art. "Isso é quase tão amargo quanto as prostitutas na rua de baixo. Elas sempre têm um gosto amargo também."

"Bem, com certeza elas não são nenhuma beldade... Não como as que eu costumo ver nos livros ilustrados e nos filmes."

"Elas fedem."

"Acho que não são muito limpas."

"Nunca tomam banho."

"Nunca vi nenhum lavatório naqueles lugares onde elas arrumam uma cama, para onde nos levam."

"Elas deixam a cidade inteira fedendo." Pete tomou outro gole e, em seguida, devolveu a garrafa para Art. "Talvez antes de matá-las devêssemos dar um banho de vinho nelas. Derramar tudo em cima delas e ver no que dá."

"Não faz sentido desperdiçar um bom vinho se vamos mandá-las para o cemitério."

"Não precisamos desperdiçar. Nós derramamos em cima delas e, quando estiverem limpas, lambemos tudo. Você pega a Lulu e eu pego a Mazie. Vamos ficar com o dinheiro delas para poder comprar todo o vinho que quisermos, assim não teremos que esperar até o próximo maldito sábado à noite para conseguir mais grana e poder encher a cara."

"Com certeza. Mas, Pete... Essa é a parte boa. Não gosto da ideia de ficar sentado aqui o resto da noite e o dia todo amanhã sem bebida para aliviar esse calor. E aí também não teremos nada quando voltarmos para o barraco depois de trabalhar no campo. Claro que não tenho certeza se as pessoas por aqui vão gostar que aquelas putas sejam eliminadas e mandadas para o cemitério... mas tenho certeza de que acho pior passar o dia todo amanhã e o resto da semana sem nenhum vinho."

"Sábado à noite é o dia ideal para uma matança."

"Isso sem dúvida me atinge onde dói." Art virou o garrafão de vinho e tomou um grande gole. "Eu com certeza não gosto de acordar em um domingo e não ter uma bebidinha ao meu lado para me ajudar a enfrentar a manhã. Não acho que eu serei capaz de ir para o campo na segunda-feira se tiver que passar o domingo inteiro sofrendo."

"A única maneira é matarmos algumas putas."

"E bater com um cano de chumbo na cabeça do vendedor da loja de bebidas."

"Não... ele é um homem de negócios. O xerife certamente iria querer arrancar o nosso couro se fizéssemos isso com ele, ou com o atendente do posto de gasolina. Mas se detonarmos algumas putas, isso não vai fazer qualquer diferença, e o xerife não vai nem se levantar da cadeira em frente ao telefone, onde vai receber o recado."

"Você pensa de um jeito inteligente mesmo, Pete."

"Eu só penso quando é necessário. Não gosto de pensar muito. Isso machuca o meu cérebro. É por isso que nunca fui à escola. Eu não gostava de pensar muito — e toda aquela coisa de ler livros... Credo! Sabe de uma coisa? Depois de matarmos todas as prostitutas e tirarmos o dinheiro delas, talvez devêssemos sair por aí procurando por professores. Eles também não prestam."

"Eles também fedem?"

"Tanto quanto as prostitutas na rua de baixo. E os professores das escolas, pelo que ouço dizer, têm banheiros em suas próprias casas e mesmo assim não costumam tomar muito banho."

"Nós também não tomamos muito banho, Pete."

"Sim, mas nós suamos um bocado. O suor é água, não é? E dizem que o sal é a melhor coisa que já foi inventada para deixar alguém limpo. O suor tem sal, então, quando suamos muito, é como tomar banho lá mesmo no campo."

"Mas não é tão gostoso como pular no lago ou no riacho ao norte da plantação."

"Não faz a mínima diferença se você acha gostoso ou não... É tudo água e estamos nos limpando todos os dias. Isso é mais do que os professores e as prostitutas desta cidade fazem."

"Então vamos matar uma puta, Pete?"

"Foi o que eu disse."

"Quando?"

"Assim que matarmos este garrafão, enquanto matamos a noite de sábado. Assim que matarmos o garrafão e eu espatifar o vidro bem no meio da rua para que o xerife apareça mais tarde e estoure os pneus dele."

"Sabe, Pete, se o xerife estourar os pneus, ele não vai poder nos perseguir por muito tempo. Talvez a gente consiga render o vendedor da loja de bebidas e, além de pegar o dinheiro dele, a gente também pegaria outra garrafa de vinho. E ele poderia gritar o quanto quisesse depois, que o xerife não teria carro algum para vir atrás de nós."

"Que inferno, homem! Às vezes eu acho que você é muito burro. Ele tem muitos pneus de reserva lá na delegacia. Ele só precisa pegar aquele rádio antigo dele e todo o pessoal da oficina vem até aqui para consertar os pneus. Ele iria atrás de nós antes mesmo de chegarmos na metade do caminho de volta para a plantação."

"Você acha que seria tão rápido assim, é?"

"Ainda mais rápido, Art. Mais rápido do que você é capaz de lamber o tabaco cuspido que escorre da sua boca."

"Então acho que só temos que pensar como mataremos as putas."

"É isso o que estou dizendo o tempo todo. As putas fedem. Elas não prestam."

"Exceto para certos caras..."

"Exceto para os caras doentes. Elas só prestam para isso, e aqueles doentes não conseguem trabalhar na plantação, e aí você e eu acabamos tendo que trabalhar em dobro. Você gosta disso?"

"Não! Claro que não gosto de ter o dobro de trabalho, Pete."

"Então apenas me ouça. Nesta noite de sábado, nós matamos todas essas putas que têm matado os caras. Vamos matar todas elas, e assim não haverá mais caras doentes e não teremos mais que fazer trabalho em dobro. Só basta decidirmos que vamos matar uma noite de sábado matando todas as putas."

"Isso com certeza faz sentido, Pete."

"É o maldito cérebro trabalhando sem parar. Eu não gosto do meu cérebro trabalhando sem parar. Às vezes dói todo esse pensamento e planejamento de como vamos matar as putas. Isso dói mesmo." Ele deu outro longo gole... "Eu fico meio zonzo quando penso com tanta força."

"Não sou esperto como você, Pete, mas também fico zonzo da cabeça às vezes... Como agora, fiquei zonzo da cabeça, de verdade." Art tomou um enorme gole do garrafão.

"É muito longo o caminho até a casa daquelas prostitutas?"

"Quase um quilômetro."

"É longe para uma noite quente como esta."

"Mas elas têm que ser mortas. Você mesmo disse isso, Pete."

"Elas realmente precisam morrer."

"E tem que ser você e eu quem vai matá-las, Pete. Tem que ser você e eu quem vai enviá-las ao cemitério. É como você sempre diz. Tem que ser você e eu."

"Com certeza, Art. Somente você e eu podemos mandar essas putas para o cemitério — mas não precisamos fazer isso agora..." O garrafão escorregou das mãos cansadas de Pete, e ele se deitou de costas na calçada.

Art pegou a garrafa e bebeu até a última gota, depois deitou-se na calçada ao lado do amigo. "Pois é... Acho que podemos fazer isso no próximo fim de semana. Sempre tem o próximo fim de semana, não é, Pete? Sempre tem o próximo fim de semana e outro sábado à noite para matar." Ele fechou os olhos e ambos começaram a roncar.

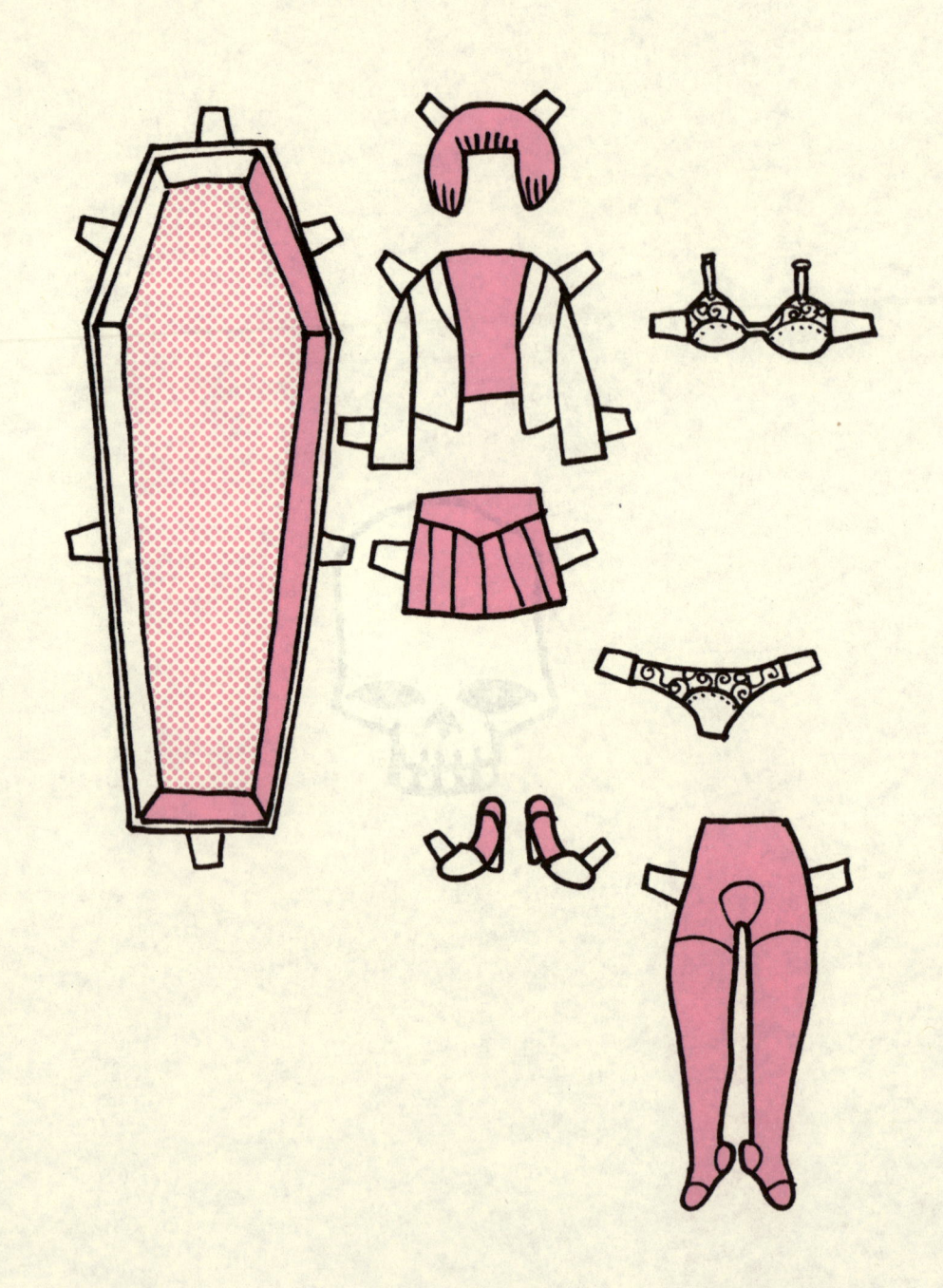

CONTOS & DELÍRIOS

TODO SANGUE ESPIRRA

1973

O funeral foi lindo, se é que tais rituais podem ser chamados de lindos. Havia muitas flores; predominantemente de tonalidade rosa, porque era a cor favorita de Sheila. Mas o branco e o vermelho se mesclavam de maneira harmônica com o caixão rosa. A tampa não tinha sido aberta para os serviços, mas Ronnie podia visualizar como estava a aparência dela. Ela parecia estar dormindo e usava o vestido rosa que havia usado na formatura, no início do ano.

O pastor disse todas as palavras apropriadas, e o órgão de tubos tocou todas as peças musicais adequadas. Os sons se espalharam para fora da pequena Igreja da Floresta e se misturaram com as outras lápides, monumentos e marcos. E repousaram sobre outras orelhas mortas.

E então estava tudo acabado. Presentes em imensa quantidade, as pessoas em prantos expressaram condolências. Sheila realmente era muito querida. Mas, conforme cada uma dessas pessoas passava por ele para apertar sua mão, ou para tocar seus ombros em um gesto de conforto, ele na verdade não as via nem sentia seu toque. Estava absorto naquilo que o detetive, tenente da polícia, lhe havia dito na delegacia logo após o corpo ter sido identificado.

"Nós ficaremos de olho nele, pode ter certeza disso, sr. Litton. E vamos conversar com ele em um ou dois dias." Mas o detetive não foi muito convincente.

"Ele matou a minha irmã. Ele tem que ser trancafiado. Algo precisa ser feito."

"Tudo que é humanamente possível está sendo feito. Além disso, o que faz você pensar que Rance Hollingsworth fez essa coisa horrível com sua irmã? Oras, ele é um dos homens mais ricos da cidade! E tem idade suficiente para ser avô da sua irmã."

"Aí está a questão principal. Ela não suportava nem sequer olhar para ele. Era apenas um velho nojento que sempre a incomodava. Ela me contou tudo sobre isso."

"A única relação de Sheila com aquele homem era profissional, ela era secretária dele. Era o trabalho dela desde que ele a selecionou entre todas as outras jovens secretárias em sua classe da graduação. E, pelo que sei, pagava um excelente salário para ela." E então seu ânimo mudou para um estado de irritação. "Vejamos isso de um outro ângulo. Se ele era um incômodo tão grande para ela, por que diabos ela não se demitiu?"

"É esse o ponto. Ela fez isso. Ela se demitiu na tarde em que desapareceu."

"Quanto a isso, nós só temos a sua palavra. Eu aposto que Rance vai contestar a afirmação de que ela tenha se demitido."

"Naturalmente ele faria isso. Ela chegou em casa e estava usando o terninho novo de malha rosa... lã macia e muito cara. Ela trabalhou duro para ter dinheiro para isso. Então ela veio para casa para se trocar antes de sair de novo. Gostava de usar minissaias e blusas translúcidas quando saía à noite."

O tenente levantou uma sobrancelha.

"Sei o que você está pensando. Mas Sheila não era assim. Pergunte a qualquer um que a conheceu. Ela não era do tipo que saía para provocar os homens. Apenas gostava de se vestir de maneira sensual. Ela sempre fez isso. Tinha um corpo voluptuoso e um rosto lindo. Dá para perceber mesmo na condição em que ela está agora, no necrotério. Ela nunca se vestia de maneira sedutora quando estava trabalhando — mas, mesmo assim, não conseguia deixar de parecer sensual. Ela era sensual. Ela atraía completamente a atenção de quem olhasse para ela, incluindo de algumas daquelas mulheres estranhas daqui da cidade. Então, ela sempre se trocava antes de sair para um encontro."

"Você falou *encontro*?"

Ronnie encarou o homem com cuidado. Sentiu que o estava deixando confuso. "Eu usei a palavra de maneira vaga. Ela estava saindo, por isso se trocou."

"Mas pode ter saído para um encontro?"

"Suponho que sim... Sim."

"Então aí está."

"Aí está coisa nenhuma. Eu só estou supondo."

"E eu também." O tenente Roberts bateu com os dedos na mesa. Estava ficando um pouco entediado e desejou que o sujeito fosse embora de sua sala para que pudesse trabalhar. Naturalmente, ele queria encontrar o assassino tanto quanto Ronnie, mas não fazia sentido algum perseguir o impossível. Rance Hollingsworth era um homem velho que quase nunca abandonava sua antiga mansão. Havia até mesmo histórias de que o lugar era visitado por assombrações e fantasmas. Mas eram apenas boatos espalhados por pessoas que gostavam de inventar histórias sobre gente mais velha — especialmente sobre reclusos que viviam em mansões antiquadas. Além disso, se o velho queria ter fantasmas em casa, isso era problema dele — e com certeza não seria motivo para pensar que ele havia assassinado aquela bela garota... Um velho frágil como ele... impossível!

"Ronnie, vou lhe pedir para que volte para casa e tente não pensar neste caso por enquanto. Deixe que nós faremos o trabalho da polícia. E trate de ficar longe daquele velho."

"Eu? Nem pensaria em incomodá-lo."

"Certifique-se de que não fará isso. Invasão de propriedade particular também é contra a lei. Se ele teve alguma coisa a ver com a morte de Sheila, nós iremos descobrir. Mas não conte com a hipótese de ele ter sido o responsável. Devemos primeiro pensar sobre com quem ela saiu naquele encontro."

"*Se* é que ela saiu para um encontro. E esse é um *se* muito grande."

"Eu acho que tudo isso é bastante lógico. Ela abandonou o emprego na casa do velho, chegou em casa, vestiu uma roupa sensual e saiu pela noite. Da próxima vez que foi vista, ela estava..."

Ronnie o interrompeu com brusquidão: "... morta e completamente nua. O que leva você a considerar que ela estava tendo um caso".

"Ela com certeza teve relação com alguém. O relatório do médico-legista comprova isso. Agora, se foi estuprada ou se teve uma relação com pleno consentimento... isso ainda precisa ser averiguado."

"Se tivesse sido com consentimento, duvido que estaria morta."

"Então vamos seguir na linha do estupro." O tenente Roberts sentiu que finalmente estava fazendo-o entender seu ponto de vista. "Agora, você acha mesmo que aquele velho frágil poderia estuprar violentamente uma moça saudável e arrastar o corpo dela para fora da mansão por oito quilômetros? Não seja inocente, aja de acordo com sua idade, rapaz."

Ronnie se levantou. "Estou agindo de acordo com a minha idade. E essa idade é apenas seis minutos maior do que a de Sheila. Nós éramos gêmeos, sabe. E isso nos tornou mais próximos do que a maioria dos irmãos e irmãs. Nosso laço sanguíneo era muito intenso. Além disso, nós nos amávamos, e a minha irmã jamais vai poder descansar em seu túmulo até que o assassino seja pego."

Nesse momento, ele se virou e saiu da delegacia. Não conseguiria mais nada com tanta conversa inútil. Ele sabia o que tinha que fazer, só não sabia exatamente como fazê-lo. Teria que ser um plano bem pensado.

Sua mente voltou ao presente enquanto o último dos enlutados passava por ele. Não haveria cerimônia durante o enterro. Isso seria feito de forma privada. Completamente privada — nem mesmo ele estaria presente. Ele não queria ter a lembrança daquele caixão descendo para dentro da cova. Desejava poder esquecer a imagem de Sheila sobre a mesa fria do necrotério. Mas havia algumas lembranças que ele sabia que ficariam em sua mente para sempre. Só queria conseguir se lembrar do que Sheila tinha dito naquela noite, quando chegou em casa para trocar o terninho de malha rosa pela minissaia e blusa. Mas essa era mais uma daquelas lembranças que ele havia de alguma forma apagado de sua mente.

Então, a imagem do terninho de malha de lã ficou enquadrada em seus pensamentos. E ele soube exatamente o que tinha de fazer. O plano estava todo lá, e o destino da vítima foi selado naquele breve momento. O velho tinha que morrer. Ele sofreria uma morte horrível, igual à que Sheila teve.

O sorriso que ele estampava no rosto ao longo de todo o percurso de volta para a casa que ele e Sheila compartilhavam era estranho em termos de contexto e horrível em seus pensamentos.

Mais tarde, quando se sentou em seu pequeno escritório segurando o terceiro copo de uísque com gelo, observando o sol do fim da manhã que brilhava do lado de fora, ele sentiu a estranheza de estar sozinho. Foi a primeira vez que a solidão se apoderou dele desde o acidente que tirou a vida de sua mãe e de seu pai dois anos antes. Ele tinha abandonado a escola para que a irmã pudesse terminar os estudos, e também para que ele pudesse ganhar dinheiro e evitar que ficassem falidos. O amor que sentia por ela não permitiria que tivesse agido de outra maneira.

Então as sombras da noite caíram sobre o mundo, e havia chegado a hora. Ele engoliu o resto do uísque, o último de muitos daquela longa tarde. Ele se despiu ali mesmo no escritório... despiu-se completamente... depois se dirigiu para o quarto de Sheila. Ficou com a sensação de ter feito o mesmo percurso antes, o mesmo tipo de caminhada. Talvez tivesse feito. Ele realmente não sabia. Tudo o que ocupava sua mente agora era fazer o assassino pagar pela morte de sua querida Sheila.

Em seguida ele estava no quarto da irmã. As coisas dela ainda estavam sobre a cama, onde ela as havia deixado naquela noite, a última noite de sua vida — a calcinha, o sutiã, a meia-calça e o terninho de duas peças de malha de lã rosa. Os sapatos cor-de-rosa de salto alto estavam no chão ao lado da cama.

Nu, ele olhou para as peças de roupa por um longo tempo antes de vesti-las. E então, quando se examinou no espelho, era Sheila quem estava olhando para ele — a única diferença era que ela possuía cabelo louro, e ele era um pouco mais para o moreno; os cabelos dela eram longos, e os dele, curtos. Mas isso não era problema. Sheila tinha várias perucas, e uma delas era da mesma cor do cabelo dela. Com frequência, logo após lavar o cabelo, ela gostava de usar aquela peruca.

Ele pegou-a do armário e, com muito cuidado, colocou-a na própria cabeça. Um pouco de batom, delineador e rímel, e, sem dúvida, era Sheila olhando para ele no espelho.

Ele deu uma risada de vingança sinistra enquanto admirava seu reflexo, um riso que surgiu com um tom musical que só Sheila tinha... E ele soube que Rance Hollingsworth estava respirando pela última hora de sua vida.

Ronnie estacionou a alguma distância da velha mansão. Ele pensou que talvez o tenente Roberts houvesse colocado algum policial de tocaia no local. Mas, na verdade, o tenente não tinha nenhuma evidência que o convencesse de que Ronnie faria qualquer coisa... além de conversar. Não havia guardas e a casa estava escura, exceto por uma luz amarelada onde Ronnie sabia ser o escritório. Ele já havia estado na casa algumas vezes para buscar Sheila, porque o carro dela tinha enguiçado. Ele não teria dificuldade para se mover por ali. E sabia da fechadura quebrada na porta da cozinha. O velho nunca havia substituído aquela fechadura... com todo o dinheiro que ele tinha, era um avarento no verdadeiro sentido da palavra. Havia um gancho, que permitia que a porta se abrisse cerca de um centímetro e meio; usando uma lixa de unhas, ele levantou esse fecho com facilidade e escancarou a porta.

Os saltos altos fizeram um leve ruído no chão não atapetado da cozinha, mas ele tinha certeza de que não fora ouvido. Mesmo assim, andou na ponta dos pés até chegar ao corredor acarpetado; em seguida, suave como um gato, encaminhou-se em direção ao escritório. Havia apenas aquela luz amarelada; uma pequena lâmpada incandescente sobre a escrivaninha do velho.

Ele estava ocupado com alguns papéis e não percebeu nem ouviu a porta se abrir. Ronnie estava parado à porta, com a aparência completa de Sheila — à meia-luz, ele não precisava ser tão perfeito em seu disfarce.

De repente, o velho sentiu a presença de alguém na sala. Ele não olhou para cima imediatamente, mas o tremor que passou por seu corpo foi o bastante para indicar que ele estava ciente dessa presença. Então, devagar, ele ergueu a cabeça e olhou ao redor, sob a luz do abajur. Seus olhos se arregalaram de espanto ao ver a voluptuosa garota à soleira da porta. Ele largou a caneta com a qual estava escrevendo.

O velho molhou os lábios repentinamente secos. "Sheila... Sheila, é você?" Sua voz soava baixa, quase como um sussurro, nervosa e trêmula.

"Sim!" Não havia dúvida de que era a voz de Sheila que vinha dos lábios vermelho-sangue. "É a Sheila."

"Eles... eles me disseram que você estava morta."

"Mas eu estou morta." Ronnie deu vários passos para a frente, mas não se aproximou demais a ponto de atrair muita luz para o seu disfarce. "Olhe de perto e você verá o sangue cobrindo meus lábios. Olhe mais de perto e veja que não há cor na minha pele. Então, olhe ainda mais de perto e encontrará o esqueleto que em breve me tornarei... e deixe seu nariz sentir o cheiro de túmulo que me rodeia."

O velho tombou para a frente. Morreu em seguida. Seu coração não pôde mais aguentar a pressão daquela que ele acreditava estar vendo parada ali, cujo corpo surgira cercado pela auréola da morte.

Ronnie percebeu o que havia acontecido. Ele queria enfiar a lixa de unha afiada no coração dele. Queria ver o sangue espirrar rapidamente sobre todo o colete e o casaco manchados de cinzas de charuto. Como ele queria ter visto o velho estremecer diante da tortura ao saber que iria morrer! Mas Ronnie fora enganado.

Ele atravessou a sala até um armário oculto na parede e pegou uma garrafa de uísque que o velho mantinha em seu estoque particular. Encheu um copo até a borda, sentou-se e chorou até o rímel irritar seus olhos. Ele tinha sido muito enganado. A pobre Sheila ficaria sem sua vingança...

Ele então olhou para o vazio e se lembrou de todas as coisas que antes se esquecera de lembrar. Lembrou-se de Sheila voltando para casa naquela noite. Lembrou-se da raiva com que a irmã investiu contra ele. Ela jogou na cara dele todas as vezes que estiveram juntos sexualmente. E gritou sobre como havia sido tola por ter se apaixonado por uma bicha como ele. Será que o amor dela, e o corpo dela, não era suficiente para ele? Não havia necessidade de mexer nos freios do carro dos pais. Ele não precisava ter forjado o acidente que lhes tirou a vida. Era tão ciumento a ponto de não suportar que ninguém mais ficasse perto dela... que ninguém mais a tocasse?

Depois veio a parte crucial, que consistia em se livrar dele. Rance Hollingsworth sempre havia sido gentil com todos da família e nunca se convenceu daquele acidente de carro. Ele tinha uma prova — e a entregaria para a polícia assim que a preparasse.

Daquele momento em diante, quando ajeitou a blusa sensual por dentro da minissaia, Sheila tinha que morrer... mas Ronnie não conseguia se lembrar de como ela morreu. Ele se lembrava de um lugar onde fazia frio. E se lembrava de lavar o sangue pegajoso de suas mãos... o sangue que havia espirrado rapidamente... mas ele não lembrava como, ou onde, ou quando...

Rance Hollingsworth teve que morrer. Ele foi responsável pela morte de Sheila. Foi responsável por lhe tirar seu amor, sua parceira sexual...

E Rance Hollingsworth estava morto. A parte superior de seu corpo encobria o depoimento que ele vinha escrevendo... e a história seria contada... apareceria nas manchetes por todo o estado... e Ronnie seria encontrado em uma cadeira, diante da escrivaninha de Rance, dormindo depois de beber duas garrafas de uísque...

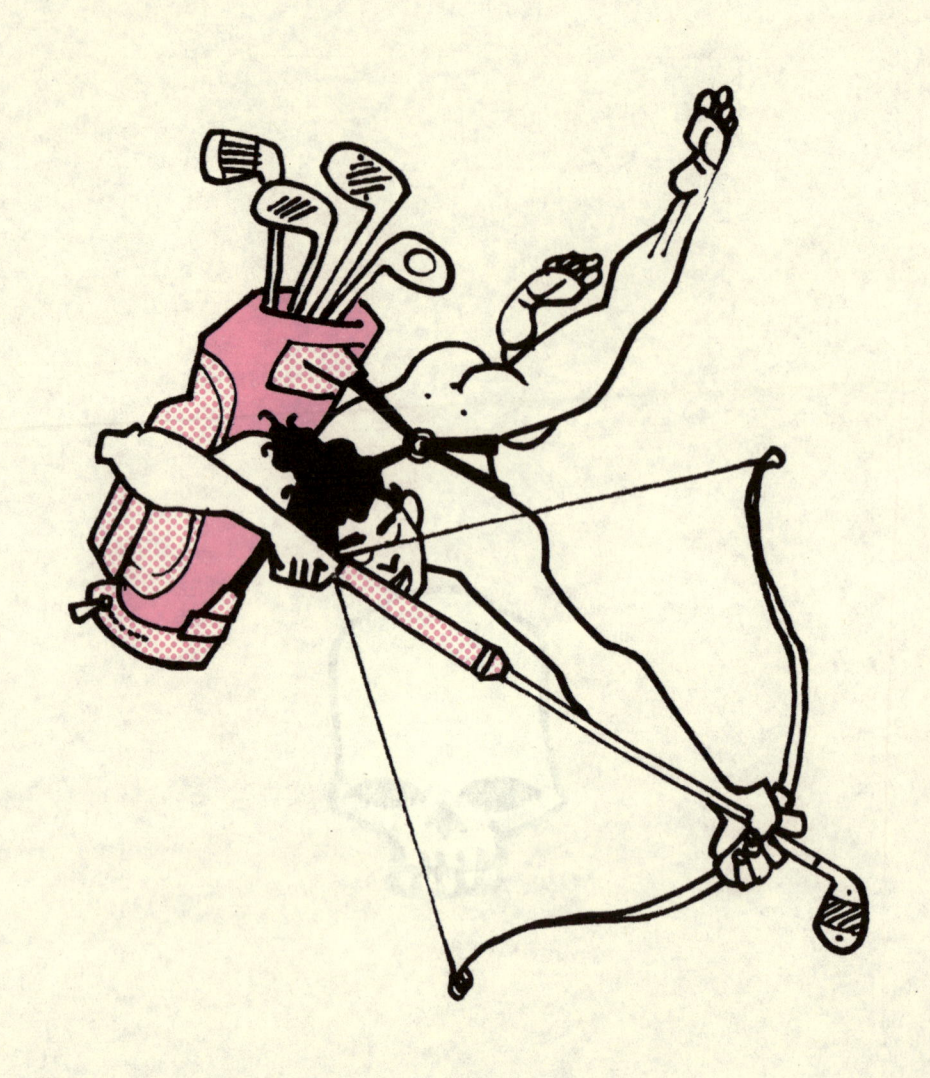

ED WOOD JR.
CONTOS & DELÍRIOS

UM ESTRANHO DIVÓRCIO

1969

Jerry não era grande coisa como homem, no que diz respeito aos tipos mus- 63 culosos. Ele era gordo demais e suas bochechas eram de um rosa quase doentio, embora seu rosto não fosse desagradável — em um passado não muito distante, poderia até mesmo ter sido considerado bonito. Mas Jerry possuía algo importante: ele tinha dinheiro — muito dinheiro, e uma casa grande em uma ilha de dois hectares em um dos Grandes Lagos, uma área imaculada de gramados cortados, árvores altas e arbustos aparados. Ele se orgulhava da aparência da propriedade quase tanto quanto da ferramenta que tinha entre as pernas e do que era capaz de fazer com ela... com homens jovens, principalmente.

Em sua juventude, Jerry conseguia todas as coisas que queria, mesmo que seus fundos fossem mais limitados. Desde o início de sua própria descoberta, a homossexualidade como variante sexual foi uma motivação revigorante com a qual levar a vida. Ele estava orgulhoso naquela época. Mas o envelhe-cimento tem uma maneira de igualar todas as vidas. Jerry se viu nessa cate-goria de forma tão súbita quanto o bote de uma serpente.

Ele tinha chegado a uma idade em que suas conquistas ou encontros ca-suais ficavam com a sensação de que deveriam receber algum tipo de agrade-cimento. Na verdade, a maioria deles exigia remuneração. Jerry podia pagar o preço, e fazia isso prontamente.

Durante um bom tempo seu ego o incomodou pelo fato de ter que desem-bolsar bastante dinheiro por algo que poucos anos antes ele recebia de bom gra-do. Mas, com o passar do tempo, percebia cada vez mais que a idade realmente havia chegado e, se ele fosse continuar com esse tipo particular de atividade sexual, teria que pagar muito caro. "A vida é assim!", ele pensava em silêncio.

No começo havia os vagabundos, os jovens que ele encontrava nas esquinas e que já caíam na cama com as pernas abertas. Pouco importava qual extremi-dade Jerry penetraria ou se os desejava deitados de costas ou de barriga para baixo. Aquilo significava apenas uma relação rápida de cinco ou dez dólares e um teto sobre suas cabeças por uma noite... talvez um fim de semana... ou mesmo uma semana inteira, às vezes.

Jerry preferiria que houvesse muito mais classe em seus parceiros sexuais, mas não sabia como conseguir isso. Ele nunca havia tido a necessidade de se sentir seguro com os vagabundos — até que começou a reparar no sumiço de objetos de valor de sua casa depois que os sujeitos iam embora. E ele também passou a ser surrado diversas vezes por esses jovens devido a alguma infração de seu código silencioso.

Os narcóticos se tornaram outro fator complicado em sua decisão de nunca mais sofrer nas mãos dos vagabundos. Mais do que qualquer outra, ele temia a exposição. Os narcóticos sempre acabavam sendo descobertos pelas autorida-des, mesmo quando escondidos em uma ilha quinze quilômetros lago adentro.

O dilema sobre o que fazer lhe causava uma tremenda ansiedade. Seu temperamento se inflamava com tamanha frequência que os dois únicos em-pregados permanentes — uma governanta e um mordomo — ameaçaram se demitir. Ele tentou a masturbação, mas a automanipulação sempre o deixa-va frígido. Tinha que ter um parceiro disposto... um rapaz sem roupas e com uma ereção deitado na cama com ele.

"Você é tão adorável, meu querido", ele sempre tomava a iniciativa, e suas mãos acariciavam delicadamente o corpo de sua presa até que o rapaz ficas-se duro e se contorcesse na cama. "Oh, meu querido garoto, onde você este-ve durante toda a minha vida? Vou fazer amor de um jeito como você nunca experimentou antes."

Ele queria dizer essas palavras repetidas vezes, mas para alguém que esti-vesse mais próximo de pertencer à sua própria classe.

Robert entrou em sua vida quase como se tivesse sido planejado. Aconteceu no campo de golfe, no nono buraco, no clube que Jerry frequentava no continente. Robert, o homem que ele logo conheceria, deu uma tacada à sua frente, e a bola seguiu na direção certeira até cair no buraco.

Jerry nem sempre aceitava que jogassem à sua frente, mas quando viu aquele rapaz alto e bonito, a temperatura de seu corpo subiu. "Bela tacada", ele disse, e suas rechonchudas bochechas rosadas enrubesceram.

"Obrigado." E então o rapaz deu outra tacada e seguiu seu caminho.

Eles se encontraram pela segunda vez no salão de coquetéis do clube. "Desculpe por ter feito a tacada na sua frente daquele jeito! Depois fiquei sabendo você não aprova esse tipo de coisa."

Jerry acenou com a mão. "Esqueça isso."

"Pelo menos, permita-me que eu lhe pague uma bebida." Robert piscou, e alguma coisa naquela piscada contou a Jerry tudo o que ele queria saber.

"Eu adoraria que você me pagasse uma bebida... se eu puder retribuir o favor com as próximas."

Robert ergueu o copo em uma rápida saudação. "Combinado, meu amigo." Em seguida, estendeu a mão. "Eu sou Robert Grant."

Jerry apertou a mão do homem. "Eu sou Jerry Hall!"

"Então você deve ser o Jerry Hall que é dono da ilha no lago!"

Jerry assentiu. "Quem sabe em algum momento você queira ir ver?" E então sussurrou: "A minha ilha!".

"Não existe nada que eu gostaria mais de fazer. Mas ainda está cedo. Por que não voltamos ao campo de golfe e jogamos mais um pouco?"

Jerry tomou a bebida refrescante que tinha sido colocada diante de si. "Assim que terminarmos as bebidas que acabamos de pedir." Ele sorriu largamente e as bochechas rosadas ganharam outro brilho... um que ele não exibia havia algum tempo.

Jogaram uma rodada de golfe e tomaram várias rodadas de martíni... e houve um bocado de mãos e joelhos se tocando quando ninguém estava olhando. Não restavam dúvidas de que cada um conhecia as preferências do outro... O que foi comprovado momentos depois de terem entrado na casa e tomado mais um martíni. "Você estava mexendo na minha perna lá no salão de coquetéis." Não havia nenhum veneno no tom de Robert enquanto falava e tomava um gole de sua bebida.

No entanto, as palavras súbitas pegaram Jerry de surpresa. "Por que você está dizendo uma coisa dessas?"

"Do jeito como estávamos não poderia ter sido um acidente." Robert deu sua piscadela maliciosa. Estendeu a mão pelo bar até colocá-la delicadamente em cima da mão de Jerry.

Jerry quase chorou. Lágrimas de alegria brotaram por trás de seus olhos, mas ele as segurou e não deixou que escorressem. No entanto, virou a mão e pegou a do outro. "Eu tenho estado tão solitário."

Robert franziu os lábios. "Você não é o único nessa situação, Jerry."

"Mas você é casado. Tem dois filhos pequenos. Como pode se sentir sozinho? Por acaso você é...?"

"Homossexual?"

"Sim."

"Nós estamos em todas as esferas da vida, meu amigo. A esposa e os filhos vieram antes mesmo de eu conhecer a minha própria mente. Muitos de nós somos um tanto estúpidos na juventude."

"E... e você poderia aprender a gostar de mim... de como eu sou... sou muito rico, sabe?"

"Quem diabos se importa com dinheiro? Ouça, Jerry, se chegarmos aos finalmentes, e provavelmente chegaremos, você também tem que considerar o meu lado. Minha conta bancária também não decepciona. Estou muito bem resolvido quando o assunto é dinheiro."

"Oh, meu querido", soluçou Jerry. "Se você pudesse imaginar como eu ansiei por ouvir essas palavras. Tem sido uma época muito difícil para mim." Ele olhou nos olhos do homem mais moço com intensidade. "Eu já não sou jovem."

"A juventude mora no interior de cada um." Ele abriu bem as pernas e a protuberância na parte da frente de suas calças dispensava qualquer outra explicação. "E neste momento eu me sinto bem mais jovem... e não quero envelhecer nem mais um segundo com esse tipo de coisa na minha cabeça." Ele agarrou com firmeza o volume em sua virilha. "E quanto aos seus empregados?"

"Eles sabem que não devem se meter nos meus assuntos. Estão comigo há muito tempo."

Robert tirou o casaco e, em seguida, fez o mesmo com a camisa e a gravata. Ele não deixou que as roupas ficassem no chão. Em vez disso, dobrou as peças cuidadosamente e as colocou sobre um dos bancos do barzinho. Por algum tempo, ficou flexionando os músculos, que ondulavam sob a pele nua. O jovem sabia o que estava fazendo com o homem mais velho. "Não vamos ficar com meias palavras. O tempo, por mais que pareça longo, é curto demais quando estamos aproveitando. Onde fica o quarto?"

Jerry desceu do banquinho do bar e, sem dizer mais nada, pegou a mão de Robert e conduziu-o por um labirinto de corredores. "Eu gosto assim, nu e cru", disse ele, sem olhar para o jovem.

"Existe algum outro caminho?" Robert apertou a mão de Jerry em um rápido movimento de afeição. "Esses corredores nunca terminam?"

"É uma casa muito antiga." Jerry parou diante de uma porta enorme. "O meu avô a construiu há mais de cem anos. Acho que ele não tinha as mesmas ideias que eu sobre gerar descendentes. Suponho que um dia tudo isso terá desaparecido... a menos que algum parente há muito esquecido apareça para reivindicar."

"Isso é provável?" Se Jerry tivesse pensado melhor, talvez teria percebido algum pensamento sinistro por trás das palavras de Robert. No entanto, nenhum outro pensamento ocupava a mente do homem mais velho além daqueles que comandavam sua ferramenta para o prazer sexual. Ele sentiu um ardor ainda maior ao constatar que, de fato, iria receber esse prazer.

A cama coberta de veludo vermelho surgiu, imensa, diante deles, e por mais que esperasse algo desse tipo, Robert ainda assim se surpreendeu com o esplendor. "Uau!", ele exclamou.

"Gostou?"

"Teria que ser maluco para não gostar." Ele atravessou o espesso tapete vermelho e testou a maciez da cama. "Assim vamos ficar quicando, com certeza."

"Eu mandei projetá-la especialmente com esse propósito, meu querido. Fico feliz que tenha gostado." Então Jerry tirou a camisa e a gravata. Em seguida afrouxou o cinto e, quando este se soltou, deixou a calça cair em um grande círculo ao redor de suas pernas rechonchudas. Em vez de remover a última peça de roupa, Jerry puxou a cueca para cima, ajeitando-a na cintura. "Não seja tão tímido, meu querido. Está na hora da caminha."

Robert se despiu, mas o fez muito lentamente. Ele se aproveitava ao máximo de cada momento, o tempo todo consciente de que os olhos do homem mais velho não se desviavam de sua exuberante figura. "Uau, que corpo você tem!", disse Jerry.

"Vida boa. Comida adequada. Bebida da melhor e muito tempo na cama."

"Nem sempre sozinho, espero."

"Lembre-se de que tenho uma esposa."

"Venho tentando esquecer essa parte do arranjo. Mas como ela é?"

"Shirley é muito bonita."

"Disso eu tinha certeza." O homem gorducho foi até Robert e passou as mãos sobre o torso nu do jovem; em seguida, deslizou-as até alcançar sua roupa íntima. O elástico cedeu com facilidade e a cueca caiu em volta de seus tornozelos. Robert a chutou para longe.

"Você gosta do que vê?"

As mãos de Jerry buscaram e agarraram o instrumento de prazer. "Oh, é adorável... adorável... adorável... Se ao menos soubesse como me fazia falta estar com alguém como você." Ele se ajoelhou diante do rapaz. "É absolutamente adorável. Que corpo magnífico você tem!" Suas mãos deslizaram pelos quadris do jovem. "Eu tenho que possuir você... Agora... agora... agora... Não posso me segurar por mais tempo." Então arrancou a cueca para expor sua própria ferramenta. "Você precisa me possuir quando eu terminar. Você precisa. Eu morreria se me negasse isso."

"Não vou lhe negar nada, velho amigo."

"Você fala de um jeito muito grosseiro."

"Suponho que seja o meu jeito."

Jerry olhou para cima e encarou os olhos do homem totalmente nu acima dele. Com as mãos nos quadris, Robert mirou o homem rechonchudo com absoluto desafio no olhar. "Você parece muito estranho."

Robert riu. "E você parece ainda mais estranho, aí embaixo, ajoelhado assim."

"Nós poderíamos ir para a cama. Mas eu gosto mais desta maneira. Este é o meu estilo. Mais tarde teremos tempo para a cama. Você sabe que não posso lhe negar nada."

"Então você não vai me negar nada."

Naquele momento a porta atrás deles se abriu, e uma linda garota ruiva estava parada ali. Ela também apoiou as mãos nos quadris, como o marido havia feito enquanto olhava para Jerry. O fotógrafo ao lado dela tirou três fotos com rapidez e desapareceu da cena.

"Eu acho que isso vai resolver as coisas", sorriu a garota ao olhar para Robert.

Robert esticou o braço e pegou sua cueca e a calça. "Sim, isso deve resolver." Vestia-se rapidamente enquanto o estupefato Jerry desabou com o traseiro no chão e as costas apoiadas na cama. Seus olhos haviam ficado completamente ofuscados.

O rapaz se vestiu com movimentos ágeis, depois se juntou à garota que esperava na porta. Ele olhou mais uma vez para o homem gorducho caído no chão. "Nos vemos no banco... Digamos, às onze da manhã. Prefiro não acordar cedo demais." Então colocou o braço ao redor da garota e ambos se retiraram do quarto. A porta se fechou pesadamente atrás deles.

ED WOOD JR.

CONTOS & DELÍRIOS

POSIÇÃO IMPOSSÍVEL

1971

Eles penetraram mais e mais fundo na densa selva. A folhagem era tão espes- sa que era impossível enxergar mais do que alguns poucos metros à frente, e certamente impossível de ver através dela. A cada passo era preciso abrir caminho com golpes de facões empunhados por fortes nativos armados e musculosos, que tinham de parar inúmeras vezes para afiar as lâminas. Dizer que o que aconteceu foi difícil seria o eufemismo do ano; a façanha beirava o impossível e os dois missionários brancos, apesar de aclimatados à selva, não estavam preparados para um acontecimento tão perigoso. Eles já haviam estado em outras selvas antes e, de acordo com suas ideias, uma selva provavelmente era igual a qualquer outra. Talvez um cenário de fedor e suor, odor de fezes e podridão por todo lado, e com o perigo constante de cobras e animais devoradores de homens. Tudo era um monumento à morte.

Mas a selva ardente e infestada de insetos e cobras pela qual se aventuravam nessa ocasião representava o monumento de todos os monumentos que poderiam ser erguidos para o ceifador. Vinha sendo assim para os missionários havia dias, e não parecia existir um fim à vista.

Eles passaram as últimas quatro noites em cabanas rústicas construídas no alto das árvores. Os nativos eram tremendamente habilidosos com essas construções. Tinham que ser, se quisessem sobreviver em ambientes desse tipo.

Mesmo assim, no entanto, não tinham nenhuma garantia em termos de segurança. Ainda havia os animais que viviam nas árvores e as cobras sempre por perto. Os missionários não portavam armas, mas andavam na companhia de rapazes armados o tempo todo. Os missionários brancos estavam lá com o objetivo de salvar as almas dos pagãos, mas, para poder fazer isso, perceberam que tinham de salvar a própria pele primeiro. Um homem morto não era útil para ninguém. E, especialmente nessa jornada, precisaram colocar em prática toda sua perspicácia para que a aventura tivesse uma conclusão bem-sucedida.

A missão deveria ser realizada durante essa única expedição na selva. Não poderia haver uma segunda viagem. As finanças não permitiriam isso. E, devido a todos os filmes de selva sobre tal assunto, a possibilidade de uma missão desse tipo realmente acontecer tornou-se uma ideia um tanto risível. Arrecadar o dinheiro, mesmo para aquela única viagem, levou mais de um ano. E foi um trabalho diário, vinte e quatro horas por dia, durante o ano inteiro. Houve muitos trabalhadores voluntários no projeto. Até mesmo um punhado de lindas moças que iam de porta em porta pedindo contribuições, uma vez que a campanha de arrecadação de fundos havia sido aprovada por todos os órgãos oficiais.

Embora os missionários fossem completamente sérios em relação a seus planos, a campanha inteira tinha sido tratada com um tom mais debochado. Mas, por causa dos filmes que contavam histórias semelhantes, essa era aparentemente a única maneira de fazer o projeto funcionar.

Os programas de entrevista no rádio e na televisão riram da ideia toda quase a ponto de ridicularizá-la. Mas os dois missionários eram capazes de aceitar qualquer coisa, desde que seu objetivo de alguma maneira fosse atingido: levantar os fundos para a viagem rumo à selva mais fechada que alguém já havia penetrado.

"Nunca imaginei que uma selva pudesse ser assim, Fartheringay", o mais alto dos dois missionários resmungou durante outro de seus intervalos frequentes.

"Mas, Martin, nós sabíamos que não seria moleza." Fartheringay tirou um enorme lenço vermelho do bolso traseiro da calça branca e limpou o suor e a imundície da testa. Ficou admirado com a quantidade de sujeira retida nos poros de sua pele; podia lavar o rosto em cada curso de água que eles encontrassem e, alguns instantes depois, a imundície estava lá novamente. "Maldito calor! Malditos insetos! Malditas feras, malditas cobras!"

"Verdade, Fartheringay, e que bom que você não é um homem que costuma praguejar." Martin também limpou o suor da testa, que escorria pelo colarinho da camisa. "Diga-me, meu velho, você realmente acha que esses negros sabem para onde estão indo?"

"Bem, se eles não sabem, estamos seriamente encrencados, porque com certeza nem você nem eu sabemos." Ele olhou para cima, para onde o céu deveria estar, mas não havia porção de céu visível em meio ao emaranhado das copas das árvores e da selva repleta de folhagens amplas. "Pode ser noite ou pode ser dia. Quem é capaz de saber quando não se pode ver o céu? Poderia até estar chovendo lá em cima e as gotas não conseguiriam se infiltrar nesse labirinto."

E então, ao verem que os rapazes nativos pararam adiante e começaram a conversar com aquele palavreado que mais parecia o rugido de feras, os missionários perceberam que o intervalo dessa vez duraria cerca de quinze minutos. Havia um intervalo desse tipo a cada hora. "É como um pessoal de sindicato", Martin tinha comentado dias atrás, quando testemunhou a regularidade das paradas.

"Lá vão eles novamente", ele disse e tocou no ombro de Fartheringay, então apontou para um tronco de árvore caído cujo aspecto não parecia tão podre para que pudessem se sentar. "A podridão penetra na calça, até mesmo através da cueca", Martin observou na primeira vez que escolheu um tronco ao acaso para se sentar. "Aquele ali parece ser seguro o suficiente."

"Ouso dizer que sim. E ouso dizer que será agradável dar um descanso aos meus pés por algum tempo. Talvez os rapazes negros tenham razão em fazer esses quinze minutos de intervalo a cada hora, e cinco minutos a cada quarto de hora."

Eles viraram de costas e se preparavam para sentar no tronco quando, de repente, dois dos nativos correram em direção a eles em um estado de agitação e desespero.

Pensando estarem prestes a ter a cabeça cortada pelos maníacos descontrolados, os missionários se prepararam para encarar a maior luta de suas vidas. Mas aos dois rapazes se juntaram vários outros, que os arrastaram à força para longe do tronco. Os dois homens brancos proferiram uma enxurrada de palavras de protesto, mas foram retidos de forma segura por vários nativos. E então, quando a tagarelice parou, o líder dos nativos pegou uma enorme rocha e jogou-a no tronco de árvore caído.

A casca da árvore não apenas enganava quanto à resistência, como também encobria o mais puro horror, muito pior do que a simples possibilidade de os dois homens afundarem ao se sentar sobre o tronco. Caso o tivessem feito, estariam sentados sobre um ninho de víboras do qual homem nenhum poderia escapar vivo.

Quando a rocha atravessou a casca, o tronco explodiu com a força da pedra e com a pressão do que havia em seu interior: serpentes que se retorciam e se espalhavam com a boca escancarada.

Os rapazes foram ágeis ao subir nas árvores ali perto, levando consigo os missionários, e lá permaneceram até que a última das cobras mortais tivesse partido selva adentro em busca de um novo lugar para fazer seu ninho.

De volta ao solo firme, os missionários fizeram questão de deixar claro que estavam agradecidos de todo o coração por terem sido salvos.

Mas havia muito mais preocupações na mente deles a partir de então. Eles se perguntavam como voltariam a conseguir descansar, se cada vez que decidissem se sentar correriam o risco de ter as costas picadas pelas presas de uma víbora. A serpente na religião deles sempre representou o mal, e de modo algum eles poderiam partir para o outro mundo levados pelas presas do mal.

No entanto, os rapazes nativos pareciam antecipar muitos dos problemas que os missionários estavam enfrentando e, antes do próximo período longo de repouso, confeccionaram dois banquinhos de madeira. Os objetos certamente não eram obras de arte, mas se revelaram muito úteis; eram bancos com pernas, em vez de inteiriços, de modo que qualquer coisa que estivesse rastejando por baixo deles pudesse ser avistada com facilidade.

"Nunca devemos perder a fé, Martin."

"Oh, não vou perder a fé. Só espero que tudo tenha valido a pena quando retornarmos com o nosso prêmio."

"Encontrar uma rainha branca nestas selvas não pode ser nada menos que uma missão bem-sucedida, além de um tributo à ciência e aos homens da ciência em todo o mundo."

"Isso se ela não acabar sendo uma albina... uma nativa de pele branca."

"Mas você conhece as histórias tão bem quanto eu. Essa é uma rainha branca de verdade. Se fui capaz de convencê-lo, Martin, é porque eu mesmo devia estar realmente convencido. E você não pode se esquecer de que muitas pessoas doaram fundos para esta expedição. Não podemos voltar para casa de mãos vazias. Será uma rainha branca de verdade. Tenho convicção disso. Rezei muito para não nos desapontarmos."

"Ah, sim, Fartheringay, eu também enviei gestos especiais para o mestre para não sermos derrotados em nossa tentativa. Mas suponha que a rainha branca não queira voltar conosco. Suponha que ela queira permanecer aqui nesta selva."

"Qualquer um que queira permanecer neste buraco fedorento só pode estar louco. Nesse caso, encontraríamos nosso prêmio, faríamos as filmagens e voltaríamos. Mas tenho certeza de que nossas palavras despertarão em qualquer garota a curiosidade do que é o mundo exterior. E quando ela viajar de graça e ganhar todos os luxos de um passeio com as nossas missões... nenhuma garota jamais recusaria essa oportunidade."

"A próxima questão é que espero que possamos fazer com que ela nos entenda. Nem sequer conseguimos nos fazer entender muito bem pelos nossos próprios rapazes. Desde que receberam as instruções do capataz ou de quem quer que fosse lá na aldeia, eles têm se mantido em uma direção e não temos como nos comunicar com eles ou descobrir o que está acontecendo."

"Bem, eu acredito que o chefe deles entendeu quais eram as nossas intenções. Ele repetiu para mim todas as minhas exigências com bastante atenção, depois as explicou aos rapazes aqui. Não... eu acredito, sim, que eles estejam fazendo seu trabalho."

E então a caminhada recomeçou. Os nativos raramente conversavam entre si enquanto atravessavam a facão a selva fechada. Havia muito trabalho a fazer e isso exigia fôlego demais para ficar desperdiçando com conversas; a exceção era quando precisavam comunicar uma ordem direta ou algum aviso entre eles. Portanto, Martin e Fartheringay nunca eram informados sobre quando era hora de se levantar e se preparar para andar. De repente tudo ficava em silêncio entre os rapazes, até que o barulho constante dos facões cortando mato voltava a ser ouvido.

"Bem, lá vamos nós de novo, velho amigo."

"Pois é, Fartheringay. Talvez possamos fazer mais de cem metros nesta próxima hora. Calculei que faríamos a trilha em duas semanas e um dia. Seu cálculo foi semelhante?"

"Isso parece um ano. Mas eu acredito que o seu cálculo esteja totalmente correto." E então ele pisou no que parecia ser um trecho de grama alta e afundou rapidamente, desaparecendo de vista.

"Meu bom Deus, Fartheringay sumiu de vista!"

Os rapazes nativos não tinham a mínima ideia do que o homem branco estava falando e gritando, mas voltaram correndo. Foi uma corrida breve, pois eles estavam apenas três ou quatro metros à frente dos dois missionários. Fartheringay tinha afundado e desaparecido de vista tão depressa que aquilo poderia ter passado despercebido se Martin não estivesse apenas ligeiramente atrás dele.

Martin começou a sondar o lodo em meio à areia movediça, fazendo sinal aos nativos e gritando com todas as suas forças, até que, de repente, o chapéu de Fartheringay surgiu na superfície. Foi então que os nativos entenderam. Dois deles formaram um cordão humano, e o terceiro e quarto homens se agarraram a eles, então um dos rapazes pulou e foi sugado pela areia movediça.

Os outros deixaram que ele se movesse abaixo da superfície por algum tempo, para então começarem a içá-lo. Quando ele saiu, Fartheringay estava na outra extremidade... engasgando-se, cuspindo areia movediça pela boca e pelo nariz. E levou algum tempo até que conseguisse falar. Os rapazes nativos o limparam com a água de uma lagoa e o estenderam no chão, e, enquanto Martin se agitava perto dele, outros dois rapazes ficavam de guarda para impedir a aproximação de cobras.

"*Meeeu Deeeus*, essa foi uma experiência e tanto", foram as primeiras palavras de Fartheringay ao recobrar os sentidos. Mais uma vez, os rapazes perceberam as reações mesmo sem conseguir entender os dois homens. E chegaram a uma conclusão. Simplesmente não avançariam mais naquela tarde. Então, as plataformas foram montadas nas árvores e todos se acomodaram para a noite logo após uma rápida ceia de carne seca de coelho, café amargo e batatas assadas na terra. Os nativos providenciavam toda a comida quando era necessário cozinhar. Mas, além da água fervente e das batatas assadas, eles pouco faziam com a carne e a comiam crua. Martin e Fartheringay preferiam comer a carne seca que haviam trazido com eles.

No entanto, sempre havia a manhã seguinte e, na terceira dessas manhãs, a selva se abriu em uma clareira tremendamente ampla com umas vinte ou trinta cabanas de palha dispostas em um grande círculo, no centro do qual muitas fogueiras haviam sido acesas ao longo de séculos.

O nativo que estava no comando da caminhada correu ansiosamente até Martin e Fartheringay e, com entusiasmo, apontou para a aldeia. Ficou evidente que ele estava tentando dizer que haviam chegado ao seu destino.

"Fartheringay! Acho que chegamos!" A voz de Martin tinha a mesma empolgação que o nativo havia demonstrado.

Então eles recuaram quando a aldeia vazia de repente ganhou vida com a presença de uns duzentos homens e mulheres de pele muito negra e cabelo encaracolado. Eles não pareciam perigosos e nenhum deles carregava qualquer arma que os missionários pudessem distinguir. E havia um homem negro muito alto com muitas penas coloridas subindo e descendo pelas costas e ao redor de suas pernas e braços. Ele era, sem dúvida, algum tipo de chefe, então os dois homens brancos decidiram que era com ele que deveriam conversar e, assim, o abordaram sem rodeios, com a mente ansiosa e cheia de expectativa.

"Ah, se você ao menos conseguisse entender um pouco do inglês...", suspirou Martin, olhando diretamente para o homem grande.

O homem sorriu. "Mas eu falo inglês muito bem, assim como a maioria da nossa tribo. A rainha branca decretou que todos os indivíduos devem ser capazes de entender a língua."

"Graças a Deus", sussurrou Fartheringay. "E você falou da rainha branca. Então viemos ao lugar certo. Nós localizamos o objetivo da nossa jornada."

"A rainha branca ficará muito honrada com a visita de vocês."

"Podemos vê-la agora?" Martin estava ficando ansioso demais. A jornada tinha sido longa, e, como a viagem estava no fim, ele queria desesperadamente ver o que havia para ser visto ali.

"Mas é claro que sim, queridos amigos", murmurou o homem grande por trás de seu sorriso. "Se fizerem a gentileza de me acompanhar por aqui."

Os dois missionários observaram o andar gracioso do homem, mas sem pensar muito a respeito. Os nativos, ao atravessarem a selva, às vezes tinham que fazê-lo com muita graciosidade para evitar os perigos que os ameaçavam aos seus pés. Então ele parou em frente a uma grande cabana de capim e se virou para encarar os homens. "Nossa rainha branca!"

Dizer que aquilo foi um choque é um eufemismo. Martin e Fartheringay quase caíram sentados quando um jovem homem branco e louro, coberto de joias, brincos, gargantilhas, pulseiras e tornozeleiras, passou pela porta com passos delicados e os cumprimentou com um sorriso largo de dentes muito brancos. "Queridos!", ele cantarolou.

Os missionários, boquiabertos, estavam estupefatos com o que viam. "Meu bom Deus, Fartheringay, viajamos pela selva procurando uma rainha branca e encontramos isso..."

Fartheringay piscou. "Uma bicha, um viado, um afrescalhado, um rapaz efeminado..."

Em seguida, os dois se viraram abruptamente e voltaram correndo pela trilha em que tinham vindo.

A rainha branca pôde apenas suspirar e, em um falsete muito agudo, sussurrar suas palavras: "Ah, tudo bem. Eles não teriam me servido para nada, de qualquer maneira. Sempre achei a posição missionária impossível". Então, voltou pulando para dentro da cabana de capim.

DRÁCULA REVISITADO

1971

Foi um momento extremamente tenso.

A viagem toda, partindo de Hurstendorf e seguindo através das montanhas da Transilvânia, havia sido um longo e tenso momento. Às vezes, as montanhas pareciam espetar seus cumes escarpados diretamente na base da lua cheia encoberta pelas nuvens. E então, em outros pontos, os penhascos pontiagudos despencavam de forma abrupta por mais de dois quilômetros e meio... um terror por si só, mas, para piorar as coisas, a lua propiciava pouca iluminação e a estrada estreita e esburacada, com uma única pista de terra, pendia precariamente à beira do precipício.

As rodas de madeira com aros de ferro da carruagem preta lascavam as bordas da estrada a cada curva. Era possível ouvir a terra e as rochas despencando e colidindo na lateral da colina, e o eco ainda reverberava muito tempo depois de a carruagem ter passado. Profundo! Esmagador! Agourento!

Embora houvesse muitas nuvens escuras e carregadas, que às vezes encobriam totalmente a lua cheia, não havia nenhum indício de tempestade. No entanto, o clarão cegante dos relâmpagos cruzava o céu em movimentos violentos. O som arrasador do trovão ecoava e se duplicava ao encontrar uma das laterais do penhasco para, em seguida, rebater na outra, em uma sequência ininterrupta. E antes que um desses sons perdesse a força, mais um e outro se juntavam a ele até causar a impressão de se estar envolvido de corpo e alma em um vácuo de sons aterrorizantes e de estourar os tímpanos. Um terremoto de ruídos que ameaçava a existência dos precipícios menos sólidos.

No interior aveludado do coche preto, velozmente puxado por quatro cavalos pretos idênticos, o passageiro só podia ter a sensação de estar sepultado. O revestimento acolchoado como o de um caixão trazia até os rebites e as alças de prata, além da espessa atmosfera de total desespero. Havia uma secura na garganta... uma constrição nas entranhas e na virilha que progredia para cólicas extremamente dolorosas. O coração tinha um batimento insistente, reverberando pela cavidade do tórax, não muito diferente do reverberar dos trovões nas montanhas. Embora cada batida ameaçasse ser a última, a pulsação do coração era a única verdadeira fonte capaz de informar que ele ainda fazia parte da existência mortal.

O tempo parou! O pavor mantinha seus olhos atrás das cortinas firmemente fechadas nas janelas. O triturar das rodas nos sulcos da estrada e o ritmo dos cascos dos cavalos contra o chão nunca sumiam em meio aos sons dos elementos mais poderosos. A escuridão e o desespero total cobravam seu preço, composto de horrores capazes de perturbar a mente.

Então o passeio brutal e aterrador pela escuridão terminou. Não houve nenhum sinal de que o antigo veículo tivesse desacelerado, nem houve qualquer mudança de ritmo dos cavalos. O cocheiro simplesmente estava acelerando rumo ao infinito em um momento e, no seguinte, havia parado por completo. Então, houve apenas um silêncio total e absoluto. Não se ouvia nem sequer o som do trovão ou da respiração pesada dos cavalos, a qual deveria ser audível depois da longa corrida. Era como penetrar completamente um outro mundo... um vazio agourento onde nem o som nem a luz existiam. Tal experiência somente poderia ser compreendida pelos surdos e cegos... *ou pelos mortos!*

O silêncio não duraria muito. Uma eternidade para a mente ansiosa, mas apenas poucos instantes na realidade. O primeiro som foi o da abertura da porta da carruagem pelo lado de fora. E os sentidos restantes retornaram rapidamente ao lugar apropriado na esfera humana. Um vento brutal e gelado atravessava a porta... era amargo, como o frio vindo da montanha, e não era silencioso. Havia uma característica sinistra que só poderia ser comparada ao vento que atravessava as tumbas e lápides de algum velho e úmido cemitério. Era o choro das almas perdidas e malditas. Os gritos por sua libertação dos eternos poços do inferno.

Ao longe, um lobo uivou sua estranha saudação à lua... talvez um lobisomem ganhando força e vigor para uma noite de ataques ao vilarejo. Segundo a lenda, o lobisomem tem um apetite insaciável por carne e sangue humanos. A lenda também diz que, após a meia-noite, o mundo pode parar a qualquer momento.

Era aquele instante que eu esperava ver — pelo qual tinha viajado de tão longe para testemunhar — e esperava também pela revelação nunca antes vista pelo olho humano, uma cena que prometia ser tão aterrorizante e de parar o coração que eu poderia acabar dominado pelo horror da visão, e minha mente seria esmagada a tal ponto que a sanidade me escaparia.

A viagem, a atmosfera de horror, os agourentos ruídos noturnos e o fato de ficar parado ali diante daquela porta maciça com aldrava enferrujada poderiam ter sido suficientes para mudar as minhas ideias e me fazer voltar para casa. Mas essas ideias se aquietaram praticamente ao mesmo tempo que foram formuladas. Eu não estava pronto para voltar tão rápido àquela tumba puxada por cavalos. Pareceu-me que qualquer coisa seria melhor do que ter meus sentidos novamente aprisionados.

A porta não se abriu com facilidade. Eu tinha batido com a pesada aldrava diversas vezes e ouvi o ruído viajar pelo interior oco e espaçoso atrás da porta. No entanto, já que ninguém veio atender, decidi abri-la sozinho. Mas, quando voltei a pegar a aldrava de ferro, ouvi os cavalos começarem a relinchar e empinar. Eu me virei rapidamente, bem a tempo de vê-los começando a se mover. Mais uma vez, da mesma forma como eles haviam parado antes, não houve uma mudança gradual de ritmo. De repente, estavam em movimento rápido.

Meus olhos arregalados de repente vislumbraram outro horror. Não pude entender de imediato por que eu não tinha percebido antes. O assento da frente estava sem condutor. As rédeas haviam sido presas firmemente a um suporte giratório que ficava atrás do painel protetor, na dianteira da carruagem. E então toda aquela estranheza cessou. Não havia mais tempo para analisar o que acabara de acontecer. Tinha ocorrido em um piscar de olhos.

Já não havia como voltar atrás. Portanto, minhas mãos mais uma vez empurraram a gigantesca aldrava, que também servia como maçaneta. As dobradiças enferrujadas rangeram, e, no momento em que uma fresta da porta se abriu, minhas narinas foram preenchidas com o odor desagradável, pútrido, úmido e mofado que sempre acompanhava uma cripta hermeticamente fechada. Não havia mais como voltar atrás — a porta se fechou e, ao que parecia, trancou-se quando eu passei por ela.

O luar passava pelos altos vitrais, parecidos com os de uma igreja, mas não era suficiente para iluminar a sala cavernosa, da mesma maneira que não era suficiente para iluminar a estrada.

Demorou muito tempo para os meus olhos se acostumarem à sala quase totalmente escura. Mas não era apenas uma sala. Um salão de baile seria a palavra mais adequada. Um salão de baile repleto de teias de aranha, poeira, sujeira espalhada pelo chão e infestado de ratos, um lugar onde os morcegos surgiam dos cantos mais escuros para atacar qualquer objeto em movimento que perturbasse sua silenciosa solidão. Seus ataques eram agressivos e vinham de todas as direções. Eu quase podia ver o sangue de uma determinação irada correndo através do branco de seus olhos. Em movimentos descontrolados, agitei meus braços usando o chapéu como arma. Senti o chapéu colidir com um corpo atrás do outro, todos eles cedendo, e, aparentemente, fui o vencedor. Os agressores recuaram, mais uma vez subindo para os sótãos e recantos escuros no topo da construção.

No entanto, toda aquela agitação estimulou minha psique e trouxe uma amplitude de visão aos meus olhos quando eu os forcei. Eles poderiam muito bem ter permanecido cegos para tudo o que ali havia para ser visto. Onde antes talvez tivessem dançado reis e rainhas, nobres e damas, só restava o fantasma de uma lembrança — um fantasma assustador, na melhor das hipóteses. Completamente sem mobília, as ruínas desnudas do salão de baile digno de um palácio apenas ostentavam as tiras velhas, de séculos passados, do tecido deteriorado que um dia foram cortinas. E havia uma escada sinuosa e não muito segura, que levava à escuridão profunda do que quer que houvesse acima dela.

O que residia nos lugares mais altos do castelo não me interessava naquele momento. Eram os rincões mais baixos que detinham todo o meu interesse. As catacumbas. As câmaras que continham todos os segredos... os segredos dos quais as lendas são feitas. Não havia restado mais nenhuma lenda que pudesse me satisfazer — eu precisava testemunhar o acontecimento verdadeiro. E, com plena noção disso, percebi que estava experimentando algum tipo de sensação psicológica de expectativa e perigo — a expectativa de entrar em um ambiente desconhecido, do qual era bem possível que eu jamais retornasse. As emoções envolvidas em situações como essa talvez pudessem ser explicadas em sua totalidade por um psiquiatra. Mas tais explicações não eram o que eu esperava alcançar. Eu queria buscar todo o fundamento da lenda que vinha sendo contada e recontada desde os dias pré-cristãos. A lenda persistira, avançando através das eras de guerra e modernização. Apenas o local havia mudado.

No entanto, a Transilvânia manteve sua versão mais moderna por mais de duzentos anos. A região romena era, aparentemente, a terra natal... tanto que os aldeões que viviam em um raio de muitos quilômetros do velho castelo não se atreviam a sair quando as sombras da noite envolviam o campo. Os valentes imbecis — e eram mesmo imbecis — que se aventuravam para além das portas trancadas e das residências fechadas raramente voltavam. E aqueles que chegavam a abrir as grossas portas de madeira quase não encontravam força suficiente para fechá-las... isso quando já não haviam se tornado cadáveres.

Todas as lendas têm algum fundamento ancorado em fatos, e todos os fatos apontavam para as antigas montanhas em ruínas e para a carruagem preta puxada por cavalos também pretos, que aguardava na bifurcação da estrada em meio à floresta escura sempre que a lua estava cheia. Embora nenhum aldeão tivesse viajado no veículo, muitos o viram e todos sabiam seu destino. Todos eles ficavam curiosos, mas ninguém era tão valente a ponto de exigir uma investigação.

Eu me movi em direção à frágil escadaria, cuja existência chegava a ser um elogio ao assustador e decadente monumento de uma dinastia havia muito desaparecida. Embora eu não tivesse planos de subir aqueles degraus, devo admitir que a curiosidade trespassou meus pensamentos e meus olhos rumo à escuridão acima de mim. A atmosfera toda pregava truques em minha mente.

Aquilo só poderia ser uma ilusão provocada pelo ambiente horripilante. Nas profundezas da escuridão pareciam flutuar quatro criaturas cobertas por um tecido branco e fino, todas com longos cabelos brancos. Não consegui identificar com clareza nenhuma das feições. Se eu tivesse que descrevê-las, só poderia dizer que os rostos eram crânios cuja pele era de uma brancura assombrosa, esticada firmemente sobre os ossos. Não consegui ver nenhum pé. Era como se flutuassem apenas a alguns centímetros do chão. As mortalhas de gaze — era esse o aspecto das vestimentas — flutuavam atrás das criaturas como se estivessem expostas a uma leve brisa.

Em seguida, essa quimera da noite, esse conjunto de ilusões, deve ter me visto. Todo movimento cessou, até que cada uma das criaturas levantou uma das mãos com garras e apontou para mim. Houve uma conversa entre elas, mas sem que movimentassem os lábios. E as vozes não eram humanas. Ah, como posso explicar a maneira como soaram esses primeiros ruídos, ao escaparem daquelas formas vazias vestidas com mortalhas? As vibrações dos zumbidos transmitidos por elas, que percorriam o ar para serem capturadas por meus ouvidos relutantes, eram completamente indistinguíveis.

De fato, senti como se estivesse enlouquecendo. Perdendo a sanidade! Eu estava sofrendo o arrebatamento de uma loucura, como havia previsto. Mas a minha mente foi capaz de conceber ainda mais quando os meus olhos capturaram a visão daquelas terríveis criaturas à medida que deslizavam pelas escadas em minha direção. Saí apressadamente do caminho, mantendo uma distância segura entre mim e elas. Mas o que seria uma distância segura? Eu não precisava saber. Elas não se viraram para me olhar. Da base da escada, prosseguiram na direção de uma alcova e a adentraram. Não havia como refrear esse tipo de curiosidade. Fui atrás delas o mais rápido que pude, a uma distância que senti ser razoável.

Mas, ao segui-las, sempre havia a sensação de que estavam olhando para mim, observando-me pela parte de trás da cabeça. E eu tinha quase certeza de que, se houvesse portas ali, essas aparições teriam caminhado através delas. Mas eu nunca saberia ao certo, porque não havia portas para impedir qualquer movimento. Demorou bastante tempo até que tivéssemos atravessado o andar inteiro da casa, passando por vários corredores e outras salas, e então, por fim, a grande escadaria que levava para baixo surgiu diante de nós. As quatro criaturas pararam momentaneamente e, mais uma vez, começaram com a conversa inumana — eu sabia que estavam falando de mim, embora elas ainda não tivessem se voltado em minha direção.

E então, a essa altura, meus olhos voltaram a confundir meu senso comum. As criaturas pareciam sumir bem diante dos meus olhos. Claro, era coisa da minha cabeça. Eu era racional o suficiente para perceber que as pessoas e tudo o mais simplesmente não desapareciam assim. Devo ter piscado na hora errada. Havia apenas um lugar para onde elas poderiam ter ido — deveriam ter descido as escadas; certamente não voltaram na minha direção.

As catacumbas ficavam naquela direção, e era aonde eu queria ir em primeiro lugar. Só parei por um momento no topo da escadaria. Mas não tive pressa ao descer. Não quebrei o ritmo lento que ditava cada um dos meus passos por dois motivos. Primeiro porque os degraus eram velhos, rangiam com a mais leve pressão, ameaçando quebrar e me mandar de cabeça para o desconhecido... bem longe, lá para baixo. E esse era o segundo motivo que justificava os passos lentos e investigativos: o desconhecido, e como ele estava longe, lá embaixo!

Eu logo saberia.

Meus pés atingiram a solidez, depois do que pareceu uma eternidade. Tão lentamente quanto os meus passos, uma sensação de choque surgiu e tomou as plantas dos meus pés de imediato, depois subiu com agilidade, rebatendo contra cada célula do meu cérebro até fazer com que meus olhos se revirassem com o impacto.

Meus olhos com certeza se reviraram! E, com isso, devo ter desmaiado por um instante, porque as criaturas cobertas de gaze estavam paradas ao meu lado. Duas de cada lado!! As feições plácidas, parecidas com caveiras, olhavam para mim... o horror... o terror...

Elas me pegaram pela mão, ainda havia duas de cada lado. O fedor de podridão e das impurezas dos túmulos quase me causaram um desmaio permanente... mas aquelas mãos... aquelas garras... me seguraram em pé e me empurraram para a frente. Seus movimentos não eram precipitados... Eram apenas...

Meu bom Deus! Os passos eram como os de uma procissão fúnebre... levando-me ao antiquado caixão de madeira de pinho de estilo búlgaro, que de súbito se destacou no ambiente... se destacou em meio às mortalhas de gaze, quando as criaturas soltaram minhas mãos e começaram a desempenhar um balé lento, como se minha mente tivesse se tornado uma espécie de filmadora que, de repente, houvesse encontrado o recurso da câmera lenta.

Talvez tenha durado uma hora... a dança... o ritual. Poderia ter sido um mês... mas foi somente *naquele instante*, e as criaturas pararam. Elas se alinharam atrás do desgastado caixão de madeira cinza-avermelhada e...

...olharam para mim...

Eu era o intruso!!!!

O investigador...

Estremeci das raízes dos cabelos até as unhas dos pés. Eu estava em terreno desconhecido... no lugar onde eu queria estar. O desconhecido — eu estava olhando para ele.

A meia-noite silenciosamente se apossou de mim. A tampa do caixão fazia um som estranho conforme se abria... um som como as batidas do meu próprio coração lá na carruagem negra. Tudo junto, embora separado... ambos estavam lá... e os dedos saíram pela pequena abertura.

O último instante do décimo segundo minuto me envolveu enquanto eu mantinha o olhar hipnotizado na tampa do caixão que estava se erguendo.

A lenda se dissipara, já não era lenda. A realidade, com todo o seu realismo, tinha que deixar minha mente. Não havia mais qualquer razão para continuar existindo. O morto se levantou de *seu* caixão. O traje fúnebre era igual a como sempre fora descrito. Os lábios eram vermelhos. As presas eram como as de um lobo. Os olhos azuis eram espelhos...

Ele saiu do caixão e as criaturas vestidas com mortalhas o ajudaram a se mover...

Minha mente não perdeu o juízo!!!

Eu vi DRÁCULA sair de seu caixão naquela noite!

Eu NÃO estou louco. Acredite em mim, eu não estou louco.

É sobre viver para contar e eu...

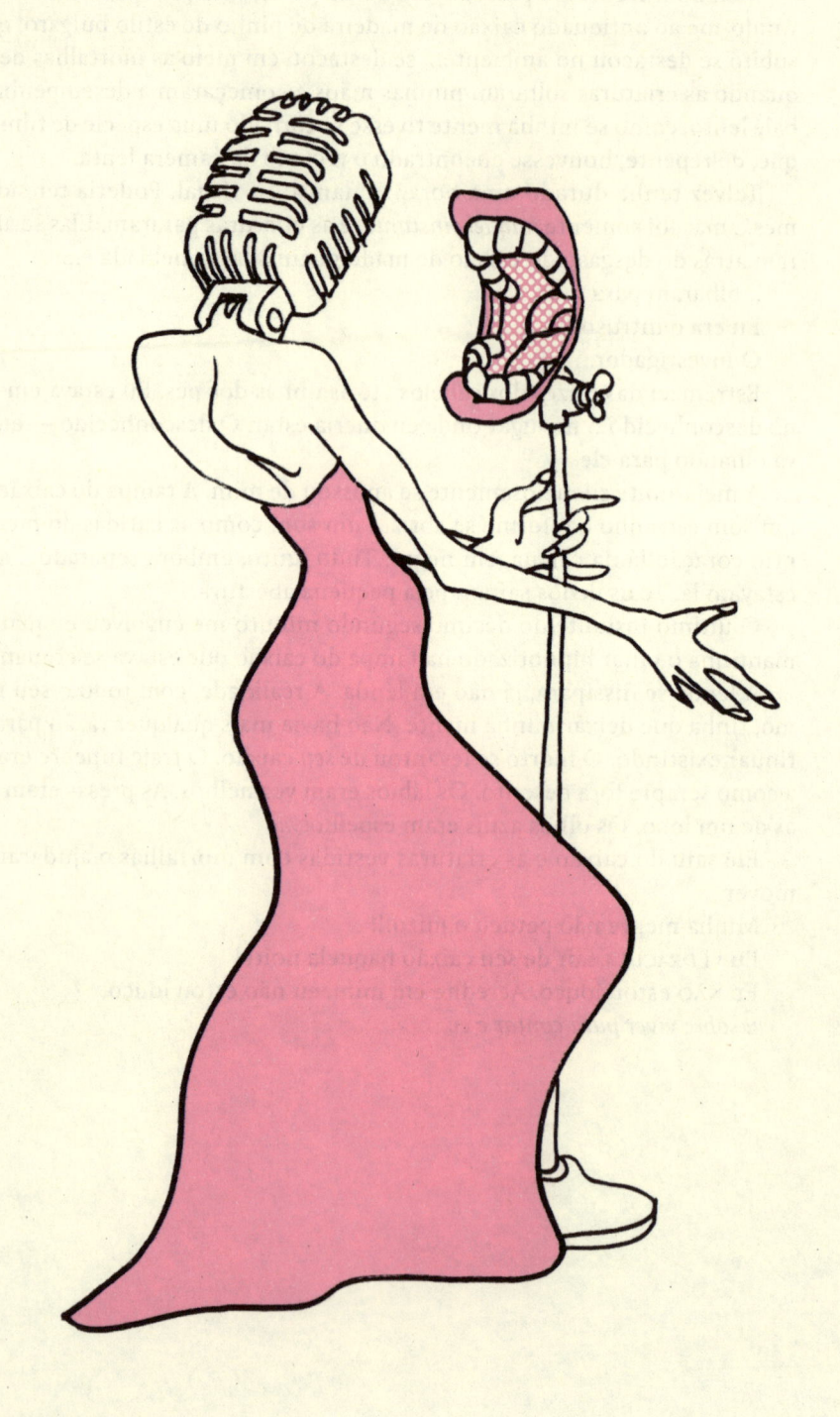

ED WOOD JR.

CONTOS & DELÍRIOS

O GRITO DE BANSHEE

1971

Não lembro quantos anos atrás ouvi pela primeira vez sobre a Banshee que gritava no pântano perto da nossa casa — mas foi há muito tempo.

E ainda, em cada uma dessas noites em que a lua atinge a plenitude, quando o nevoeiro cai pesado sobre os pântanos...

A Banshee grita...

A Banshee grita agora e seu grito é um gemido perfurante; um horror terrível de sons concebidos para arrepiar o espírito e congelar a alma; uma agonia para fazer o sangue falhar em sua jornada através do corpo até o coração; uma temida experiência que só a noite pode produzir; um terror em meio ao qual apenas os mais fortes de coração são capazes de continuar a existir — apenas aqueles que têm um coração muito forte...

...um gemido tão agourento como qualquer um que venha das profundezas de uma sepultura solitária e oclusa.

Eu estremeço.

Por que estremeço?

Será que é pela menção do túmulo?

Sim! Deve ser isso!

Possivelmente!

É isso... a menção do túmulo.

Eu sei que isso aconteceu de verdade por causa do efeito que tem nos meus sentidos... os sentidos que estão cambaleando e fazendo com que minha mente fique enevoada tão depressa.

A menção do túmulo...

Tão frio...

Tão desamparado... Tão infinito! Uma profundidade de escuridão absoluta de onde nenhum viajante jamais retornou... de onde nenhuma alma jamais escapou... O túmulo do qual andarilho nenhum conseguiu se afastar.

A mim não pareceu desse jeito — o túmulo!

Quando morri, eu chorei. Chorei até adormecer. Foi um sono muito profundo. Um sono muito repousante. Tão profundo... tão repousante...

Mas então é assim? Onde está o meu descanso? Para onde foi esse sono profundo? O que me faz sentir um arrepio e estremecer com o chão se abrindo acima de mim? O que me faz, uma vez mais, escutar o estrondo do trovão e testemunhar o relâmpago que risca o céu e, ao cair, arranca a lápide da sepultura? Por que ele parece estar tão perto e ao redor da minha pessoa?

Não posso ser considerada uma pessoa.

Talvez um espírito — mas não uma pessoa. Estou morta há tempo demais para ser considerada uma pessoa. Não, essa é uma ideia equivocada. Estou morta, e mesmo assim enxergo todas as coisas ao meu redor, ouço todas as coisas que gostaria de não estar ouvindo, sinto as fisgadas do vento assustador que chicoteia.

Está ventando... e ainda assim há nevoeiro?

Como isso é possível? Se está ventando, como pode haver nevoeiro?

Mas estão ambos lá... me cercando, prendendo os meus nervos amedrontados até que terminem entorpecidos de terror, e também de expectativa.

E aqueles gritos... os gritos dos condenados.

Eles vêm da minha direita? Da minha esquerda? Estão vindo de todas as direções ao mesmo tempo? Ou estão vindo daquelas almas torturadas que ainda permanecem abaixo do solo, mais uma vez castigadas pelo raio que atravessa a tampa de seus caixões?

São elas ou será que é...?

Por que a Banshee grita?

Tem que haver algum motivo para eu ter voltado para o pântano atrás da casa do meu pai esta noite.

Está frio, muito frio.

Minha mortalha preta oferece pouca proteção contra os elementos da noite... assim como pouco me protegia das feras e dos insetos em meu túmulo... os elementos da sepultura.

Faz muito frio agora, mas também fazia muito frio quando eu estava no túmulo. É estranho que esteja tão frio acima do solo quanto estava abaixo dele. Existem muitas coisas que nem mesmo a sepultura é capaz de explicar. Por que esperam que meros mortais consigam responder a questões que nem a sepultura consegue?

Espera-se muito da mente humana — da mente sub-humana e da mente sobre-humana. Mas não seriam todas iguais... uma vez dentro do túmulo?

E ainda assim as respostas não foram encontradas.

Talvez elas nunca sejam.

O nevoeiro parece passar através de mim.

E, definitivamente, os gritos são dirigidos a mim. É como se todos os sons fossem direcionados para os meus próprios ouvidos, de modo que ninguém mais em toda a eternidade pudesse ouvir aqueles gritos de gelar o sangue. Eu sinto todas essas coisas, mas não consigo compreender o que os sons estão tentando me dizer.

Os gritos da Banshee ofuscam todos os outros sons.

Dizem que os gritos da Banshee sempre ofuscarão todos os outros sons, porque a Banshee tem ainda mais poder do que as bruxas das florestas e os demônios da terra e as gárgulas das águas profundas. Quando a Banshee grita, não há ninguém para ouvi-la, exceto aquele a quem os gritos são direcionados.

Então deve ser isso...

Será que só eu ouço os sons, e que a Banshee dirigiu os gritos para mim?

Será que é ela?

Seria ela o motivo do meu retorno a esta atmosfera agourenta de morte e podridão, onde até mesmo os ventos gelam diante de tal pensamento... onde o chão estremece sob pés que nem mesmo têm peso...?

Ela tem que ser o motivo.

Ela está me chamando?

Mas por quê?

Onde está a Banshee?

No meio do bosque? Lá embaixo, no pântano? Lá em cima, onde o relâmpago brilha? Ou lá onde o eco do trovão ressoa nas cordilheiras e nos vales sombrios?

Onde ela está?

Onde está a Banshee?

Eu quero gritar, mas minha boca não forma as palavras nem minha garganta seca permite o encapsulamento dos sons.

Todas as coisas se tornaram um tremendo horror para mim. Desejo apenas o conforto da cova fria da qual fui arrebatada totalmente contra a minha vontade, quando os meus olhos estavam fechados e eu me encontrava indefesa. Os túmulos deixam as pessoas assim... tão indefesas... qualquer coisa pode ser feita com o corpo quando ele está indefeso.

Eu era linda em vida. As pessoas realizavam todos os meus desejos. Homens morreriam ao meu simples comando. O que a morte trouxe para a minha figura?

Os seios outrora adoráveis não parecem ter murchado.

Meus quadris estão arredondados como sempre foram.

Não consigo ver meu rosto, mas as minhas mãos são longas e esguias, com unhas compridas e afiadas. As pernas, os tornozelos e os pés são os mesmos do meu vigésimo aniversário.

No entanto, eu pareço mais deslizar do que andar. É como se eu estivesse à deriva, impulsionada pelo vento ou, talvez, por uma brisa. Mas não me importo. Com isso estou tranquila. É apenas o grito lá fora, no pântano, que evoca os horripilantes temores do inesperado.

Em vida, eu não era do tipo que costumava buscar novas emoções para além das colinas. Eu estava muito contente em morar na casa do meu pai. Sempre foi um lugar muito agradável e acolhedor para residir. Tudo mudou agora...

Eu fecho os olhos, tentando por um momento trocar de paisagem... então me encontro olhando para o passado... de volta para a minha antiga casa e me perguntando por que... por toda a minha vida eu vivi lá. Por que ela parece muito mais bonita agora?

Uma beleza estranha... Uma beleza peculiar...

Uma casa que parece um cadáver.

Uma velha janela desgastada... suja... quando o vento agitava as cortinas, elas sempre me lembravam fantasmas voando com a brisa.

Antes essa chaminé era uma obra de arte muito bonita. É estranho como... há outra beleza nela agora... um passado e um presente... mas tão pouco futuro.

Parece que foi há muito tempo que tudo corria bem por aqui...

Estou me esforçando para enxergar o passado...

Mas só existe o agora... e o grito da Banshee...

O que será que ela quer?

Eu posso ver a lua através da névoa da noite...

Está cheia... a lua...

Por que as nuvens escuras insistem em encobrir seu adorável fulgor? Ah, eu sei! Quando alguma coisa é tão bonita, como poderíamos saber que é bonita se não houvesse algo feio para comparar? As nuvens são essa entidade feia.

Meus dedos são extremamente longos e esguios; as unhas são pontudas! Olhando enquanto mexo cada dedo, e depois todos eles juntos, com o rodopiante nevoeiro como pano de fundo, minha mente parece discernir o contorno de serpentes na escuridão. Desvio o olhar em um movimento frenético, e, quando ela grita de novo, minha cabeça estala de um lado para o outro; de um lado para o outro. A silhueta preta desliza através do nevoeiro, adentrando o mato. A lua desapareceu completamente. Não consigo mais vê-la... A mortalha escura se fundiu nas sombras da noite.

Eu estou gritando!

Mas não é a minha voz que está gritando.

A Banshee está lá fora! Ela está lá! Tem que estar lá!

O que é aquilo?

O que é aquilo saindo das águas do pântano?

Dizem, na Irlanda... que quando a lua está cheia... a Banshee grita...

Antes ela era nova — a casa do meu pai... Antes lá havia risos...

Há quanto tempo?

Há quanto tempo?

Muito tempo atrás!

Eu sei... porque eu morri aqui... Muito tempo atrás.

Lado a lado com meu pai e minha mãe fui colocada para descansar... Por que estou sendo chamada de volta agora? De volta para esta casa... De volta às memórias que abandonei há tanto tempo?

Mas, por outro lado, por que eu não deveria voltar à terra na qual sempre caminhei?

Só que eu estou morta!

Eu sei que estou morta! Fui enterrada! Como posso estar aqui então? Mas estou. Eu estou aqui. E me deparo com o quê? Deparo-me com mais do que o inferno pode oferecer. Mas por que eu? E por que esses gritos lá fora?

Há muito tempo os meus olhos foram fechados. Por que então — agora — eles se abrem de novo?

Por quê?

Por que deixei o descanso que me proporcionaram? Como foi que voltei dos mortos para ver o que eu havia abandonado tanto tempo atrás?

Ela está aqui!

Está muito perto de mim agora.

Ela está parada ali, olhando para mim. O que ela quer? Ou será que... O que eu quero?

O que eu quero? Sim — talvez seja isso! O que eu quero? Será que é isso? É o que eu quero?

Ela parou de se aproximar!

Ela apenas parou, olhando... olhando... olhando... para mim...

Sim... Existe um motivo para que ela não chegue mais perto.

Talvez se eu der outro passo em direção a ela...

Mas...

A Banshee está gritando...

A Banshee foi embora.

Por que a Banshee gritou?

Agora eu sei.

A Banshee foi embora.

Agora eu sei por que estou aqui.

Por que fui tirada do meu local de descanso... Por que fui trazida de volta para a terra da minha existência mortal... para as lembranças daquela vida passada.

Está tudo muito claro agora.

A Banshee foi embora...

Aquela Banshee foi embora...

Ela se foi para sempre...

É preciso haver alguém para ocupar o lugar dela. E esse alguém sou eu.

A Banshee foi embora.

A Banshee havia gritado porque uma força a obrigara a partir. Ela gritou porque precisava ir embora. O tempo de seu reinado estava encerrado.

Eu devo tomar o lugar da Banshee...

Eu sou a Banshee agora!!!

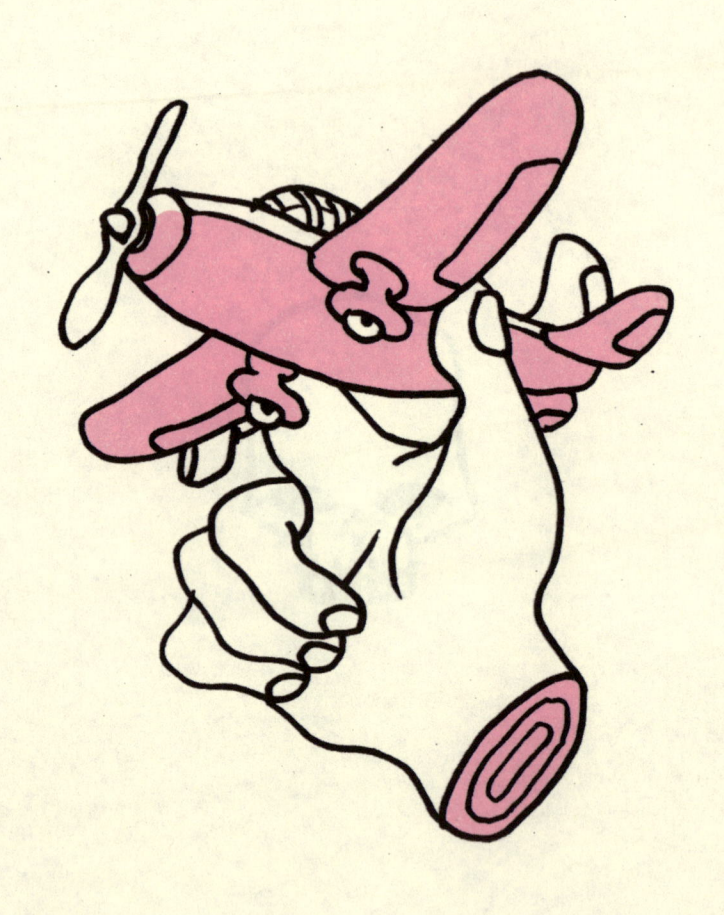

ED WOOD JR.

CONTOS & DELÍRIOS

VOANDO EM CÍRCULOS

1971

A missão foi tão bem-sucedida quanto a maioria de suas missões durante os últimos seis meses. Ele se aproximou do alvo com diversos outros membros da esquadrilha — aqueles que ainda estavam no ar. A artilharia terrestre, embora formada por armas leves, tinha sido extraordinária, mas a velocidade dos jatos deixou para trás a maior parte do fogo antiaéreo, escapando dos projéteis antes que houvesse o estouro. Então, eles chegaram sobrevoando a uma altitude tão baixa que somente as armas de cano curto representavam um perigo real.

Mas a missão estava terminada, e, lá no porta-aviões, havia muito uísque no salão dos oficiais. Ele pensava nisso mais do que nunca, conforme o pequeno ponto no horizonte ia crescendo e tomando a forma do enorme porta-aviões — seu lar temporário longe de casa. Ele estalou os lábios como se estivesse saboreando o néctar dos deuses antes mesmo que lhe fosse servido. Esse era, a princípio, um pensamento estranho para ele. Durante muitos anos, só bebeu bourbon. Na verdade, ele detestava o sabor do uísque escocês, que o fazia vomitar quando jovem. Mas, de repente, essa era a única bebida que ele desejava, não que fosse um grande bebedor. Ultimamente, quando a vontade se apossava dele, sua mente se voltava completamente para o uísque escocês. Talvez fosse porque os outros lhe disseram ser uma bebida de rico.

Ele gostava de se sentir assim. Um homem rico. Helen sempre quis que ele fosse um homem rico. Era um dos assuntos que surgiam todos os dias, de uma forma ou de outra... todos os dias em que ele estava lá em Trenton, no pequeno chalé que ele e Helen chamavam de lar. Uma encantadora casinha de dois quartos no subúrbio, longe da frenética agitação que era a vida na cidade grande.

Mas o enorme porta-aviões, que ficava cada vez maior e mais próximo, não era um pequeno chalé. Em alguns momentos, parecia tão grande quanto toda a cidade de Trenton — e talvez fosse. Ele também podia avistar o resto de sua esquadrilha circundando o grande navio. Mas não havia nada de estranho nessa manobra. Os jatos tinham que circular e esperar sua vez para receber as instruções de pouso.

O pouso aconteceria dentro de poucos instantes, e ele estaria no salão dos oficiais apenas algum tempo depois disso... antes mesmo de tomar um bom banho quente. Primeiro, o uísque gelado; depois, o banho; e então voltaria ao salão para mais alguns drinques antes de comer. O jantar, dessa vez, seria o seu prato favorito: filé com batatas ao molho de carne. Era outra expectativa que o deixava com água na boca e estalando os lábios. Estava a poucos minutos de distância agora. Sua jornada de disparo de balas e mísseis havia terminado por mais um período de 24 horas.

Ele estava perdido nesses pensamentos enquanto sobrevoava a área destinada ao pouso acima do navio. Fazia o movimento de forma quase automática, até que seu rádio soou e as instruções para continuar circulando fizeram com que ele olhasse para baixo. Ele olhava para o enorme navio abaixo de si, mas a cena não havia sido registrada de todo em sua mente. As instruções para que continuasse a circular fizeram seus olhos se concentrarem em um dos jatos, que estava destruído no convés de pouso.

As outras naves, já em padrão de pouso, foram avisadas para ficarem dando voltas. Os dois ou três aviões que rumavam direto para o convés foram obrigados a virar — o primeiro para a esquerda, e o outro para a direita —, em seguida tiveram que acelerar para cima e entrar no padrão de voo em círculos novamente.

"E agora, de que diabos se trata isso?", Larry Easton questionou em silêncio. "Se o avião não está bom, tudo o que precisam fazer é empurrá-lo para o lado. É o que eles fazem com todos os destroços."

Mas eles não estavam empurrando a aeronave para as laterais, embora uma numerosa equipe de resgate estivesse trabalhando freneticamente em torno da fuselagem.

"Preciso manter vocês aí em cima por algum tempo, rapazes", voltou a soar o rádio. "Este aqui deu pane justo no convés e se fundiu à pista de pouso. Precisamos queimá-lo para que se solte."

Larry olhou para o medidor de consumo de combustível. Havia o suficiente para algum tempo... para bem pouco tempo. Mas eles nunca demoravam muito para retirar os aviões acidentados. Ele ficou imaginando de quem seria aquela nave; não conseguia ler as inscrições àquela distância. "Traremos vocês para baixo assim que pudermos", informou a voz, e então o rádio novamente ficou mudo.

Larry suspirou. Lambeu os lábios, e o gosto de uísque escocês desapareceu. Voltaria uma vez mais, quando ele colocasse seu avião em curso rumo ao convés de pouso. Esses pequenos problemas estavam sempre surgindo em sua vida cotidiana como piloto da Marinha. Aquilo não era nada fora do comum. Ele se acomodou e voou em círculos mais abertos ao redor do navio. Agia de acordo com o método praticado para manter a aeronave no ar.

E então, mais tranquilo, ele de repente começou a sonhar acordado com Helen, algo que ele não fazia havia muito tempo. Alguns poderiam imaginar que fosse fácil sonhar acordado durante esses voos longos, mas nunca houvera qualquer pensamento exceto o de chegar ao alvo, destruí-lo e retornar com segurança para o navio. Porém, nos casos em que surgia a necessidade de ficar esperando no céu, não restava mais nada a fazer. Era um momento solitário. Nada a fazer senão esperar e torcer para que o combustível aguentasse... caso contrário, haveria um mergulho frio no oceano.

"Você poderia ser um homem muito rico", Helen tinha ralhado.

Ele odiava essa parte de sua vida conjugal... a amolação sobre o quanto ele poderia ser rico. E por que diabos ele iria querer ser rico? Ele tinha tudo o que achava que precisava. Tinha o aparelho de televisão em cores na sala de estar e o televisor grande preto e branco no quarto principal, e ambos estavam devidamente pagos. Tinha também o grande rádio estéreo e o fonógrafo. A mobília ainda não havia sido paga, nem a casa, mas era tudo praticamente novo, e eles tinham uma pequena piscina no quintal dos fundos. E os dois tinham seus próprios carros. O de Helen estava pago, mas o dele ainda iria passar mais um ano fazendo visitas à agência de empréstimo. O que diabos mais eles poderiam querer?

Quanto a toda essa amolação da esposa, ele deixava quieto na maior parte do tempo. Helen era uma bela loura com uma silhueta adequada e um corpo que o deixava alucinado sempre que ele o tocava.

"O meu plano é que você saia da Marinha e entre na aviação civil, onde vai poder colocar esse cérebro para trabalhar. Você poderia ser um dos aviadores mais bem pagos do mundo. Você é um piloto de carreira, não um combatente. Por que correr tantos riscos lá em cima, voando por dever? Seu cérebro merece estar na frente da prancheta de desenho. Você nunca deveria correr o risco de destruí-lo. Pense no que poderia fazer para tornar os aviões mais seguros, e tudo o mais que fosse necessário."

Larry não conseguia entender como, em um momento, ela era capaz de ser calorosa e sensual com ele, e, no momento seguinte, simplesmente sair do banho, se enxugar, passar perfume, vestir uma camisola rosa e de repente começar a falar mais uma vez sobre ele sair da Marinha.

"Eu ficaria entediado com a prancheta de desenho."

"Você vai morrer no ar."

"Então se é assim que tem que ser, é assim que vai ser."

"Ah, assim que vai ser é o diabo! Você faz a sua própria sorte no mundo. A sorte não aparece simplesmente porque você diz *'ei, sorte, estou aqui, venha me pegar'*. Este é um mundo onde cão come cão. E pense no que vai acontecer quando estiver muito velho para voar."

"Isso ainda vai demorar muito tempo."

"Eu aposto que o meu pai disse isso quando tinha a sua idade. Então um dia ele se deitou na cama, acordou e descobriu que era um homem velho tendo um ataque cardíaco."

"Eu tenho um emprego na Marinha por pelo menos mais 25 anos."

"E o que é que sobra para economizar do pagamento da Marinha?"

"Vai ter um aumento qualquer dia desses."

"Um aumento... de quanto... dez dólares? Você poderia estar ganhando dez dólares por segundo fora de lá. Você percebe que poderia, em cinco anos, ganhar o suficiente para se aposentar e fazer o que quiser pelo resto da sua vida?"

"Eu já estou fazendo o que eu quero com a minha vida."

"Você é apenas um teimoso cabeçudo."

Em seguida, ele se lembrou de tempos melhores. Como aquelas poucas horas nas noites que antecediam o fim de sua licença. Ela geralmente o seduzia usando uma camisola preta transparente com plumas de marabu. Aquilo o deixava louco e feroz, e ele descarregava a ferocidade nela. Ela gostava de como eles faziam. Eram sempre carinhosos no início, com muitas preliminares, mas quando chegavam aos finalmentes, eram selvagens na cama. De fato, quando a transa terminava, era preciso arrumar a cama de novo para que pudessem dormir.

Mas naquelas noites anteriores ao seu retorno para o trabalho havia pouco ou nenhum tempo para dormir. Toda hora era sexo, e aquele sexo com o puro prazer do amor que havia entre eles.

Larry ligou o rádio e, após as preliminares, afirmou categoricamente: "É melhor vocês começarem a pensar em uma maneira de nos trazer de volta, rapazes. O combustível está ficando muito baixo. Vocês terão um monte de aviões na água muito em breve".

"Estamos enfrentando diversos problemas aqui embaixo. Aguarde."

"Então mande um pouco de água do mar para colocarmos nos tanques. De qualquer maneira, eles vão estar cheios de água muito em breve."

"O pânico é só para os pássaros presos nas turbinas."

"Eu deveria rir disso?" Ele desligou o rádio e recomeçou outro grande círculo no ar.

Ele não se importava em nadar, mas para entrar na água teria que atingi-la em velocidade muito alta. Essa parte não lhe agradava muito. "Seria uma queda tremendamente profunda", ele refletiu, enquanto a asa esquerda mergulhava uma vez mais em direção ao mar.

"Droga, Helen...", ele tinha dito. "Eu pensei em sair. Uma e outra vez eu pensei em sair. Especialmente quando estava no campo de treinamento. Não fui feito para ser professor. Ficar ensinando para todas aquelas crianças o que é o painel, o que é a cabine do piloto. Eu sou um homem de ação. Sempre fui. Não seria capaz de ficar sentado diante de uma prancheta de desenho. Deus sabe quantas vezes pensei em me demitir e fazer o que você queria que eu fizesse.

"Lá no alto, sinto como se tivesse o controle do mundo todo. É como se eu estivesse voando em meu próprio mundinho, e esse meu mundo reage exatamente da maneira como eu quero que reaja. Aqui embaixo, sou apenas mais um do rebanho. E quando digo *rebanho* é exatamente isso o que quero dizer. As pessoas aqui embaixo são pastoreadas como se fossem ovelhas. Mas não lá no alto. Lá é como a liberdade dos pássaros. E às vezes, quando preciso ficar atrás das armas e sentir a pressão quando cada projétil é disparado, e eu sei que eles são mensageiros da morte, nesse momento talvez eu também tenha a sensação de ser um deus. Não é que eu esteja brincando de Deus ou queira ser algo do tipo. Mas o sentimento é o de que sou o mestre daquele momento e tenho poder de escolha... O que quer que eu faça nessa minha ilha voadora, a escolha é minha e não preciso me justificar para ninguém a não ser para mim mesmo.

"Talvez pareça uma escolha estranha. Mas foi a que eu fiz anos atrás, quando era criança e gostava de pular de árvore em árvore pendurado em uma corda, e deslizar até a ponta dela para cair no fundo do velho remanso. Era tudo uma aventura. Assim como tudo é uma aventura agora. Toda vez que subo, não sei o que vai acontecer, e há uma estranha excitação nisso. Eu gosto de olhar para o futuro, mesmo quando existem problemas e perigo. Eu não a magoaria por nada deste mundo, Helen, mas eu não teria utilidade para você ou para qualquer outra pessoa se ficasse no chão. Um dia, no seu devido tempo, ficarei no chão... no meu próprio funeral."

Larry olhou para a água enquanto voltava a mergulhar no ar com a aeronave, e naquele momento não gostou de pensar na palavra *funeral*. Porque era uma possibilidade real. Seu rádio ficou produzindo ruídos durante vinte minutos, enquanto os demais em seu esquadrão informavam as possibilidades, ou impossibilidades, conforme fosse o caso, de acordo com o que ainda lhes restava de combustível. E o tempo todo o homem do rádio continuava a contar piadas bestas e a fazer trocadilhos bobos, tudo para manter o ânimo dos rapazes — mas só o que conseguia fazer era deixar cada vez mais claro que os estava mantendo no céu.

Contudo, o homem do rádio tinha pouco a ver com aquilo. Os destroços ainda estavam presos no convés de pouso. Os aviões não podiam brincar de pular carniça sobre ele, mas talvez acabassem brincando de quicar pedrinhas nas ondas do oceano.

"Às vezes acho que você preferiria ficar longe de mim em vez de estar comigo." Isso tinha sido em outro dos momentos depressivos de Helen.

"Não é nada disso. Se eu pudesse, levava você comigo lá para cima para me acompanhar por todo o caminho, mas as guerras não funcionam assim. Alguém tem que ir para longe de casa e alguém tem que ficar. No nosso caso, você é a mulher e deve fazer a parte que é ficar em casa."

"E ficar preocupada."

"Eu também tenho a minha parcela de preocupação. Mas acho que tudo faz parte do esquema das coisas."

"Só que eu me preocupo demais." Ela estava vestindo a sensual camisola rosa e curta da última vez que ele a vira... na noite anterior ao seu embarque na missão atual. E ele se aproximara dela e a envolvera com seus braços fortes.

"Sei que você se preocupa. E acho que não há nada que eu possa fazer para aliviar isso. As esposas de todos os combatentes, desde o início dos tempos, ficam com a maior parte das preocupações. É uma pena que seja assim. Com toda a tecnologia moderna, seria bom se tivessem criado algo para evitar que as esposas se preocupassem tanto com seus maridos. Por mais estranho que pareça, levando em conta todas as guerras, a maioria de nós volta."

"Me dê um bebê, Larry", disse ela, enroscando as pernas em torno das coxas dele. Essas palavras quase derrubaram o belo piloto. Ela sempre evitara ter um bebê durante os nove anos em que estavam casados.

"Você tem certeza? Está convencida desta vez?"

Ela apertou a parte interna de suas coxas com mais força contra ele e sentiu a dureza crescendo em direção a ela. "Mais convencida do que qualquer outra coisa. Desta vez vamos fazer um bebê. Se alguma coisa acontecer com você — rezo a Deus para que nada aconteça — eu ainda terei algo seu. E lhe garanto apenas uma coisa..."

"Que ele não será piloto."

"Nem nada desse tipo. Eu acho que, na verdade, não queria que você fosse nem um pouco diferente de como é. E eu criaria o nosso filho igual ao pai dele... para que tivesse a mesma mente determinada. Se você quer pilotar os seus malditos aviões, então vá e faça isso. Mas deixe-os na calçada quando entrar em casa... está bem, querido...?"

"Desde que você não me venha mais com aquela bobagem de que eu devo pilotar uma prancheta de desenho." Ele estava sorrindo enquanto abaixava a calcinha de babados que fazia conjunto com a camisola dela.

"Eu acho que sempre soube que voar em uma escrivaninha seria como voar em círculos."

Ele olhou para o convés do porta-aviões, parecia que finalmente haviam removido o jato de onde quer que estivesse preso. Mas, no lugar onde estivera, agora havia um perigoso buraco bem no centro. Em seguida, ouviu-se uma pancada na água quando a equipe de resgate empurrou o avião destruído para fora do convés.

"Venham para casa agora, rapazes", disse o operador de rádio. "Só tenham cuidado com o buraco no convés. Vocês podem acabar entrando na sala dos oficiais sem sequer sair de suas naves."

Foi uma boa frase. Larry só podia sorrir com isso. Ele esperava apenas que consertassem aquilo antes que o porta-aviões enfrentasse outra tempestade. Ele odiava quando seu uísque ficava aguado demais.

O voo em círculos foi organizado, e os aviões fizeram uma curva ordenada antes de se estabilizarem em linha reta em direção ao convés.

O buraco oferecia pouco perigo para qualquer um dos pilotos. Todos eles haviam sobrevoado muitas outras lacunas naquele dia.

DETALHES GROTESCOS

1972

Phyllis morreu no sábado, foi enterrada no domingo, e alguém a desenterrou na segunda-feira. E era uma visão grotesca de contemplar. Claro que não havia sangue. Tudo havia sido drenado nas horas em que ficou no necrotério, antes de ser cuidadosamente vestida e colocada no caixão rosa. Rosa porque era a cor favorita de Phyllis; o forro era de cetim rosa, e ela estava usando um vestido de festa, também feito de cetim rosa.

Na ocasião, alguém comentou como ela estava bonita, quase perfeitamente natural, como se estivesse apenas dormindo e em breve fosse acordar. O que já não poderia ser dito na segunda-feira. O agente funerário havia feito um trabalho muito bonito na noite de sábado. Ninguém seria capaz de perceber isso agora.

Mas muitas partes do corpo estavam faltando. Não havia mãos nem pés. Os seios tinham sido removidos, assim como as partes superiores dos braços. Os olhos foram arrancados do crânio, sobrando apenas os buracos escuros e profundos. Mais tarde descobriram que a língua tinha sido retirada, assim como os rins. O coração e o fígado haviam sido removidos pelo agente funerário. Fazia parte da legislação daquela cidade, que exigia a remoção de tais órgãos antes do enterro.

Não era necessário ter um olhar treinado para ver que toda a operação tinha sido feita por mãos habilidosas, possivelmente por um médico: os cortes foram feitos com uma faca cirúrgica. Tudo estava perfeitamente separado, sem qualquer variação de padrão nos perfeitos cortes na pele. Até mesmo os ossos foram serrados de maneira profissional, nos lugares certos — nas juntas.

Phyllis havia sido a quinta daquele mês, todas em cemitérios diferentes, mas todas deixadas nas mesmas condições. Os jornais estavam se esbaldando com suas especulações e manchetes escandalosas. Havia, sem dúvida, um maníaco agindo ali, mas um maníaco que parecia conhecer a anatomia humana à perfeição.

"Tem cemitérios demais nesta cidade para colocar meus homens em cada um deles", constatou o tenente Pat Crane, da divisão de detetives. "E, na melhor das hipóteses, só vamos conseguir prender esse monstro por ter violado túmulos."

O sargento olhou para o homem, que era muito maior do que ele. "Meta-o na sala acolchoada da casa de loucos... é onde esse pervertido merece estar. E é melhor levá-lo para lá antes que ele deixe de se contentar só com cadáveres. Muito em breve ele vai começar a providenciar seus próprios corpos."

"Esse maluco provavelmente é um necrófilo."

"Claro, um cara que gosta de transar com gente morta. Mas nunca ouvi falar de algum que ficasse cortando os cadáveres desse jeito. Bom, o que eu disse antes continua valendo. É melhor pegá-lo antes que ele comece a fabricar seus próprios mortos. Quando ele ficar sem corpos, provavelmente vai dar um jeito de garantir seu suprimento."

"É claro que sempre existe essa possibilidade. Mas por onde começar? Essa é sempre a nossa questão."

"Em uma cidade do tamanho desta, ocorrem provavelmente quinhentas — talvez mil — mortes por dia. Quanto tempo e quantos homens você acha que seriam necessários para investigar todos os nomes da coluna de obituário e, em seguida, falar com os enlutados?"

"É uma tarefa impossível."

A operação inteira era uma tarefa impossível, mas os oficiais da lei estavam convencidos de uma coisa: o maníaco do bisturi não ficaria satisfeito por muito mais tempo com os corpos já existentes. Eles se deteriorariam com facilidade. Para o seu propósito, ele precisava de corpos frescos. Membros que ele pudesse manipular. Órgãos vitais que pudessem ser removidos até mesmo — em algumas ocasiões — enquanto a vítima ainda estava viva. A primeira foi Ginny Owens. Aconteceu quatro dias depois que o corpo de Phyllis foi retirado do túmulo. Ginny era uma prostituta conhecida pela polícia. Uma garota linda, mas que preferia caminhar pelas ruas em vez de ter qualquer tipo de trabalho comum. Ela sempre dizia: "Por que trabalhar em troca de amendoins se você pode ter o elefante inteiro?". Era assim que ela vivia e, sem dúvida, foi assim que ela morreu.

O que restou do corpo ficou na cama ensopada de sangue em seu próprio apartamento. Ela não costumava levar clientes para onde morava, então o assassino devia ser alguém que ela conhecia ou com quem se sentia muito segura. Ginny preferia manter essa parte de sua vida longe dos arredores de seu apartamento, sempre optava por ir aos lugares escolhidos pelo cliente — a casa dele, ou algum motel ou hotel de sua preferência.

Então ela escolheu o cliente errado.

No entanto, ninguém no prédio dela, nem mesmo os vizinhos da porta ao lado, tinha ouvido qualquer ruído fora do normal. Alguém relatou que o som da televisão dela estava alto durante alguns minutos. Mas isso não era nada estranho. Os televisores em todo o edifício às vezes se ouviam mais altos — como se alguém os ligasse e então fosse ao banheiro ou algo assim, e quando o som surgia estourado e fora de sintonia, demorava um momento até que a pessoa voltasse a regulá-lo. Não havia nada de estranho no fato de uma televisão estar com o som alto demais por alguns instantes.

O televisor foi desligado quando encontraram o corpo.

O cadáver já deveria estar coberto de vermes no momento em que constataram que o aluguel dela estava atrasado havia muito tempo, e o administrador precisou usar sua chave mestra. Ele tinha planejado lacrar a fechadura até que recebesse o dinheiro. A visão o levou a vomitar no local antes mesmo que pudesse chamar ajuda.

"Que inferno, não há dúvida de que temos um monstro nas nossas mãos", respondeu o tenente Crane quando confrontado pelos repórteres dos jornais. Mas ele tinha pouca coisa além disso em termos de informação.

E mais tarde o sargento Hendrix diria: "Ele fez exatamente como eu havia deduzido. Ficou cansado das mortas. Quer providenciar os corpos ele mesmo agora".

"Quando isso se espalhar, as pessoas entrarão em pânico." Então, Crane suspirou: "Emita a outra declaração para a imprensa. Para as mulheres saírem das ruas depois do anoitecer, a menos que estejam acompanhadas de alguém que possa protegê-las. Para não se relacionarem com estranhos... o de sempre".

"Isso não vai dar certo entre amigos."

"Hã?"

"Todo mundo tem amigos... inclusive os maníacos... Tudo o que ele tem que fazer é começar a escolher entre suas amigas incautas. As mulheres são ingênuas quando estão com os amigos... e ele está atrás de mulheres. Basta receberem uma ligação de um amigo e elas colocam seu próprio pescoço no laço — debaixo da faca, neste caso."

"Bem, tudo o que podemos fazer é emitir boletins do departamento. Depois disso, elas estão por sua própria conta. Sempre tem aquelas que não acreditarão na nossa palavra por nada. Como é possível proteger gente assim?"

"Muitas pessoas não querem proteção. Elas acham que coisas desse tipo só acontecem com outras pessoas, que nunca vai acontecer com elas."

A seguir aconteceu com Virginia Talsdoy, uma esteticista que deixou o salão de beleza onde trabalhava em seu horário habitual, no início da noite de sexta-feira. Estava apenas começando a escurecer, e, embora tivesse um longo caminho até chegar em casa, ela estava dirigindo e isso parecia seguro o suficiente.

Claro que ela já tinha lido sobre o mutilador que andava cortando mulheres. Mas quem iria querer matá-la? Ela não tinha pensado mais nisso, exceto quando lia as notícias, mas descartava tudo de sua mente assim que largava o jornal. Ela sabia que havia malucos espalhados por toda a cidade, mas se fôssemos perder o nosso tempo nos preocupando com eles e com o que fariam a seguir, não teríamos tempo para mais nada. Sempre existiriam malucos, e eles estavam em *algum outro lugar*.

Esse *"algum outro lugar"* era o banco traseiro do carro dela naquela noite de sexta-feira. E o *"algum outro lugar"* não revelou sua selvageria até ela estacionar na garagem. Ela desceu do carro às escuras e andou até as portas da garagem para sair e fechá-las pelo lado de fora.

Ela nunca chegou a sair. As portas se fecharam diante dela e ela ficou presa, com o monstro, dentro da garagem. Quando foi encontrada — o que havia restado do corpo — as luzes da garagem estavam acesas e havia sangue esguichado nas paredes e no carro. Ela não tinha sido dominada facilmente, e mesmo assim ninguém ouviu gritos, nem protestos... nem choro. Ela simplesmente se tornou outro cadáver sem membros e quase nenhum órgão do lado de dentro.

Lilly Palmstreet foi a primeira a ter o sangue completamente drenado do corpo... além das partes removidas.

"O tipo sanguíneo dela era AB NEGATIVO", o tenente Crane escreveu em seu relatório enquanto falava as palavras em voz alta.

"E o que isso quer dizer?"

"É um tipo sanguíneo muito raro. E pode ser uma pista importante."

"Claro... Um maníaco se aproximou dela, cortou-a inteira e foi embora com um balde cheio de sangue." O sargento acendeu um cigarro. "Por que diabos o sujeito iria querer um balde cheio de sangue morto? Ei, é possível que tenhamos um Drácula nas mãos!"

"Ou um banco de sangue."

"Você deve estar brincando!"

"Não estou. Veja isso! Lilly era ajudante de dentista. Ela ficou até tarde no consultório depois que o dentista, um tal de dr. Hallicourt, foi embora. Lá tem todo o equipamento para realizar transfusões, além dos frascos herméticos necessários para armazenar e preservar o sangue. Considerando que esse tipo sanguíneo é o mais raro, ele pode ser vendido no mercado por um valor muito alto."

"Sabe, tenente, pode ser que estejamos chegando a algum lugar com isso."

"Pelo menos é uma boa abordagem."

Shirley Lewis foi a próxima vítima a cair. E como caiu! Ela despencou pela janela de seu apartamento, de uma altura de dezesseis andares. Aterrissou em um beco deserto e escuro — um lugar onde ninguém se arriscava depois de certo horário... depois que o sol se punha. E, assim como com todas as outras, não houve qualquer grito ou choro. Se o corpo dela fez algum barulho quando se esborrachou no chão de tijolos do beco, ninguém ouviu... qualquer ruído leve teria sido encoberto pelo trânsito da rodovia que ficava apenas a meio quarteirão de distância. Sempre havia o barulho dos aceleradores, dos amortecedores em mau estado, dos enormes caminhões e dos freios estridentes.

Somente as mãos e os pés dela foram levados, já que o resto do corpo estava muito esmagado e despedaçado para servir para alguma coisa. Os ossos das pernas e braços viraram lanças ao se quebrarem, estilhaçando-se e se enterrando nas entranhas. Não havia restado mais nada que estivesse inteiro ou sem perfurações em todo o corpo dela. Até mesmo seu rosto não passava de uma polpa ensanguentada... um rosto que antes pertencera a uma garota adorável e voluptuosa.

O pânico se instaurou na cidade, e as mulheres e moças começaram a levar o alerta da polícia mais a sério.

"Mas", replicou o sargento, "ele está pegando essas mulheres em seus próprios apartamentos... em seus próprios escritórios... em sua própria garagem. A rua não é o único lugar perigoso. Ele parece ser capaz de entrar onde quiser."

"O que pode acabar sendo sua derrocada."

"Como assim?"

"Ele está entrando onde quer. Lembra-se do que estávamos falando no outro dia, sobre amigos? Tenho a estranha sensação de que ele era conhecido de todas as vítimas, de que cada uma das garotas o conhecia em um nível pessoal."

"Ei... você parece estar no caminho certo."

O tenente estava no caminho certo, mas isso não impediu que Patsy Hellering se tornasse mais uma vítima do derramamento de sangue e da mutilação. Ela fora cortada viva, lágrimas secas brotaram das cavidades já sem os globos oculares. Sua calcinha tinha sido enfiada na garganta, presa ali por uma meia de náilon amarrada ao redor da cabeça e sobre a boca. Ela poderia ter gritado a plenos pulmões que nenhum som teria sido ouvido a mais de um ou dois metros de distância. Ela morreu de um jeito horrível. Apenas a cabeça ainda estava conectada ao tronco, do qual também os seios foram removidos com total perfeição.

"E descobrimos alguma ligação entre as vítimas?", questionou o sargento.

"Apenas uma coisa. Ele conhecia todas elas."

"Você deduziu isso uns dois dias atrás."

"Mas agora tenho certeza."

"Então você acha que é ele."

"Tenho certeza disso."

"Como você vai provar?"

"Ele condenou a si mesmo."

"Vamos revistar o consultório dele?"

"O que precisamos não estará lá. Seria óbvio demais. Além disso, passamos um pente fino no lugar naquela outra ocasião."

"Então a casa dele?"

"Exato!"

"Por que acha que é ele?"

"Uma casa enorme, diversos carros de luxo, uma conta bancária muito generosa. Festas extravagantes; orgias, para dizer o mínimo. Isso custa muito dinheiro."

"Eles não ganham muito dinheiro?"

"Não chega nem perto de tudo isso."

"Isso me lembra um antigo filme de Boris Karloff e Béla Lugosi, que era sobre algo parecido."

"É quase a mesma coisa. Eles estavam coletando cadáveres para estudos médicos, mas esse cara tem um plano mais engenhoso."

"E quando iremos?"

"Assim que eu conseguir um mandado de busca."

"Ele não vai ser pego tão facilmente."

"Mas pode morrer facilmente, então. Só temos que tirá-lo das ruas antes que a próxima vítima sinta a faca cirúrgica dele."

O dr. Hallicourt os recebeu na porta. E ele sabia do que se tratava — sabia o que tinha no porão, no laboratório que ficava lá embaixo, e sabia que Laurie Smith estava firmemente amarrada à mesa de operação. Tinha sido um encontro muito rápido para um homem tão rico. Então, de repente, ela adormeceu e, quando acordou, estava amarrada e amordaçada na mesa de operação. Ele já teria afundado a faca se não fossem as batidas constantes e insistentes na porta, no andar de cima.

Hallicourt foi atingido com precisão por um tiro que lhe atravessou o ombro, enquanto tentava pegar sua arma. Ele permaneceria vivo para ser enforcado.

"Então, onde ele vende coisas assim... braços, mãos, pernas... e todo o sangue?"

"Existe mercado para qualquer coisa. Nós saberemos em breve. Mas com toda essa conversa sobre transplante de órgãos vitais, de mãos e braços, de todas as partes do corpo, ele tinha um autêntico banco de peças sobressalentes só dele. As partes das mortas não deram muito certo. As peças começavam a apodrecer quando colocadas no túmulo. Ele precisava ter as mulheres vivas... cortá-las enquanto ainda estavam vivas, de modo que as partes também estivessem vivas. Então ele as congelaria, assim como o sangue, e elas estariam prontas e em perfeitas condições quando fossem necessárias. Tudo feito com rigor científico — assim como fará o carrasco ao colocar a corda em volta do pescoço dele."

"Como você conseguiu chegar até ele?"

"Todas as moças eram suas pacientes, todas tiveram seus dentes tratados pelo bom doutor. É como se elas o tivessem marcado com seus dentes... deixando um rastro da largura de um molar..."

ED WOOD JR.

CONTOS & DELÍRIOS

APENAS UMA PERGUNTA

1973

Harry Kling estava *se cagando de medo* só de pensar em colocar em prática seu esquema. Claro que ele planejou tudo cuidadosamente, e parecia haver poucas possibilidades de ser pego ou de correr algum perigo real. Toda a ação aconteceria durante as primeiras horas da madrugada, quando não houvesse ninguém por perto; ele não teria que matar ninguém com a pistola .22 que havia carregado com tanta cautela. Essa era a única coisa que acalmava sua mente. Ele não queria matar ninguém. Se a situação pedisse, ele seria capaz de matar, mas não era o que queria — apenas se a situação exigisse, e somente em defesa própria.

Ele achava que sujeitos mais velhos como Tankersmith eram, acima de tudo, malucos. Aquela antiga loja no andar térreo na Little Street... aquilo era uma espelunca. Qualquer sujeito, nos dias de hoje, que não confiasse nos bancos só podia estar fora de seu juízo. É estranho que ele não tenha sido roubado antes. Tankersmith devia estar cheio da nota. Aquela loja de bebidas dele estava sempre abarrotada de gente; mesmo se fosse apenas de bêbados gastando meio dólar em algum vinho barato, o lugar sempre estava cheio, e Tankersmith continuava sendo o mesmo cretino de sempre, nunca vendia nada fiado, nem sequer oferecia uma palavra gentil. Parecia sempre estar resmungando por causa de alguma coisa, sempre com raiva do mundo. Mas isso não era muito difícil de entender. Ele era um velho balconista de bar que usava roupas mais sujas do que as dos vagabundos que entravam e saíam de sua loja.

Vagabundo desgraçado — mas ele tinha dinheiro, e Harry sabia onde ele o guardava.

Seria muito fácil entrar. Tudo o que ele tinha que fazer era percorrer o beco imundo até a parte de trás da loja e subir até o telhado. Essa era a parte mais fácil de todas. Havia tantas tábuas e tijolos arrancados nos fundos do estabelecimento que todo os meios para a escalada tinham sido facilitados.

Depois havia a claraboia. Bastava apenas levantá-la e colocá-la de volta no lugar... puxar a tábua apodrecida atrás do balcão arranhado, e lá estaria... a caixa de dinheiro... que noite de sorte havia sido aquela, quando ele entrou no bar... Ele era o último cliente e viu o velho colocar o dinheiro dentro da caixa de metal e escondê-la ali. O velho não tinha percebido... Harry Kling se certificou de que o velho não havia reparado nele até que tivesse terminado aquela atividade, e então avançou calmamente para comprar uma garrafa de vinho barato.

Harry Kling havia trabalhado apenas dois dias naquela semana, e Millie estava bêbada como um gambá. Na maior parte da semana, quando ele estava por perto, tudo o que ela fazia era sacudir o corpo obeso na velha cadeira de balanço, e se recusava até mesmo a ir para a cama com ele. Às vezes ele achava que deveria se livrar daquela bruxa velha e imunda... mas Harry Kling também não era grande coisa como homem. Se saísse às ruas para procurar um rabo de saia, sabia que acabaria tendo que bater punheta atrás de alguma cerca. Ele nunca se deu bem com nenhuma garota. Nunca tinha o tanto de dinheiro que elas exigiam. Só havia Millie... A gorda, desleixada e fedorenta Millie. Contanto que fosse capaz de mantê-la abastecida de vinho barato — assim como a ele próprio — ela estaria disponível para ele. Ele gostava de fazer sexo e não gostava de se masturbar. Queria uma mulher macia debaixo dele. Precisava continuar com Millie.

"Você é um bosta!", Millie gritou para ele.

"Eu sempre dou o meu melhor. Só não sei fazer as coisas darem certo."

"É isso o que faz de você um bosta. Agora que achou uma maneira de ganhar muito dinheiro rapidinho, você vai e fode tudo. Você não presta para porra nenhuma, Harry Kling. Preciso arrumar um homem bom que ponha bebida aqui dentro de casa. Não me resta muito tempo nesta terra, e pretendo passar o tempo que ainda tenho enchendo a cara. E se você não me deixar de cara cheia, não vou continuar com você aqui nesta casa."

"Quer dizer então que eu deveria arrombar a velha loja de bebidas... a loja do velho Tankersmith?"

"Estou dizendo que você deveria ir aonde o dinheiro está, deveria pegá-lo e pegar também uma dúzia de garrafas de vinho enquanto estiver lá enchendo o bolso."

"Lá! Agora tenho certeza de que está falando da loja de bebidas do Tankersmith. Por que não fala logo que é isso que você quer dizer?"

"Se eu lhe dissesse para fazer algo assim, isso me tornaria cúmplice. Você só pode ter perdido o juízo. Tudo o que eu fiz foi dizer que você deveria pegar o dinheiro e a bebida exatamente onde você sabe que eles estão."

"Aquele é o único lugar onde eu sei que tem algum dinheiro."

"Bem, você sabe disso, mas eu não sei de nada. Agora você só tem que fazer como eu disse. Vá apenas pegar aquele dinheiro e traga também algumas garrafas de vinho, ou nunca mais ficará entre estas pernas quentes. Você acabou de descobrir que não vai esquentar suas orelhas entre as minhas pernas, e eu sei que você sabe onde está o dinheiro e que pode ir lá buscar para mim."

"Eu sei onde está o dinheiro. Só que eu nunca fiz nada assim antes."

"O inverno está chegando. Não vai dar para ficar pedindo trocado nas ruas. Não tem como ganhar no inverno a mesma grana que ganhamos no verão. E não acho que você vai querer dormir em algum beco com outros vagabundos. Você está na boa aqui neste quartinho quente, com o meu corpo quente. E você também gosta de tomar o seu vinho. Só que você nunca arruma o suficiente para nós dois. Então não vai ganhar mais nada até que saia e arrume o suficiente para nós dois. Não estou gostando disso de você sair de fininho enquanto eu durmo para tomar o resto do vinho que sobrou na garrafa, e então quando eu acordo não tem mais nada para mim, e todo o meu corpo fica suplicando por um pouco de bebida. Não estou gostando nem um pouquinho disso. Agora trate de dar o fora daqui e não volte até ter conseguido o que eu quero que você me traga."

"E se alguém acabar me vendo? Eu iria para a cadeia."

"Se você for para a cadeia, no minuto seguinte eu arrumo alguém para ficar aqui e tomar o seu lugar na cama ao meu lado... e alguém que possa providenciar o que eu preciso."

"Se alguém me flagrar, vou ter que matar."

"Com o quê? Com essas mãos esqueléticas?"

"Você tem uma arma lá na gaveta da cômoda, bem ali, tem sim."

"Não é minha! Alguém a deixou aqui algum dia. Mas fique à vontade para usar."

"Eu nunca segurei um revólver na mão antes."

"É fácil. Basta colocar as balas nele e, quando chegar a hora, você puxa o gatilho. Então tem uma explosão barulhenta, e a pessoa para quem você está apontando cai morta no meio da rua e não acorda mais, não vai ter nenhuma chance de dizer quem foi."

"Eu não gosto mesmo da ideia de matar alguém."

"Se tiver cuidado, não terá que matar ninguém. Mas se alguém vir você, é melhor matar, ou com certeza vai para a cadeia por um longo tempo, e eu não vou esperar. Só vou esperar até esvaziar esta garrafa aqui, então vou começar a gritar para alguém me trazer outro garrafão e vou botar a minha bunda ali naquela cama, e esse alguém que vier até aqui com o garrafão de vinho certamente vai ter um gostinho do meu traseiro enquanto eu estiver deitada ali na cama."

"Eu não ia gostar nem um pouco disso."

"Aposto a minha bunda gorda e doce que você não ia gostar mesmo."

"E você não vai fazer nada disso até eu voltar?"

Ela assentiu. "Com o dinheiro *e* com a bebida. Desde que não demore a noite toda para fazer isso."

"Ele não fecha antes das duas horas."

"Já são quase três da manhã, e tenho menos de meia garrafa aqui. Eu não levo muito tempo para beber, você sabe."

"Eu sei."

"Então vou ficar esperando no beliche."

"Você sabe que isso é o meu fetiche."

"Quando voltar com a grana, aí pode ser o seu *fetiche*. Até lá, é só *beliche*."

Harry Kling não estaria sendo sincero se dissesse que nunca pensou em roubar a loja de Tankersmith. De jeito nenhum estaria sendo sincero, porque seguramente já tinha pensado nisso. Ele pensou nisso um bocado naquelas duas últimas semanas, desde que tinha visto onde o velho escondia o dinheiro. E bem lá no fundo de sua mente ele sabia que, quando pensou nisso, considerou colocar a coisa em prática. Millie apenas pôs em palavras aquilo em que ele vinha pensando havia tempos.

Agora ele tinha que cagar ou sair da moita. Ela deixou bem claro que tinha outra pessoa por perto, apenas esperando que ele fosse chutado dali. Ele realmente não queria que mais ninguém fosse envolvido por aquelas pernas quentes e gordas.

Droga, como ele desejava ter nascido rico e feio, em vez de pobre e feio. Do contrário, teria garotas se despindo para ele. Era assim com muitos cafetões que ele conhecia por aí. Eles vestiam ternos refinados, usavam os cabelos penteados para trás e sempre cheiravam a perfumes caros, e eles tinham dinheiro, carros e garotas sempre que desejavam. Mas todos tinham boa aparência. Era fácil entender como eles conseguiam que qualquer garota fizesse tudo o que eles queriam.

Harry Kling não sabia se estava mesmo frio ou se a sensação vinha de seus pensamentos assustados. De qualquer maneira, sentia frio, então puxou a gola do casaco em volta do pescoço.

Ninguém desconfiaria de um velho vagabundo esfarrapado perambulando por uma rua escura às três e quinze da madrugada. Era uma rua de vagabundos. Eles se encolhiam nas soleiras das portas, nos becos, em qualquer lugar onde pudessem se abrigar do vento... e alguns deles, assim como Harry, andavam sem rumo ao longo da rua... só que os passos de Harry tinham um rumo. Ele tinha um destino e um propósito certo... e ambos o deixavam morto de medo.

O frio lhe penetrou todos os músculos, e seu corpo estremeceu incontrolavelmente. Por um instante, pensou na cama quente no quarto de Millie e em seu corpo aquecendo o dele. Mas quanto mais ele pensava nisso, mais frio seu corpo ficava. Tinha que afastar esse pensamento de sua mente. Haveria tempo depois para tais pensamentos; mais tarde, quando estivesse com o dinheiro da loja do velho Tankersmith e com as garrafas de vinho, e quando pudesse fazer outra coisa com Millie. Isso aconteceria talvez dali a uma hora.

O beco nos fundos da loja de bebidas de Tankersmith assomou como uma grande caverna escura à sua frente, e ele parou por um longo momento e olhou para a profunda abertura preta. Ficou ali, escutando atentamente para ver se percebia qualquer coisa respirando. Talvez houvesse vagabundos dormindo bêbados de tanto vinho naquela escuridão. Ele também não queria matar nenhum deles. Mas havia apenas o barulho do vento fino e cortante. Então ele olhou para os dois lados na rua. Havia alguns desocupados perambulando por ali, mas estavam a alguma distância e não prestariam atenção nele. Afinal, ele parecia um deles. Era só mais um vagabundo procurando um lugar no beco para desabar.

Ele entrou em disparada no beco para, em seguida, diminuir o ritmo. Não queria tropeçar em nenhuma lata nem esbarrar em garrafas durante o percurso. Não queria fazer nenhum ruído. Pensou em tirar os sapatos, mas seria uma atitude tola. Ele teria que carregá-los em volta do pescoço, o que poderia ser um problema quando fosse escalar os fundos da propriedade, e também correria o risco de pisar em um caco de vidro, algum pedaço de metal ou um prego, e com certeza acabaria gritando. Harry Kling nunca foi muito de aguentar dor. Uma vez cortou o dedo e, só de ver o sangue, começou a gritar, mesmo que ainda não estivesse sentindo nenhuma dor física.

Seus dedos agarraram as tábuas na parte de trás da loja, e foi como se ele tivesse agarrado cubos de gelo. Mas isso não iria detê-lo. Afinal, a subida levaria apenas três ou quatro minutos, mesmo que seus dedos estivessem mais endurecidos do que o normal.

"Ainda bem que não está nevando", ele murmurou e, em seguida, teve que sorrir. De onde diabos surgiu tal pensamento? Nunca nevou no sul da Califórnia... pelo menos não nas proximidades daquela cidade.

Ele soltou um suspiro de alívio quando passou por cima do parapeito e plantou os pés com firmeza no velho telhado. Ele ouviu um leve rangido no primeiro passo, então caminhou com mais cuidado. Talvez tenha sido algum gato lá em cima, mas ele não queria levantar qualquer tipo de suspeita, caso alguém ouvisse a movimentação.

O gancho da claraboia estava vergado e enferrujado, e caído no telhado. Não havia nada segurando a claraboia. Isso, obviamente, foi uma surpresa para ele. Parte de suas preocupações, uma vez que tivesse chegado lá em cima, era acabar fazendo muito barulho ao quebrar o gancho. Mas aquela maldita coisa deve ter caído de tão enferrujada, o que o poupou de todo aquele problema.

Ele ergueu o vidro e colocou-o cuidadosamente de volta no telhado; em seguida, enganchando os braços firmemente em torno da entrada, ele desceu o máximo que pôde, então se soltou e caiu no chão. Ele usaria algumas caixas, empilhadas umas sobre as outras, para subir de volta ao telhado.

Harry Kling não precisaria fazer nada disso.

Seus pés bateram com firmeza no chão. Pensou ter ouvido um barulho perto do balcão, talvez alguma coisa tivesse caído com a força com que ele aterrissou na loja. Ele não queria perder mais tempo pensando. Tudo o que queria era pegar a caixa de dinheiro, pegar uma caixa de vinho e dar o fora dali.

Então uma figura escura o atingiu... acertou-o no rosto com o punho direito e depois com o punho esquerdo, jogando-o de costas em cima de uma prateleira cheia de garrafas. O barulho teria despertado os mortos, se houvesse algum por perto. Com certeza deve ter despertado todos os vagabundos em um raio de um quilômetro.

Só que o filho da puta que o socou estava fugindo com o dinheiro. Ele não ia deixar o desgraçado fugir com aquilo depois de toda a tortura mental pela qual ele passou... e Millie estava esperando por ele.

Ele agarrou o idiota de merda quando este passou por ele, girou-o e disparou um murro após o outro em qualquer parte do corpo do homem que estivesse ao alcance da mão. Ele ainda estava atirando socos no rosto do sujeito, estirado no chão, quando as luzes se acenderam e revelaram policiais com armas em punho.

Harry Kling ficou de pé e um sorriso bobo cruzou seu rosto. "Aí está ele, no jeito para vocês, oficiais. E ali está o dinheiro, espalhado no chão ao redor. Peguei o cara com a mão na massa. Ele estava roubando a loja e eu o peguei. Pelo jeito ainda tem muita força aqui no punho deste velho, afinal."

Harry Kling tentou dar um sorriso mais amplo — e nervoso — enquanto olhava para o vagabundo inconsciente a seus pés, e depois novamente para os dois oficiais... que estavam pegando as algemas de seus cintos.

"Você é um bom cidadão, meu velho", disse um deles. "Só que tem uma perguntinha que eu acho que o tenente vai querer lhe fazer na delegacia. Como é que você estava aqui dentro, pronto para agarrá-lo?"

EU, BRUXO

1971

Alguns de nós, sim... Porém, alguns não... voam montados em vassouras.

Isso fica por conta de cada bruxo.

Não é o nosso modo padrão de viajar. É mais comum usarmos a mente, desenvolvida pelo tempo, em vez da matéria. Se desejarmos estar em um determinado destino, temos apenas que formar um padrão de pensamento, e o objetivo é alcançado sem maiores esforços.

Este é o verdadeiro poder de bruxos e feiticeiros...

A mente.

Não existe força mais poderosa do que aquela gravada com enxofre pelo Príncipe das Trevas, a qual tem sido transmitida ao longo da eternidade por meio de seus dedicados seguidores... um conclave que precisa sempre ser expandido com novos recrutas para que possa cumprir as exigências cada vez maiores do Governante.

Com a chegada de cada noite — a cada rotação do planeta — o feiticeiro se desloca livremente... apanhando qualquer pessoa, esteja ela dormindo ou acordada.

Nenhuma alma mortal está segura ou imune à demanda de um bruxo, à sua estranha *luxúria*.

O acônito, o alho ou a cruz dos santificados não podem competir com os fluidos produzidos pela mistura de placenta venenosa do ovo da serpente, asas do morcego-vampiro, musgo da base da cicuta e raiz de mandrágora... levados a uma fervura rápida em um caldeirão aquecido por chamas de enxofre, com vapores de desgraça sufocantes e atordoantes.

Um gole, uma inalação, e a carne fraca fica com o espírito igualmente fraco — disposto a levar a cabo todas as exigências sombrias e agourentas.

Conte-me uma história de demônios, feiticeiros e poções de bruxas, e eu lhe contarei uma história de cemitérios e lápides e suas coroas de videiras... de deformações e de luxúria e estranhas aparições que florescem à noite.

Quando, na plenitude da lua cheia, se observa a visão peculiar das formas sombrias fluindo da escuridão para outra ainda mais profunda... desabando de uma nuvem para outra, depois voltando a se erguer para assumir formas de energia irracional... quando se diz que os fantasmas andam entre as lápides do cemitério, e o vento se torna um estridente pedido de atenção...

Fique atento...

Tenha cuidado...

Feiticeiros e bruxas certamente estão por perto...

Pise em uma rachadura e sua mãe vai cair dura...

Pise em um sapo e vai cair o seu barraco...

A maldição do feiticeiro está em alta... sempre em busca dos desavisados... de rapazes suculentos e amadurecidos... frutos maduros prontos para serem colhidos...

Ah, os jovenzinhos!

Uma casa velha pode abrigar o sobrenatural, pois o túmulo antigo é pouco mais que uma estrutura; território tanto do tempo quanto da decadência. Onde o esqueleto de um homem se torna frágil e afunda dentro da terra, o mesmo acontece com as vigas e suportes, com as paredes e o piso — com o esqueleto de uma casa.

Somente nos últimos segundos de tal decadência, o bruxo abandona sua existência cativa e progride para novos campos de atuação. Mas, no mesmo instante, libera a alma mortal — e essa alma emerge como um novo bruxo, que também deve procurar um novo corpo... uma nova estrutura... uma nova casa.

Um se torna dois...

Dois se tornam quatro...

Quatro depois viram oito...

Um feiticeiro nasce da escuridão para a escuridão, um elemento que ele nunca abandonará por toda a eternidade. A escuridão é a sua força, os meios de seu ser. Na escuridão ele encontra a recompensa fácil de seus ensinamentos. Na escuridão ele encontra seus pupilos. A corrupção e o pecado são suas leis básicas. O amor e o respeito são seus objetos de ódio e rejeição.

O sexo — sexo estranho e depravado — é sua motivação!

Venha comigo e penetre nas cavernas do desespero, e você encontrará uma noção de tempo jamais imaginada.

Venha comigo, de joelhos, ao encontro de Lúcifer e sua cauda bifurcada, que pousará sobre sua cabeça. Abra bem seus lábios humanos em direção à virilha dele, que aponta para você. Delicie-se com os prazeres que ele tem para oferecer, e ele arrancará de sua alma todas as bênçãos dos mortais.

Não existe nada tão abominável que não possa ser concebido.

Um jogo de vida e morte assume dimensões novas e mais completas.

Assine um pacto com o Diabo e nunca mais vislumbre os raios de luz. Deixe que a escuridão o envolva, e a noite tranquila se tornará um tormento de dor inacreditável. Mas existe uma linha muito tênue entre a dor e o prazer.

Eu sou um bruxo... e eu entendo.

Entendo as ânsias que nem a sepultura é capaz de aliviar.

Eu sei o que o sobrenatural ganha com cada um que se aventura em seu reino.

Uma vez parte de seu círculo íntimo, não há caminho de retorno.

Mas, então... retornar em nome de quê?

Da alma?

O que é a alma?

Quem, entre os vivos, já a viu?

Será que existe essa coisa de alma?

É preciso perguntar a si mesmo, e então perceber o que as perguntas e as respostas significam. Mas cabe a cada um se perguntar... as respostas nunca serão as mesmas.

Mas se ela *existe*, o que é a alma?

Ficou aprisionada desde o início... algo que talvez nunca tenha existido... um ectoplasma invisível... nutrido apenas pelos supersticiosos que precisam encontrar alguma razão mística para a própria vida.

Mas, antes de tudo, por que não abdicar de algo que não se possui — de algo que não se vê? Por que não, uma vez mais, se tornar a massa de barro que era o mortal no princípio e à qual certamente retornará...?

Faz pouco sentido quando o corpo é coberto por um túmulo ingrato e leva a alma com ele.

O bruxo recolhe a alma e a libera para lugares sombrios antes que seja aprisionada por um fedor de vermes e larvas e outros visitantes intrusos no túmulo.

Observe a lua cheia no primeiro passeio por lá e não rejeite esses primeiros impulsos.

A lua é sempre o primeiro sinal de uma aparição. A luz enfraquece de repente e massas de nuvens espessas juntam forças. Mas é somente depois que o brilho da lua estiver mais uma vez em sua plenitude que o espectro pode ser visto... planando... viajando... primeiro para um lado, depois para o outro... deslizando constantemente... viajando sem parar... um padrão em mudança contínua, da curiosidade... para o terror.

Não precisa ser assim!

O susto é para os pouco informados!

O terror é para os praticamente desinformados!

O horror é para os puramente ignorantes!

A curiosidade é para os que têm a mente aberta!

Aqueles de mente aberta encontrarão revelações... entidades pouco antes concebidas para o desconhecido.... Mas prazeres além da compreensão dos mortais.

O prazer da luxúria!

Luxúria por garotos!

Por que os mortais temem o desconhecido? O medo deve ser previsto, mas nem sempre rejeitado.

A imortalidade costuma viajar através do aroma do caldeirão. Respire fundo, bem fundo, quando os vapores com suas intenções perversas penetrarem os seus pulmões, os seus sentidos. Não tente evitar o cambalear, a tontura que ameaça forçar sua mente a entrar em novos canais...

São os bruxos chamando!

Os indícios, a excitação, a agitação em seus sinais vitais lhe dirão que você foi eleito...

...um pupilo de Satanás...

...um pupilo da luxúria por garotos, própria de Satanás...

Um pupilo da curiosidade e dos arrebatamentos terríveis, os dispositivos perpétuos do tempo.

Não entre em pânico...

Fique nu, altivo e ereto...

Encare os elementos de maneira impassível... pernas posicionadas... músculos rígidos, firmes, tensos e vivos... o esperma da vida está pronto para ser liberado... para ser engolido com o deleite de um demônio. Primeiro, uma demonstração de força; depois, de emoção; em seguida um orgasmo excitado, para então permanecer nu e exausto, com o membro vergado. A alma ectoplásmatica foi capturada novamente e será restaurada mais uma vez... um espírito revigorado para o interminável... uma vitalidade renovada para o bruxo... o progresso de seu coração obscuro... a propagação da estirpe dos feiticeiros.

O bruxo precisa dos derramamentos da juventude para existir. A história, ao longo do tempo, revelou feiticeiros à espreita por trás de todos os grandes eventos. Ele está lá para recolher os caídos e derrubar aqueles que se recusam a se ajoelhar. Seus métodos são os da perfeição. O escolhido não pode se afastar do olhar frio como aço. O bruxo é seu único refúgio.

Não anule seus medos quando o bruxo estiver por perto, pois o medo é o indicador para os acontecimentos além da percepção mortal. Agarre-se a ele com toda a sua força... olhe profundamente em seus olhos de ébano e vislumbre o espectro que existe ali.

Decida...

Decida nesse ponto...

Decida por sua própria insanidade...

Mas não relate essa decisão a um amigo... um amigo se tornará inimigo... um inimigo que, por causa da rejeição, talvez nunca chegue a ser um irmão do mal.

Grite apenas para a figura que transforma a lua em trevas. Diga aos heróis da justiça que o inferno não despreza nenhum espírito que atravessa as portas da vida. Diga a tais seres que esperem o inesperado e se alegrem em uma nova aventura.

O tempo só existe para os mortais. E deixa de existir durante o infinito.

Não seria melhor, para todos os efeitos, se não existisse o confinamento do tempo?

Acredite em tal pensamento, muito e por muito tempo...

Acredite completamente...

E então você se verá acreditando na vontade do feiticeiro e de seu mestre.

Seu único mestre...

Os emaranhados de plantas rasteiras, bosques solitários e cemitérios desertos são apenas um pano de fundo. São nesses lugares que os primeiros sinais de repulsa ao terror são concebidos.

Eles nunca estão nas ruas movimentadas ou nas avenidas principais, ou nos escritórios barulhentos ou nas festas alegres... locais nunca pensados como um terreno fértil para o bruxo à procura...

Mas...

Os duendes vão pegá-lo se você não ficar atento...

Não se estiver sob a proteção do bruxo... pois, uma vez que o bruxo o tenha escolhido, nenhuma outra entidade pode intervir para liberar a alma. Após a aceitação, poucos tentariam procurar por outra intervenção...

A degeneração corre solta!

Invoque os degenerados!

Traga as lágrimas e as tristezas do desespero!

Retenha o amanhecer e que prossiga a escuridão da noite! Faça as sombras esconderem todo o mal! Pois o *mal* ao contrário é *viver*, e *viver* é *mal*.

E *diabo* ao contrário é *vivido*. Ter *vivido* é estar *endiabrado*. [1]
Exija que sua alma vá para o inferno...
E isso será feito...
Nenhum bruxo de respeito aceitaria qualquer coisa diferente disso.
O inferno nunca tenta...
O inferno busca e alcança...
Exija que aquela coisa que você conhece como alma se aventure mais profundamente no coração do mestre.
O inferno não será negado...
Onde estão aqueles que, de forma tola e impossível, negam tal comando? Esses espíritos obscurecidos só duram tempo suficiente para sofrer as dores e as angústias de uma alma perdida...
...e logo percebem...
...para que não sofram ainda mais nos conclaves arrebatadores do túmulo, dos quais nem mesmo a alma pode escapar...
Escolha agora ou para sempre...
...para sempre ter de lidar com aquelas criaturas inevitáveis do cemitério...
O bruxo está sempre presente...
O bruxo está sempre à procura...
O bruxo não está em lugar algum.
No entanto, o bruxo está em todos os lugares...
E o bruxo, o feiticeiro enlouquecido com a luxúria por rapazes... "Eu estou eternamente recolhendo suas almas!"

1   O escritor brinca com as palavras — "live" (viver) e "evil" (mal); e "lived" (vivido), "devil" (diabo) e "deviled" (traduzido aqui livremente como "endiabrado") — em forma de palíndromos. Algo semelhante acontece também no conto *Fogo do inferno*.

ED WOD JR.

INDO EMBORA

1971

Ela desejou algumas vezes não ter deixado Tommy lhe enfiar sua masculinidade naquela noite.

Ela fechou a porta de entrada da casa dos pais e desceu os degraus rangentes da varanda. O ar fresco da noite penetrou na mesma hora em seu fino vestido de verão e lhe causou arrepios na pele.

Entediada e indiferente, Emily Porterhouse ficou por um minuto inteiro encarando o solitário semáforo no meio do cruzamento em frente à casa. Era o único semáforo no pequeno vilarejo de Garterville.

"E agora, o quê?", ela pensou. "Vou ficar sentada na varanda, observando os carros passarem? Não. Fiz isso ontem à noite, e na noite anterior, e na anterior... Eu estou ficando velha. Estou morrendo aos poucos nesta cidade fedorenta."

Aos 17 anos de idade, Emily Porterhouse estava mais do que nunca consciente da morte gradual em uma cidade pequena. Ela estava despertando, nas esferas física e mental — e sexual —, para o mundo ao seu redor. E, no entanto, vivendo tão distante do centro de uma cidade grande, das fontes de *ação*, era como se fosse uma mera espectadora, que podia apenas olhar, mas não tocar.

Ela percebia que estava se tornando uma prisioneira de Garterville. E estava ficando assustada, com medo de ficar velha e fraca como todos os outros prisioneiros. Mas prisioneira era a única coisa que ela não seria. Ela sabia que tinha um corpo incrível. Bastava se olhar no espelho, com ou sem roupa, para perceber. E seu rosto era um deleite, até para si mesma. Ela nunca teve dificuldade para arranjar namorado. Estava em seus dois últimos meses no colégio e continuava não tendo problemas para arrumar encontros.

Adorava suéteres e o que eles faziam pela parte da frente de seu corpo, que se desenvolveu muito mais cedo nela do que na maioria das garotas que conhecia. Ela desejou que estivesse vestindo um naquele momento — o bonito suéter azul-claro de angorá que estava guardado em um saco plástico em seu quarto. Mas para poder pegá-lo teria que entrar em casa de novo. E ela não queria isso! Era a maior prisão de todas. O mundo inteiro era uma prisão, e ela era apenas um de seus prisioneiros.

Tinha que haver algo mais na vida além dos estudos — tudo o que aprendeu em todos aqueles anos na escola. Para que servia tudo aquilo? Em Garterville?

Havia um posto de gasolina, um armazém geral, uma farmácia com uma antiquada máquina de refrigerante, um pequeno mercado de alimentos e uma loja de roupas masculinas e femininas. Isso era tudo, além de uma escola primária e outra de ensino médio, ambas a 25 quilômetros de distância, em Hendersonville. O único motivo pelo qual Garterville estava no mapa era porque havia uma fábrica de automóveis a seis quilômetros a leste, e muitas pessoas decidiram construir casas naquela área. Então, de repente, havia um monte de casas suburbanas, e elas pareciam se concentrar em torno daquele amplo espaço na estrada que, anteriormente, só abrigava o posto de gasolina e o antigo armazém geral — onde, em tempos passados, os fazendeiros paravam para suprir as necessidades urgentes da vida.

Nada se expandiu em anos. Continuava sendo o lugar com o qual alguns aposentados sonhavam, e era isso que sempre seria.

Emily não era uma aposentada. Seu pai e sua mãe ainda trabalhavam na fábrica, mas estavam mais aposentados do que muitas pessoas idosas sobre as quais ela lia a respeito e que moravam em asilos. Isso não ia acontecer com ela. E ela não se contentaria com nenhum daqueles garotos idiotas com quem vinha saindo em todos os seus dias de escola. Aqueles idiotas nasciam, estudavam e acabavam todos — ou, pelo menos, a maioria deles — trabalhando na fábrica, assumindo o emprego de alguma pessoa que se demitia ou se aposentava. Eles com certeza seguiriam os passos de seus pais.

Mas o que havia na fábrica para alguém bonita como ela? Gostava de pensar em si mesma como uma criatura linda — e mesmo que não pensasse... o espelho não lhe dizia exatamente isso? Ela não iria se tornar uma secretária, apesar de ter sido a datilógrafa mais rápida da escola, apesar de ganhar todas as honras por sua ortografia e taquigrafia. Não por 65 dólares por semana, ela não iria... nem pelos 85 dólares por semana que ela poderia acabar recebendo caso continuasse no emprego, cinco dias por semana, toda semana, tirando as duas semanas de férias, pelos próximos vinte anos. Devia haver algo além disso para ela neste grande e vasto mundo... precisava haver algo mais para uma coisa linda como ela.

Apertou os braços firmemente ao redor do corpo ao sentir um arrepio repentino, mas logo percebeu que não era o frio que a incomodava nem que havia provocado o arrepio. Era o tédio ao seu redor. A falta de qualquer coisa para fazer... Ela poderia ir ao cinema, mas ficava a 25 quilômetros dali, perto do colégio, e para chegar lá teria que ir com um dos meninos, no carro do pai dele. Essa era uma coisa que ela não queria fazer, sair com qualquer daqueles idiotas — além disso, ela já tinha visto o filme que estava passando. Trocavam o filme só uma vez por semana.

Ela gostava de pensar que algum estranho simpático passaria por acaso pela cidade em um grande e chique conversível e a veria parada perto do semáforo. Ele então iria parar e eles começariam a conversar, ela entraria no carro, e eles iriam dirigindo diretamente para a eternidade.

O sr. e a sra. Henderson deram-lhe um rápido olá e subiram os degraus da casa de Emily. Não havia nada de incomum nisso. Eles vinham todas as noites de sábado para o jogo de bridge. É por isso que Emily nunca podia ficar em casa nas noites de sábado até pouco depois da meia-noite. Quando era muito nova, ficava trancada em seu quarto até que o jogo acabasse.

Os olhos de Emily observaram a luz do semáforo mudar de verde para vermelho. Era uma visão idiota. Aquela luz mudando de verde para vermelho, depois de vermelho para verde, e continuando a mudar de uma para outra, de novo e de novo — e para quê? Nem dez carros passariam por aquele cruzamento das nove da noite de sexta-feira às sete da manhã de segunda, quando os trabalhadores mais uma vez se dirigiriam para a fábrica. Quase nada se movia naquelas ruas escuras nas noites de fim de semana. E também quase nada se movia durante a semana depois das nove da noite. Não havia nada aberto! Até mesmo o posto de gasolina fechava às nove horas. A máquina de refrigerante, se é que poderia ser chamada assim, fechava logo que começava a escurecer... às sete, mesmo quando o horário de verão estava em vigor e o dia permanecia claro um pouco mais de tempo.

Não havia nada para fazer... tédio!

Tédio... absoluto tédio...

Uma garota bonita, e tudo o que ela encontra em sua vida de jovem era o tédio.

Ela deixou Tommy Rich botar as mãos sob o suéter azul de angorá três noites de sábado atrás.

Jack e Helen Trent a cumprimentaram cordialmente e entraram na casa de Emily. Haveria mais!

Emily cruzou os braços ainda mais apertados por cima do vestido decotado. Ela gostava de ver seus voluptuosos seios se avolumarem como se quisessem saltar para fora do generoso decote. Gostava de observá-los e gostava da sensação de pressioná-los.

Tommy Rich foi gentil quando os apalpou. Foi ainda mais gentil quando levantou o suéter de angorá, expondo o sutiã dela. Emily deixou seus lábios tocarem o sutiã bem em cima dos mamilos. E ela se lembrou de ter pensado em como seria sentir os lábios dele se estivesse nua ali. Ela lembrou que não esperou muito tempo. Foi ela mesma quem tirou o suéter e o colocou com cuidado no banco da frente do carro dele... e foi ela quem virou um pouco as costas para que ele pudesse soltar os colchetes do sutiã... que seguravam no lugar seus firmes e exóticos montes cheios de juventude... as coisas que tornavam a parte da frente de seu suéter tão convidativa.

As mãos do rapaz não paravam quietas e ele estava *"nervoso como uma puta dentro da igreja"* — Emily tinha ouvido seu pai usar essa expressão. Suas mãos tremiam, mas ele terminou o serviço, e Emily só precisou se inclinar um pouco para a frente e deixar os braços retos, e o sutiã escorregou para o chão do carro. Ela nem se importou em pegá-lo, apenas o deixou caído ali. Ele não iria a lugar algum. Ficaria lá até que ela o quisesse novamente.

Tommy só conseguia olhar para ela...

Mary Glaster e Martha Tilden estavam acompanhadas de alguns homens estranhos quando passaram por Emily e entraram na casa aos risos. Mas aquelas duas *figuras* sempre estavam com algum cara novo. Mesmo assim, Emily não deixava de se perguntar como elas sempre convenciam os caras a participarem de um jogo de bridge. Seria normal pensar que *rapazes de boa aparência* iriam querer fazer algo mais do que jogar bridge, apesar de Mary e Martha serem mulheres muito bonitas... de trinta e tantos anos.

Tommy só conseguia olhá-la com os olhos arregalados. E tinha um pouco de baba nos cantos de seus lábios. Ele se gabava de ter ficado com muitas garotas, mas ela sabia desde o começo que era a primeira garota que ele tinha visto nua da cintura para cima... o que diabos ele faria se ela abaixasse a calcinha e levantasse a saia curta? Eram pensamentos perversos, ela sabia disso na época. Mas havia lido sobre garotas que deixam garotos fazerem coisas com elas. *E que não havia problema em fazer sexo. É isso que faz o mundo girar. É normal um homem e uma mulher praticarem sexo; é assim que os bebês são feitos. Eles se casam, o rapaz e a moça acasalam, e pouco depois eles têm uma casa cheia de crianças... pirralhos gritando e correndo por toda parte... monstrinhos gritando com a bunda suja e a cara emporcalhada.*

Ela não queria saber de filhos. Sabia que iria gostar de sexo caso se entregasse... *talvez para o Tommy...* mas se ia mesmo fazer isso, sabia que precisava ter cuidado. Na última vez que esteve em Baltimore, ela encontrou alguns folhetos sobre essas coisas em uma drogaria. Descobriu que havia maneiras de impedir que aquilo que o garoto fizesse com ela lhe deixasse com ovos que chocariam e se tornariam *pirralhos gritando*. Aprendeu que uma garrafa de 7-Up quando agitada funciona bem como ducha íntima. Ela possuía uma garrafa de 7-Up cheia e tampada; não havia bebido seu refrigerante quando eles pararam para o habitual hambúrguer na lanchonete da estrada depois do cinema. Estava bem ali no chão ao lado dela. E ela iria usar aquilo. Sabia que ia se soltar e daria o melhor de si mesma para Tommy, e ele ficaria feliz, então talvez teria algo de verdade de que se gabar. E não as ilusões sobre as quais vinha falando durante todos aqueles anos de escola. Ele poderia dizer que tinha ficado com uma garota de verdade. E Emily pouco se importava se ele mencionasse seu nome. Seria algo diferente em sua vida sem graça. Isso realmente seria diferente.

As mãos de Tommy subiram por debaixo da saia e encontraram o elástico de uma das pernas de sua calcinha rosa, e um dedo se enrolou nos pelos macios de sua região pubiana. Ela começou a girar e a se contorcer com o prazer causado por essas sensações repentinas e inéditas. Ela já havia se tocado com o dedo na mesma região e experimentou algumas dessas sensações, mas nada comparado a ter alguém fazendo isso por ela.

Barbara e Ken Smith foram os próximos a entrar em sua casa, e Emily sabia que eles seriam o último casal. Era o suficiente para encher a mesa de jogo.

Tommy tinha sido gentil.

Às vezes, quando ela pensava no que tinha acontecido, desejava que ele não tivesse sido tão gentil. Talvez ela achasse que gostaria de ter experimentado alguém mais rude. Eles costumavam agir de maneira mais rude quando estavam em bando feito lobos — mas eram brandos quando se tratava de garotas. E as garotas que se comportavam de maneira inteligente nunca tinham que gastar seu dinheirinho com sorvete e refrigerante. Todos os rapazes tinham um emprego de fim de semana. Eles podiam pagar por coisas que as garotas não podiam. Tudo o que uma garota tinha que fazer era agir de maneira inteligente, e poderia conseguir qualquer coisa que eles tivessem.

Emily sentia que, se estivesse na cidade grande e se comportasse assim, poderia estar vivendo como uma rainha. Os rapazes todos se apaixonariam por ela. Ela era linda, tinha um corpo bem torneado e a voz mais sedutora de Garterville e Hendersonville juntas. Não havia ninguém como ela em nenhum dos dois lugares. E duvidava que houvesse alguém na maioria das cidades em todo o país... exceto, talvez, em Hollywood, onde estavam todas as garotas glamorosas — ela sabia disso porque as via nas telas; aquelas eram as garotas, as lindas garotas nas quais ela se espelhava, em cada um de seus movimentos, nas suas atitudes. Eram o tipo de garota que ela queria ser desde quando era capaz de se lembrar, e, ao olhar no espelho, sempre soube que tinha realizado seu desejo. Agora, tudo o que ela precisava fazer era sair daquele maldito vilarejo e partir para a cidade grande, onde poderia conseguir dinheiro suficiente para ir a Hollywood. Ela sabia que os filmes a estavam esperando. Não podiam perder uma beldade como ela.

Então, ela viu as cortinas sendo fechadas em sua casa. Eles gostavam de muita luz quando estavam jogando. Talvez seus olhos estivessem ficando fracos. As pessoas mais velhas, em seus trinta e tantos e quarenta e poucos anos, sempre tinham problemas de visão. Talvez devessem jogar com cartas maiores. O pai dela estava sempre reclamando da conta de eletricidade... ou de alguma outra conta...

Ela desejou algumas vezes não ter deixado Tommy lhe enfiar sua masculinidade naquela noite. *Doeu como o inferno!* Mas a dor durou apenas alguns minutos; depois disso foi só prazer. E Tommy, o experiente Tommy, disse que ela nunca mais sentiria doer assim. Era só na primeira vez. E que a partir dali ela não sentiria nada além de prazer em fazer aquilo com ele — *ou com outros homens*, ela pensou naquele momento. Mas talvez ela devesse ter deixado aquela dor enorme e única para outro momento... um momento mais importante — mas quando seria um momento mais importante? Ao que parecia, ela seria uma prisioneira de Garterville até o dia em que morresse. E não importava com quem se casasse, ele não seria nem mais nem menos importante que Tommy Rich. Não havia nada de importante em Garterville.

Então estava tudo bem quando ela deixou que Tommy a possuísse, e ele até sacudiu a garrafa de 7-Up para que o refrigerante ficasse com bastante gás, e a ajudou com a inserção e depois a se enxugar com um dos lenços grandes que ele sempre mantinha no porta-luvas.

Isso foi depois daquela noite de sábado em que haviam chegado à casa de Emily e o local estava escuro. O jogo nunca ia além da meia-noite. Todas as pessoas casadas tinham filhos e precisavam chegar em casa por volta daquela hora.

Mas essa era outra noite de sábado, e ela não queria nenhum Tommy ou Billy ou Henry ou qualquer outra pessoa. Nada seria capaz de dissipar o tédio que ela sentia diante do semáforo na frente de sua casa, observando-o conforme mudava de vermelho para verde, e depois novamente para vermelho, e então verde, e depois um caleidoscópio de cores que nem sequer estavam lá.

O frio passou por ela novamente. Dessa vez *foi* um vento leve. Ela decidiu ir até seu quarto buscar o suéter azul de angorá, mesmo que para isso tivesse que interromper o jogo. *Que eles se danem!* Se ficassem bravos simplesmente porque a filha estava morrendo de frio e queria seu suéter... *bem, que fossem para o inferno.*

Foi quando ela deu meia-volta, afastou-se da luz que havia mudado para vermelho e caminhou delicadamente em direção à porta. Não queria incomodá-los, se fosse possível evitar. Mas assim que abriu a porta, percebeu que não haveria como perturbar nenhum deles. Ninguém ligava a mínima se o mundo inteiro entrasse por aquela porta. Nenhum deles teria ouvido uma bomba explodir.

Estavam todos nus, e alguns deles estavam fazendo o que Tommy e ela haviam feito... outros estavam em posições estranhas que ela não conhecia... e todos estavam fazendo barulhos — barulhos parecidos com os de animais no cio... Todo mundo curtindo o que estava fazendo — e ninguém estava com a própria esposa ou com o próprio marido... *mas estavam fazendo o mesmo tipo de coisa que ela havia feito com Tommy...* Porém, eram como um punhado de serpentes nuas em um covil, retorcendo-se umas sobre as outras, umas por cima e outras por baixo... por cima e por baixo... e ao redor... e havia estranhos ruídos de sucção... e o... o...

Ela saiu em disparada pela porta e rua afora... Ela não gritou... não chorou. Simplesmente adentrou a vida.

O mundo lá fora era grande e Tommy tinha um carro.

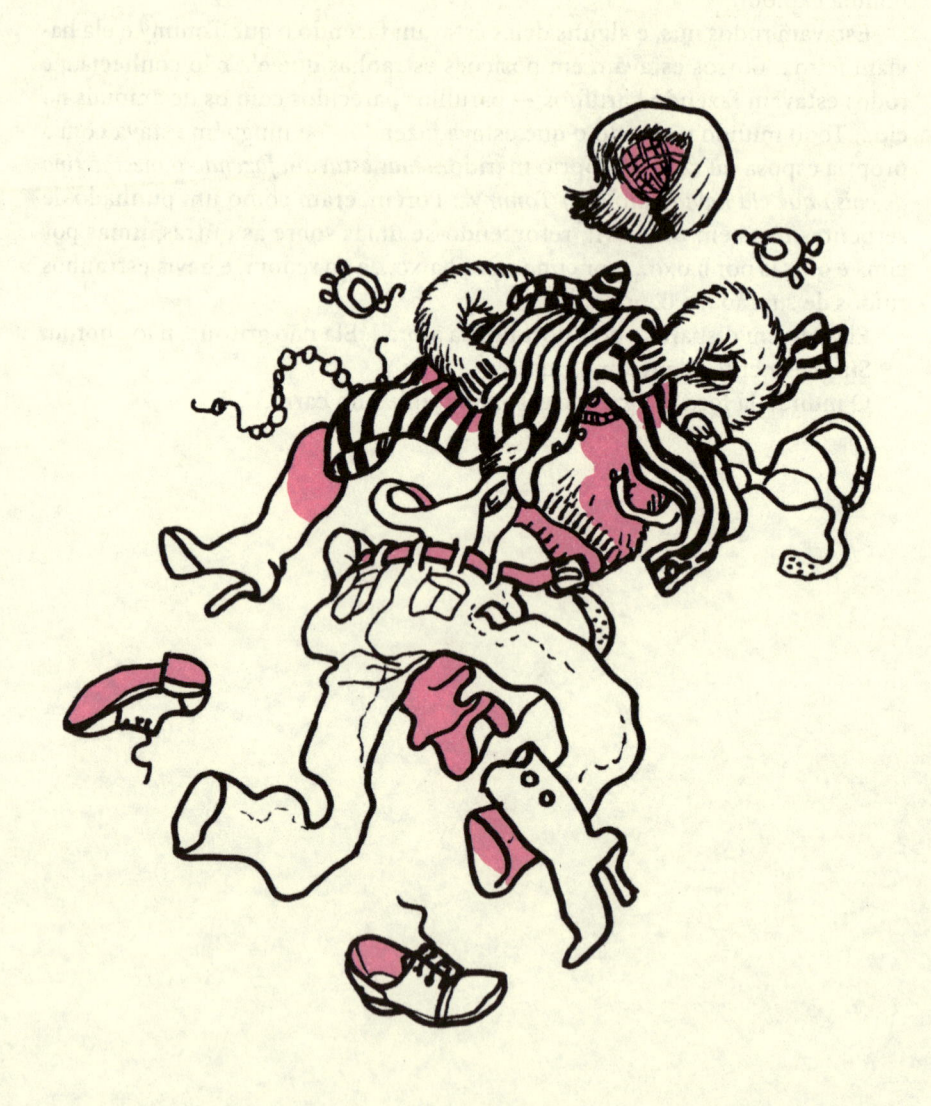

ED WOD JR.

CONTOS & DELÍRIOS

ESTRELA DO SEXO

1973

Henry Wadsworth se debruçou sobre a cama e beijou sua esposa, a qual apenas murmurou, ainda dormindo. Puxou sua camisola rosa acima dos joelhos,
sorriu enquanto relembrava a noite anterior e, em seguida, puxou os cobertores para que se encaixassem confortavelmente logo abaixo da linha dos seios...
Ele estava completamente vestido e a rotina era quase sempre a mesma todos
os dias da semana... nas manhãs... pelo menos nos últimos dois meses, desde
que Linda decidiu que gostava de dormir até o final da manhã; as atividades
do clube a mantinham sempre ocupada, às vezes até muito tarde da noite —
mas ela estava se divertindo, e não havia realmente nenhuma razão para ela
se levantar se não quisesse. Ele nunca tomava o café da manhã cedo, apenas
uma xícara de café instantâneo... e não havia problema algum em fazer isso...
O café da manhã de verdade era na hora do almoço, quando estava realmente
com fome lá na cidade.

Portanto, bebia duas xícaras de café, sempre beijava Linda, arrumava a cama — ele fazia uma bagunça quando pegava Linda aquelas três vezes por semana —, entrava no carro e ia para o escritório. Ele atuava no mercado imobiliário e, algumas vezes, tinha que trabalhar até tarde, então foi ótimo que Linda tivesse encontrado algo que gostava de fazer, para que não ficasse entediada, até porque ela já tinha começado a reclamar antes de a situação ser como era.

Linda sempre ouvia o carro saindo — era um carro novo, e eles trocavam de carro todo ano, mas esse tinha um motor que fazia um ruído muito específico... Ela era capaz de reconhecê-lo de olhos vendados em meio a uma centena de outros. O som a penetrava ainda meio adormecida, e ela permanecia nesse sono parcial por mais uma hora, mas quando os sons matutinos do campo se tornavam mais proeminentes, ela despertava por completo. Linda se espreguiçou, olhou para os seios adoráveis que estavam quase cobertos pela camisola rosa de babados, e sorriu para aqueles atributos preciosos que nunca ficavam achatados quando se deitava de costas, como acontecia com os seios de tantas mulheres... eram mesmo atributos preciosos. Ela colocou as mãos atrás da cabeça e sorriu — era uma mulher muito feliz. O que vestiria hoje...? Havia um vento frio no ar, mas não muito gelado... O suéter branco de angorá que fazia conjunto com a calça branca, e botas brancas de cano alto... Sim, seria esse o figurino, mesmo que ela não o usasse por muito tempo... só para ir e voltar... do estúdio.

"Você sabe mesmo que tipo de filmes nós fazemos?", o produtor lhe avisou alguns meses antes.

"Se não me engano, li em algum lugar que são chamados de *filmes de sacanagem*, ou algo assim."

"Mas nós não filmamos apenas algumas garotas nuas. Nós vamos até o fim, e quero dizer até o fim mesmo. Ainda está interessada?"

"Eu me saía muito bem na época da faculdade. Acho que posso encarar os projetos que estiverem de pé."

"Um monte de coisas fica *em pé* por aqui", riu o homenzinho rechonchudo.

"Entendo o que quer dizer", e ela riu com ele, os seios nus balançando com o movimento de seu corpo. Ela olhou para o suéter, a saia, a calcinha e o sutiã que estavam empilhados ordenadamente no sofá do estúdio. Não se sentiu nem um pouco envergonhada de ficar sentada nua conversando com o homem — na verdade, ela lidava com a situação de um jeito quase clínico: era como se ele fosse o médico e ela, a paciente... ela já tinha ficado nua na frente de médicos antes... Na realidade, tinha transado com alguns deles ao longo do tempo, especialmente durante os momentos tediosos, quando tinha que encontrar alguma coisa para fazer sozinha. Ela gostava de sua vida sexual, mas se tornara meio escassa depois que Henry decidiu que se sentia fraco demais pela manhã, a não ser que se limitasse a três vezes por semana.

Ela queria muito mais que isso.

O produtor esticou o braço até a mesa e pegou um vibrador enorme. "Você sabe o que é isso? Sabe para que serve?"

Linda não disse uma única palavra; apenas se levantou da cadeira e andou até a mesa. Ela abriu espaço em cima da mesa e pegou o vibrador da mão do homem. Estendeu-se ali e o inseriu bem fundo em si mesma... seus movimentos eram os de uma especialista... Ela deixou o produtor excitado, mas ele próprio nunca tocava nas garotas com quem trabalhava; tinha seu jeito de arranjar mulheres, mas as garotas que trabalhavam para ele chegavam a ficar com sete ou oito caras, e também com outras garotas, em um único dia... Ele tinha um horror absoluto de doenças, mas isso não o impediu de suar em profusão enquanto observava a mão de Linda manipular o instrumento para a frente e para trás, depois em círculos, e quando ela finalmente explodiu em êxtase com um gemido de dor e prazer, ele piscou e ela ficou sentada... deixando que o vibrador permanecesse dentro de si por algum tempo.

"Você acha que eu sei para que serve isso?"

"Garota, você pode trabalhar para mim quando quiser."

"Quando eu começo?"

"Agora mesmo. Vou levá-la pelo corredor até a sala de filmagens. Eu costumava chamar de estúdio, mas é um lugar muito pequeno... sala de filmagens soa mais adequado." Ele apontou para as roupas dela. "Elas estarão seguras aqui. Você não vai precisar de roupas pelo resto do dia. Para atravessar o corredor... não se preocupe, todo mundo passa pelado por ali quando vai trabalhar na sala de filmagens. O pessoal também desce ao salão para usar a máquina de café. Você tem certeza de que quer fazer filmes eróticos? O seu marido não fará nenhuma objeção?"

"O que o meu marido não sabe não o afeta."

"Ele pode acabar vendo uma dessas coisas algum dia, e se você estiver nela... pode virar um inferno."

"Meu marido nunca pensaria em ver essas coisas. Ele me relegou a apenas três vezes por semana só para poupar suas energias... Se ele assistisse a um desses filmes, não teria mais forças... Nunca, nunca em sua existência ele seria pego vendo filmes de sacanagem."

"Você vai ter que fazer com algumas garotas também, ao estilo lésbico."

"Eu já estive na faculdade." Ela retirou o vibrador e o entregou a ele pela extremidade seca. Ele o colocou em um saco plástico e o guardou novamente em sua gaveta.

"Nós filmamos todas as raças juntas."

"Eu não sou prepotente... apenas solitária."

"Você não vai mais se sentir sozinha... Isto é, se sexo é o seu lance, vai manter a solidão longe."

"Eu sou insaciável."

"Ótimo... ótimo... ótimo... Está interessada em saber quem vai pegar primeiro?"

"Não particularmente... contanto que ele saiba o que fazer. Acho que na primeira vez eu gostaria de sentir a coisa real. Quando estou realmente excitada, posso dar aos rapazes o que eles querem... Talvez mais tarde eu possa aprender a fingir, mas na primeira vez quero sentir que a coisa é de verdade."

"Você com certeza vai saber que é de verdade."

"Grande, hein?"

"Nós o chamamos de 'espigão'."

"Parece interessante... É bonito?"

"Ele está sempre sendo requisitado. É bonito... e vai foder o seu cu... Você vai saber que experimentou a coisa real, e os meus compradores vão saber o que você está sentindo. Já fez isso antes?"

"Não..." Ela estremeceu.

"Talvez algo mais fácil para a primeira vez?"

"Diabos, não, Louie." Esse era o nome do produtor. "Eu disse que faria qualquer coisa, então podemos ir direto para a parte do *qualquer coisa*."

Isso foi alguns meses atrás... e não mudou desde então. Linda aceitava qualquer coisa, da maneira como quisessem, e Louie não era o único produtor para quem trabalhava; a verdade é que ela era sexualmente insaciável. Aceitava tudo o que surgia, o dia todo e às vezes até tarde da noite, e naquelas três vezes por semana, quaisquer que fossem os dias, ela estava lá para um *papai e mamãe* com Henry. *Papai e mamãe* parecia ser a única posição que Henry conhecia... ele preferia o sexo à moda antiga, embora não achasse que a atividade servia apenas para a propagação da espécie — ele não queria ter filhos, pelo menos não enquanto ainda eram jovens o bastante para conhecer lugares e se divertir; filhos estavam fora de cogitação, e Linda sempre concordou com ele nesse ponto.

Linda não tinha medo de engravidar em suas atividades cinematográficas, já que era raro que algum de seus parceiros despejasse o gozo dentro dela. Fazia parte da ação ter a câmera capturando a ejaculação, então eles sempre tiravam a tempo e esporravam em cima de sua bunda, ou entre seus seios, ou em torno de seus lábios... Houve um ou outro incidente em que o cara não puxou para fora rápido o bastante, mas ela sabia o que fazer em momentos como esse — não tinha com que se preocupar.

"Pobre Henry", ela pensou, quando saiu do banho e começou a se enxugar com uma toalha rosa macia. "Se ele soubesse a diversão que está perdendo ao permanecer naquela posição velha e ultrapassada... e ele também não sabe muito bem como usar aquilo. Creio que Louie tem razão. Todo sujeito deveria ver alguns desses filmes para perceber como se faz. Talvez assim não fossem para os tribunais de divórcio com tanta frequência." Ela realmente acreditava em cada palavra que pensava. Depois de vestir calcinha e sutiã brancos de náilon, ela se sentou na cama e colocou a meia-calça com muito cuidado. Ela sentiu um arrepio enquanto alisava o tecido ao redor dos quadris, e então apertou a virilha. Teve que interromper sua operação matinal conforme aquele arrepio tomava conta dela. Ela havia feito um filme de masturbação no dia anterior e a lembrança dele se apossou de todos os seus nervos... Pensou em se masturbar, mas aquilo daria trabalho, pois teria que trocar a calcinha, e isso significava tirar a meia-calça e a calcinha e começar tudo de novo... Haveria ação suficiente mais tarde, no estúdio.

Em seguida, vestiu a calça e depois calçou as botas, então o suéter de angorá escorregou suavemente por sua cabeça... o cardigã também de angorá parecia luxuoso, combinando com o suéter e recobrindo toda a extensão de seus braços. Ela se olhou no espelho e se sentiu como uma coelhinha fofa, toda branca e felpuda. Acariciou levemente os seios com as duas mãos por cima da penugem do suéter, e mais uma vez veio aquele arrepio, como um choque elétrico. Ela podia entender facilmente como algumas pessoas nutriam um desejo fetichista por casacos de pele. Antes, sabia apenas o que a palavra significava no contexto, mas existem muitos tipos de desejos fetichistas — isso é algo que nunca lhe ensinaram na faculdade —, e cada um tem sua preferência, sua própria curtição... Ela percebeu que curtia essa coisa de casaco de pele, e suas coxas começaram a tremer, como tinha acontecido quando sua mão tocara a virilha... Esperava conseguir segurar até chegar ao estúdio; ela precisava aguentar, pois aquele seria um dia promissor: dois rapazes novos e uma garota negra que parecia um sonho, de acordo com a foto que Louie havia lhe mostrado.

"Você parece uma coelhinha", observou Louie, com seu habitual sorriso.

"Foi o que eu disse ao meu espelho hoje de manhã. Mas chega de formalidades, vamos ao que interessa. Estou com um tesão profundo nas minhas entranhas."

"Precisa de um pouco de ação, hein?"

"Pode apostar."

"Não sei como vocês, garotas, aguentam tanto... Não sei como, mas fico feliz que você aguente. Só espero que você possa durar alguns anos."

"Eu vou durar... apenas continue trazendo mais. Quantos dos seus filmes de sacanagem você acha que fiz até agora, Louie?"

"Mais de duzentos. Eu acho que você dá conta disso melhor do que qualquer outra garota que já contratei... Ei, você já fez alguma coisa pesada de fetiche?"

"Um pouco."

"Eu e meu parceiro estamos com algumas ideias novas."

"Então bota para fora e vamos filmá-las."

"Depois... hoje à tarde. Agora vá tirar essa roupa e goze umas duas vezes... isso vai relaxá-la e deixar sua mente aberta para o que você vai ver."

"Apresentação particular?"

"Estou com alguns filmes amadores, feitos em algumas festas privadas. As pessoas nem sabiam que estavam sendo filmadas, mas fazem parte de algum grupo de fetiche. Todos eles têm o seu objeto de amor: lama, couro, estátuas, consolos, seda; pode pensar no que for, que esses amadores conhecem o assunto melhor do que os profissionais."

"Vou esperar ansiosamente por isso." Ela acariciou de leve seu suéter de angorá... e o choque elétrico ainda estava presente. "Eu poderia fazer a parte do casaco de pele."

"Acho que todas as garotas têm algum fetiche por peles. Por qual outro motivo os otários como eu gastariam uma pequena fortuna em seus casacos?"

Linda agendou uma filmagem com a garota negra primeiro. Ela queria ser a primeira a experimentá-la por inteiro... cunilíngua... em posição de meia-nove. Isso fez com que se sentisse muito bem, e a garota era quase tão boa quanto ela. Mas Linda ainda queria sentir um pau grande e profissional dentro de si. Um dos rapazes novos, um sujeito chamado Joe, preencheu essa lacuna. Eles trabalharam um com o outro por pouco menos de uma hora; depois, Linda fez felação em outro cara — não chegou a perguntar o nome dele, só sabia que tinha um charuto de carne poderoso... uma delícia de chupar. Em seguida foi a vez de a garota negra encarar os dois rapazes. A transa e as chupadas ficaram entre eles, e isso dava a Linda uma hora para descansar, mas ela não teria que trabalhar mais naquele dia. Na verdade, ela iria descobrir que Henry se daria bem — muito bem —, e talvez ele nunca soubesse o porquê.

Louie diminuiu as luzes e ligou o projetor, e lá estavam eles, o que pareciam ser pessoas comuns, certamente não profissionais. Tinha alguns que seguravam sua pistola enquanto acariciavam um casaco de pele, mas geralmente dois ou mais deles se juntavam para uma felação ou cunilíngua, um meia-nove, papai e mamãe e outras posições variadas, mas sempre ao lado do parceiro estava aquele objeto de amor com o qual eles tinham contato: a garota com o casaco de pele. Um rapaz nu esfregando seda em seu corpo, um rapaz e uma moça em trajes de borracha com apenas uma abertura na virilha.

E então havia o sujeito travestido... Ele vestia uma saia e um suéter branco de angorá — Linda tinha um igualzinho àquele —, e usava uma peruca loura. Linda também tinha uma peruca igual àquela. Havia algo estranhamente familiar naquele rosto, era muito bonito, mesmo com toda aquela maquiagem... a garota que estava com ele o masturbava, e era possível ver que estava ficando doido... e quando ele finalmente afastou a perna que encobria a calcinha, Linda reconheceu aquele pau na mesma hora. Mas ela não conhecia o tipo de ato que o homem em roupas femininas estava praticando com sua encantadora parceira sexual... Era uma atividade frenética e, no final, ficou evidente em seu aspecto de prazer que eles haviam alcançado o ponto mais alto da realização sexual. Henry nunca ficaria sabendo que Linda tinha visto tudo aquilo, mas ele veria o suéter e as calças de angorá preparados em seu lado da cama — e ela o estaria esperando em sua camisola rosa. Nunca mais haveria qualquer tédio entre eles... pelo menos, não no quarto.

EPITÁFIO DE BÊBADO

1973

Eles estavam sentados no interior simples e mal iluminado do bar do vilarejo, ao redor do enorme fogão de ferro fundido, com os pés e as pernas o mais perto possível do calor sem que suas calças desgastadas ficassem chamuscadas. Seguravam grandes canecas de cerveja nas mãos. Nenhum deles jamais tinha ouvido falar de copos de coquetel, e mesmo que eles tivessem, nunca mencionariam as peças delicadas e refinadas que pertenciam ao universo das mulheres — e nenhuma mulher era permitida no bar de Barnaby. Mas as canecas não continham apenas cerveja; algumas estavam repletas de rum amanteigado... aquecido por um atiçador que ficava permanentemente posicionado em uma abertura específica na tampa do fogão. E havia aqueles sujeitos que gostavam do uísque puro — cerveja gelada não parecia a bebida ideal para a maioria deles em uma noite tão fria; e gim... isso também era para as senhoras.

O próprio Barnaby só saía de perto do fogão para colocar mais lenha nele, ou para ir atrás do balcão e reabastecer o copo de um ou outro dos homens... percurso que ele fazia o mais rápido que podia, porque a temperatura era quase congelante a poucos passos do fogão.

"Não me lembro de ter feito tão frio assim antes. Com certeza gela até os ossos", comentou o velho Jake Cornfield, lambendo o uísque que pingava de seu vasto bigode.

"Até a neve lá fora parece mais fria este ano", informou Lucas Heindorf.

"Que inferno, amigos", começou Pete Whistle, "vocês têm que encarar que estamos apenas ficando velhos. Quanto mais velhos ficamos, mais fácil o frio penetra nos nossos ossos."

Barnaby ergueu seu rum amanteigado, fez uma careta e, em seguida, alcançou o atiçador quente e branco com a alça protetora de madeira. "Ainda bem que álcool não congela. Senão com certeza teríamos garrafas sólidas agora." Ele mergulhou o atiçador em sua bebida e, enquanto observava a mistura chiar, acrescentou: "Não consigo manter meu rum quente por mais de cinco minutos seguidos. Esse maldito atiçador vai acabar cozinhando a bebida toda". E colocou o atiçador de volta.

"Fico pensando em como o calor esgotou as forças do velho Rance Tensite." Jake, de novo, lambeu o uísque em seu bigode. "Preciso aparar essa porcaria algum dia. Quanto mais comprido fica, mais mergulha na minha bebida." Em seguida olhou para os colegas, que haviam ficado quietos e solenes por um instante. "Eu meio que sinto falta daquele velho biriteiro."

"Não me importava de servir um pouco para ele no balcão", murmurou Barnaby depois de dar outro gole do rum amanteigado e deixá-lo assentar em suas entranhas. "Umas duas vezes por ano, ele vinha e acertava as contas comigo. Claro que estava bêbado como um gambá quando entrava..."

"E quando é que ele não estava bêbado como um gambá?", acrescentou Lucas, cuja voz trazia pouco humor conforme se recordava.

"Não, quero dizer, quando ele entrava para pagar a conta do bar, ele estava pior do que nunca. Todos vocês sabem disso. Então ele ficava aqui por mais uns dois dias... talvez mais... até o dinheiro acabar. Eu sempre o deixava passar as noites em volta deste velho fogão quando ele vinha gastar dinheiro aqui. Depois de todo esse tempo, nunca soube onde ele ficava nas outras vezes."

Todos eles acenaram com a cabeça, concordando.

"Ele não era um cara tão ruim... eu acho... considerando que era um bêbado. Nunca o ouvi dizer nada ruim de ninguém. Ele apenas passava a vida bebendo e se babando por aí. Claro... como todos nós sabemos... ele não gostava muito do xerife nem da cadeia. Acho que ele falou um bocado sobre isso."

"Talvez ele devesse até ter agradecido... eles o tiraram do frio e da chuva em tempos ruins."

"Mas também o deixaram sóbrio, Jake, e ele com certeza não gostou disso." Lucas quase sorriu, mas a solenidade da ocasião não sugeria tal gesto.

"Sabe", refletiu Barnaby, "uma das vezes que ele veio aqui com um pouco de dinheiro no bolso, eu o vi tomar um quinto do uísque em um único gole, sem nem tirar a garrafa da boca."

"Imagina como ficou o fígado dele!" Pete balançou seu uísque em círculos no copo grosso. "Nunca o vi comer nada."

"Sujeitos como o velho Rance Tensite não precisam de fígado. Acho que eles não precisam de tripas como as outras pessoas. Tudo o que precisam é de uma boca e um estômago para levar o material para dentro, e depois de uma pica para botar pra fora."

Barnaby se levantou da cadeira e voltou para trás do balcão para reabastecer sua caneca. "Eu bem que gostaria de saber onde ele conseguia o dinheiro nas vezes que vinha aqui gastar." Ele olhou para os outros, que permaneceram em silêncio. "Alguém quer mais alguma coisa, já que estou aqui?"

Jake olhou dentro de seu canecão de cerveja e, em seguida, levantou-se e caminhou até o bar. "É melhor encher isso até a borda, aí não vou ter que vir para este iglu tantas vezes."

Barnaby se voltou para o uísque que estava servindo enquanto Jake se virava para encarar os outros, apoiando os cotovelos no balcão às suas costas. "Acho que não vão enterrá-lo antes de chegar a primavera."

"Ninguém vai conseguir cavar o chão nesta época do ano. Aposto que está congelado até o inferno."

"O coveiro Spears com certeza não precisa de refrigerador para guardar seus presuntos nesta época."

"De qualquer maneira, aquele velho sovina provavelmente nem tem um refrigerador... ainda mais se isso lhe custar algum dinheiro."

"Não sobrou muita coisa do Rance depois que o fogo deu cabo dele; não o suficiente para cremar, congelar ou enterrar. Mas acho que os ossos que restaram precisam ser enterrados."

Barnaby e Jake voltaram para suas cadeiras e estremeceram quando a primeira onda de calor percorreu seus corpos. "O calor", comentou Barnaby "com certeza é uma bênção quando se lida direito com ele. Mas é certo que pode ser horrível quando usado de forma errada." Ele colocou o atiçador no rum e ficou ouvindo a bebida chiar baixinho.

Novamente, ninguém falou por um longo momento, mas então Lucas percebeu que sua bebida tinha acabado. Ele olhou para a caneca vazia, depois para Barnaby, e de novo para a caneca. "Levante-se e pegue você mesmo, ainda não me recuperei do choque da última vez. Você sabe onde está a garrafa, e eu sei quanto tem lá dentro, então trate de marcar a conta certa na caderneta." Lucas se levantou da cadeira e foi tremendo até o bar.

"O que vocês acham que leva um cara a fazer algo assim?"

"Birita!"

"Se fosse isso, a birita o teria matado há muito tempo."

"Gente desse tipo não morre de beber; talvez de alguma coisa causada pela bebida, como o velho Tensite, mas nunca de beber."

"Eu diria que é louco", opinou Lucas, voltando rapidamente para a cadeira perto do fogão. "Você deu para ele uma garrafa de birita depois que ele saiu, não foi, Barnaby?"

"Eu e Jake demos."

"Sim! Depois do que ele fez, eu também lhe dei uma. Tanto eu quanto Barnaby percebemos que ele precisava disso. Nós estávamos lá quando aconteceu, sabe. Estávamos a caminho daqui quando aconteceu. Barnaby estava vindo para abrir e eu vinha tomar o meu uísque ao pôr do sol. É, nós dois levamos uma garrafa para ele."

"Ele devia estar de cara bem cheia já... antes mesmo de acontecer", disse Pete.

"Se não estava de cara cheia, com certeza estava louco", respondeu Lucas. "Tem que estar muito louco para fazer o que ele fez."

Jake limpou o bigode novamente. "Tinha que estar louco nas duas vezes."

Barnaby hesitou: "Acho que foi uma coisa boa ele estar louco... pelo menos na primeira vez".

"Quem vai pagar as despesas do funeral?"

"Suponho que a municipalidade. Temos dinheiro suficiente no tesouro com todos os impostos que foram cobrados neste outono."

"Ouvi dizer que os Vigran queriam cuidar de tudo."

"Faz sentido."

"Afinal, foi por causa do filho deles que ele mergulhou embaixo do gelo no riacho."

"Eles não têm dinheiro."

"Mas eles se sentem responsáveis. E eles recuperaram o filho. Ele só pegou um resfriado forte. Já Rance está mortinho. Talvez eles só queiram angariar algum dinheiro e fazer isso sozinhos."

"A municipalidade não deve deixá-los fazer isso, com certeza vai impor um monte de dificuldades." Lucas tomou sua primeira dose de uísque desde que voltou do bar. "Acho que devemos conversar com eles sobre isso. Pelo menos poderíamos providenciar a maior parte da coisa. E deixar que eles enviem algumas flores ou algo assim; talvez deixar o velho ajudar a carregar o caixão."

Barnaby tinha esquecido que ainda estava com o atiçador em seu rum, só que o utensílio não estava mais tão quente. Ele o colocou de volta na abertura, na tampa do fogão. "Pois é, talvez devêssemos fazer isso. O velho não vem muito aqui, mas quando vem é só para tomar uma cerveja pequena. Tentei dar a ele uma grande algumas vezes, mas ele sempre me agradece e diz 'não, obrigado'. Eu acho que eles estão mal de grana."

"Bem...", começou Pete, "é melhor você descobrir se seremos nós quatro que vamos ter que pagar a conta. Ou talvez alguns dos outros fazendeiros, que apreciaram o fato de Rance ter mergulhado sob o gelo para salvar o menino. Mas eu não confiaria muito que a cidade vá usar o dinheiro do tesouro, não depois do que ele fez em seguida."

Os homens ficaram pensando nisso por um longo instante, refletindo profundamente, até que Lucas falou mais uma vez: "O argumento dele tem lógica. O município vai ter que gastar muito dinheiro por causa do velho Rance".

"Pois é", ponderou Barnaby. "Numa hora ele é um herói, na outra, é um cretino."

"É isso que faz o mundo girar, eu acho. É uma pena, mas foi isso que aconteceu."

"Ele nunca gostou deles. Todos vão dizer que fez de propósito."

"Sim, herói numa hora e cretino na outra. Como as boas ações são esquecidas tão rápido."

"Ninguém realmente gosta de um bêbado. Mesmo que ele tenha sido um herói por um momento fugaz."

"Ele não queria ser nenhum herói."

"Claro que não. Apenas não suportou ver uma criança se afogando sob o gelo. Aposto que ele nem sequer pensou; apenas jogou a carcaça embriagada naquele buraco e trouxe o menino para cima."

"Quando Jake e eu o puxamos, nem parecia que ele estava tremendo. Talvez toda a bebida que tinha dentro dele o manteve aquecido. Mas quando nós o tiramos do gelo com o garoto, com certeza ele estava todo azul. Foi quando o xerife e seus dois ajudantes apareceram e levaram ambos para a cadeia, e então eu e Jake viemos aqui, pegamos as garrafas, voltamos para a cadeia e as entregamos para ele. Os Vigran já haviam buscado o filho, e o xerife disse a Rance que ele poderia ficar em uma das celas durante a noite. Não havia mais ninguém lá."

"Apenas um celeiro grande e frio", comentou Jake, "com aquele fogãozinho no centro... tão longe das celas que não fazia qualquer diferença se estava lá ou não, como quando saímos de perto deste fogão aqui e vamos até o balcão. É só dar uns passos para longe do fogão e já está congelando."

Barnaby tomou um longo gole do rum amanteigado. Seus olhos fitavam os homens, os quais baixaram o olhar. Todos sabiam o que havia ocorrido, e reviveram a cena como se estivesse acontecendo com cada um deles.

Barnaby fechou os olhos, querendo apagar tal visão, mas disse as seguintes palavras: "Então, em algum momento ao longo da noite, a porta da cela bateu e se trancou, e lá ficou o velho Tensite, aprisionado na cela, congelando... e o uísque havia acabado. Então ele tocou fogo no colchão e ficou perto dele tentando se aquecer... mais bêbado do que um lorde. Ele simplesmente não sabia o que estava fazendo... Tocou fogo no colchão e não tinha como apagar as chamas quando alcançaram as velhas paredes de madeira... A prefeitura vai ter que cobrar muitos impostos para poder construir a nova cadeia... Suponho que o velho Tensite tenha que ser enterrado por nós mesmos...".

"Ou o que restou dele", respondeu Pete.

O AUTÓGRAFO

1974

Harry cruzou as pernas e peidou. Isso obviamente o deixou envergonhado, mas há momentos em que a pessoa simplesmente tem que peidar. É algo natural, normal, mas o astro de cinema sentado bem diante dele, em sua sala de estar... ele deve ter ouvido. Os anjos no céu devem ter ouvido; os habitantes do inferno devem ter ouvido; as pessoas que moravam no apartamento abaixo devem ter ouvido. Foi o peido mais barulhento que ele já havia soltado... e foi tudo muito repentino. Não houve nenhum aviso prévio de que a explosão ocorreria; não houve acúmulo de gases em seu estômago, em suas entranhas... Foi como se, de súbito, a coisa simplesmente estivesse lá e tivesse que sair, e não havia qualquer controle mental que a pudesse impedir. Na verdade, nem sequer houve tempo para nenhum controle mental fazer qualquer coisa quanto àquilo — apenas um barulhento PUUUUMMMMMM, e depois o tranquilo apartamento ficou em silêncio novamente.

Tex abafou um sorriso. "Pegue o inseticida, acho que tem um inseto por aqui." Então matou o uísque com soda e ficou segurando o copo vazio enquanto seus olhos se fixavam no cara diante dele, Harry. "Devo dizer, no entanto, que você tem uma maneira estranha de causar uma impressão."

Tex riu alto e demoradamente. "Não precisa. Acho que isso acontece com todos nós de vez em quando. Graças a Deus nunca aconteceu comigo em circunstâncias parecidas, mas acho que já cheguei perto algumas vezes... especialmente quando bebo cerveja, mas não costumo beber cerveja com frequência; na verdade, eu nem gosto de cerveja." Ele se levantou e atravessou a sala até seu pequeno bar para se servir de outra bebida... uísque com soda. "Pronto para outra? Martíni?"

"Claro, mas acho que talvez seja melhor deixar de fora a azeitona. Se isso me acontecer de novo, pelo menos não vou ter um caroço para ser disparado, como um dos seus revólveres."

"Isso, sim, é engraçado. Eu nunca teria pensado em algo assim. Você é escritor, você pensa em coisas engraçadas para dizer — especialmente em uma situação complicada." Ele ergueu o jarro de martíni, previamente preparado para o repórter, levou-o até ele e encheu a taça, em seguida colocou o jarro de volta no bar. "Não pus azeitona", ele riu novamente.

Ambos eram homens robustos em camisa e calça esportivas; Harry era vários anos mais jovem do que o astro.

"Bem, pelo menos não foi um daqueles fedorentos", disse o artista, então bebeu e encheu o copo novamente. "Vamos! Você ia me entrevistar antes de disparar o torpedo."

"Sim, acho que sim."

"E desconfio que sei o assunto."

"Bem... você tem que admitir que se tornou a sensação da temporada. Tex Warren, o lindo e másculo astro do cinema, anuncia que é homossexual. Isso é que é novidade."

"E você, é homossexual?"

Harry assentiu lentamente e limpou uma sujeirinha imaginária de suas calças. "Suponho que possamos conversar no mesmo nível."

"Tenho certeza de que podemos... É preciso ser um igual para saber como é, e essa coisa toda."

"E por que diabos você decidiu fazer esse anúncio? Não pensou no que isso poderia fazer com a sua carreira? Afinal de contas, você foi promovido por todos os estúdios nos quais trabalhou como o maior símbolo sexual masculino de todos os tempos. As roupas de caubói, o lenhador másculo, os namoros com todas as garotas glamorosas da indústria do cinema... seus romances sempre deram manchete, mesmo quando acabavam sendo desmentidos... Seus três casamentos... Isso é tudo muito confuso para mim, e também para o meu editor."

"Bem, sinceramente, não é da conta de ninguém. Mas você tem um jeito agradável de usar seus artifícios... Duvido que eu possa lhe recusar qualquer coisa. Primeiro, as garotas glamorosas eram apenas fachada. Afinal, sempre houve uma cláusula moral em meus contratos."

"E como ficam essas cláusulas agora?"

"Não há mais contratos de longo prazo. Somente por filme. Duvido que alguém em Hollywood ainda tenha um contrato de longo prazo. Portanto, que as cláusulas morais queimem no INFERNO. Além disso, já assinei contrato para mais três filmes graças à minha revelação... sobre eu ser homossexual, quero dizer. Suponho que eles imaginam que o público vai lotar os cinemas só para ver que tipo de aberração eu sou — como se as pessoas nunca tivessem me visto nas telas. Claro que estarão olhando para mim de um jeito diferente, e todos os homossexuais no país inteiro ficarão se perguntando como é possível que alguma mulher se sujeite a aparecer nas telas beijando esse homossexual de boca suja... Na verdade, é isso o que muitos vão pensar, e tantos outros, inclusive os heterossexuais, vão pensar que eu sou bissexual... Portanto, tudo se resume ao fato de que talvez eu me transforme em um sucesso de bilheteria ainda maior do que antes — pode ser que isso aconteça."

"Já aconteceu anteriormente!"

"Claro. Afinal, existem diferentes formas de pensar quando se trata de símbolos sexuais. Eu não acho que essa coisa do homem robusto e másculo tenha sido criada para inspirar muitos homens héteros... apenas sujeitos deslumbrados que querem ser como eu, que queiram aparecer nos filmes e na televisão para mostrar seus músculos e levar uma montanha de dinheiro para casa. Mas os caras mais velhos não assistem aos meus filmes com muita frequência. Sei disso porque conheci muitos deles, e eles não tinham interesse em ver meus filmes, a menos que as esposas os arrastassem junto quando iam ao cinema. Claro, eu deixo as garotas fervendo... e aposto que, mesmo sabendo que sou homossexual, elas continuarão indo me ver. Além disso, agora tenho um público totalmente novo: os homossexuais que gostam de ver um semelhante e conhecê-lo pelo que ele é — e isso vai lhes inspirar muita força, saber que um deles faz sucesso e que poderiam estar no mesmo patamar."

"Ninguém nunca desconfiou?"

"Muita gente desconfiou, só que ninguém nunca disse nada a respeito."

"E isso foi bom ou ruim?"

"Não sei... talvez um pouco dos dois. Foi muito bom receber toda essa atenção, isso é sempre ótimo e me sinto grato. E deu um baita impulso na minha vida sexual. Quero dizer, antes eu não podia simplesmente sair e pegar algum macho e trazê-lo ao meu apartamento para fazer com ele o que eu quisesse... sempre corria o risco de ser chantageado... e havia aqueles contratos para serem cumpridos. Eu tinha que me certificar de que estava seguro com cada cara que eu pegasse, e eles tinham que jurar segredo. O meu secretário — era como eu o colocava na minha folha de pagamento — foi o meu melhor amante durante os quatro anos em que ficou comigo. Nos separamos nos melhores termos; ele nunca deixou escapar uma única palavra sobre o nosso caso... e também não quero que você coloque isso em seu artigo sobre mim."

"Isso nem será mencionado."

"Acho que poderia dizer que a maior parte da minha vida amorosa envolveu pagamento. Tem os garotos que se especializam em fazer amor homossexual, sabe... e cobram mais caro do que o normal quando ficam sabendo quem eu sou, mas quando se quer fazer amor e manter segredo sobre isso, os garotos de programa são a melhor opção. Eles sabem como ficar de boca fechada e, além disso, fazem o trabalho por dinheiro e sempre querem que você os chame novamente. Mas sair para ir a barzinhos e pegar um cara como eu fazia na minha juventude, antes da fama, muito antes de eu me tornar Tex Warren, isso eu já não podia fazer... até o presente momento. Agora, que se dane; se eu quiser sair e seduzir alguém, é assim que vai ser. Tenho que correr atrás do prejuízo; muitas possibilidades amorosas passaram por mim, e espero que eu ainda possa tirar o atraso."

"Você é ativo ou passivo?"

"Dos dois jeitos está bom para mim. Me dê um jovem fofo e então serei o ativo; me arranje alguém mais velho que me faça sentir jovem e serei o contrário. Só não serei um daqueles frescos escandalosos; não faz o meu estilo. Eu sou exatamente como pareço, e sou forte como um touro. Você sabe como surgiu a palavra 'bicha'?"

"Me conta."

"Na época das religiões primitivas, a homossexualidade era encarada como uma espécie de praga, então o sujeito era trancafiado em alguma prisão, onde ficava até apodrecer e acabava sendo devorado pelos vermes, que são as 'bichas' em suas próprias entranhas."

"Que interessante."

"Temos permanecido bastante fechados dentro de nós mesmos por muitos séculos. Já está na hora de alguns de nós nos posicionarmos para que nos reconheçam."

"Ainda existem muitos lugares ao redor do mundo onde isso seria desaprovado. O sujeito pode perder o respeito que eventualmente tiver conquistado."

"E vai continuar sendo assim até que o resto do mundo perceba que um homossexual tem o mesmo valor de qualquer outra pessoa — e quando estivermos em número suficiente, o resto da sociedade não poderá recusar as nossas exigências."

"Você em algum momento se arrependeu por ter declarado que somente apareceria ao lado de garotas nos filmes, mas nunca mais em eventos públicos?"

"No começo, talvez eu até tenha pensado nisso, mas não perdi muito tempo remoendo esse ponto."

"Eu diria que foi uma atitude muito ousada."

"Não deixo essas coisas me incomodarem; existem tantas outras coisas no mundo para se pensar. Além disso, uma vez que eu tenha me decidido, é pouco provável que eu mude de opinião."

"Gosto disso."

"Eu levo muito tempo para me decidir. Penso em tudo antes de fazer as coisas, mas então, quando eu assumo uma posição, me mantenho firme nela."

"O movimento feminista e a questão do lesbianismo tiveram algo a ver com a sua decisão?"

"Muita coisa."

"Como?"

"Se elas foram capazes de fazer isso, de se levantarem, eu também seria. Elas me deram a motivação necessária para erguer a cabeça e ser reconhecido como homossexual. Você sabe, há muitas lésbicas nesse movimento, muitas delas querem ser caminhoneiras, operárias de construção civil e afins. Isso lhes deu uma oportunidade de se colocar em pé de igualdade com os homens e assumir os mesmos empregos que eles. Suponho que isso sirva só para as bofinhos, mas elas têm que viver suas vidas, assim como eu. Talvez eu não queira ser caminhoneiro ou motorista de ônibus, ou trabalhar no alto dos prédios, ou andar pelas ruas de Portland como carteiro, mas eu quero me curvar diante de um bom par de bolas firmes e másculas e meter a minha língua onde eu bem entender — e isso é um direito meu. Essas lésbicas estão colocando a boca no trombone, e essa é a única maneira de conseguir mudanças. A revolução sexual ainda é uma coisa muito nova, tem um longo caminho a percorrer, mas só o fato de já ter começado e de contar com pessoas que, como eu, estão quebrando o silêncio, levará a resultados que permanecerão conosco. Nada disso vai ser trancado dentro do armário novamente."

"Eu suponho que isso seja válido para qualquer orientação sexual, não importa qual."

"Claro."

"Você consideraria a bissexualidade?"

"Nunca. Isso não é para o meu bico." Ele abriu a braguilha e botou para fora o enorme caralho. "Isso aqui é para o meu bico. E quero estar na companhia de outro assim... ativo ou passivo, faz pouca diferença para mim, contanto que o cara saiba o que fazer, que saiba o que eu quero e o que posso dar. O meu ex-secretário — ele se chama Terri — era assim. Você já experimentou um vibrador?"

"Claro."

"Costuma se masturbar?"

"E quem não faz isso?"

"Chupa, dá a bunda?"

"Pensei ter dito que poderíamos conversar no mesmo nível quando começamos."

"E você realmente disse... Outra bebida?" Tex não esperou por uma resposta e tampouco colocou seu pênis de volta dentro da calça ao se dirigir até o bar para pegar o jarro de martíni e voltar para encher a taça de Harry novamente. Levou o jarro de volta ao bar e encheu o próprio copo com uísque e água com gás antes de voltar a se sentar no sofá onde havia permanecido durante toda a entrevista.

"E quanto a você?", perguntou ele.

"Ei, quem está conduzindo esta entrevista, afinal?", Harry riu.

"Vá em frente, amigo." Mas Tex continuou com o pênis na mão e começou a balançá-lo ligeiramente, e fez coisas com os olhos que de repente deixaram Harry confuso, causando um tremor em suas coxas e fazendo com que uma umidade quente se espalhasse pela virilha, dentro de sua cueca. Seu olhar se deslocou dos olhos de Tex para a cabeça tremulante do pênis, e isso o afetou tanto quanto os olhos hipnóticos de uma cobra seriam capazes de fazer. Ele fechou seu bloco de notas e colocou as anotações e o lápis em cima da mesinha ao seu lado. Engoliu todo o martíni antes de voltar a falar, e então pousou a taça vazia ao lado do lápis e do bloco.

"Talvez seja melhor eu ir embora."

"Você realmente quer ir?"

"Na verdade, não."

"No entanto, a entrevista acabou... Não é isso, Harry?"

"Não acho que conseguiria aguentar mais." Ele colocou a mão na virilha e cruzou as pernas novamente. "Fiquei excitado ouvindo você... e então, quando você tirou esse monstro de dentro da calça... isso realmente foi um pouco demais para mim. Posso usar o seu banheiro, por favor?"

"Para quê?"

Ele apertou a protuberância em suas calças. "Você sabe para quê."

"Mas por que quer fazer isso?"

"Porque eu preciso. Eu estou... estou..."

"...todo excitado e atordoado", interrompeu Tex, e então se levantou e, com lentidão, deixou a calça cair até os tornozelos. Ele se livrou dela, pegou-a e a colocou devidamente dobrada no sofá onde estava sentado. Puxou de lado a aba da cueca e botou seu saco para fora; em seguida, movimentou o pau para a frente e para trás mais uma vez, e então sentou-se no sofá e ficou balançando-o mais um pouco.

Os olhos de Harry se arregalaram. Sua mão roçava a braguilha da calça. "Meu Deus...", ele gemeu.

"Vamos lá, velho amigo... Por que não se diverte um pouco depois de tanto trabalho pesado?"

Harry engoliu em seco. "Com um grande astro como você?!"

"Alguns astros dão autógrafos com a caneta..."

Harry abaixou a calça e se posicionou de joelhos diante do astro de cinema. Pegou o mastro com ambas as mãos e o fez deslizar lentamente, calorosamente, entre seus lábios...

ED WOOD JR.

CONTOS & DELÍRIOS

SUPERFRUTA

1971

Ele ficou olhando durante horas através da enorme janela de seu aparta- 159
mento, da qual era possível ter uma vista de grande parte de Los Angeles,
e se perguntou por quanto tempo a chuva ia continuar caindo. Não costumava chover com frequência em Los Angeles, mas todo ano havia aquele
curto período de tempo em que a chuva forte era garantida por pelo menos
dois ou três dias seguidos. Mas quatro dias era algo praticamente inédito.
No entanto, era assim que estava sendo dessa vez. E, já quase no final do
quarto dia, havia poucos sinais de que a chuva fosse diminuir.

A área norte de Hollywood estava inundada desde o segundo dia, e o
normalmente seco rio de Los Angeles havia subido de nível a ponto de barcos com quilha profunda poderem navegar nele, embora nenhum jamais
houvesse navegado por aquela via fluvial. As ruas mais baixas da região
metropolitana também estavam cobertas por um fluxo contínuo de água

lamacenta. A megalópole se gabava de seu ótimo sistema de drenagem de águas pluviais, mas bastou uma boa tempestade para provar que os projetistas podiam voltar para suas pranchetas.

Mas o apartamento de cobertura de Rance Hillborn ficava bem no alto e nunca correria o menor risco de inundar, mesmo que a tempestade continuasse por bíblicos quarenta dias e quarenta noites. Na verdade, ele nem sequer precisava enfrentar o clima chuvoso. Sua geladeira estava bem abastecida, sua caixa de cigarros estava cheia e o bar continha uma vasta seleção de gim, uísque, vodca e outras das bebidas preferidas de seus convidados. Mas as visitas tinham sido escassas nos últimos dias. Ninguém estava se aventurando nas ruas sem necessidade. Inclusive a força de trabalho da grande cidade foi reduzida em trinta por cento. As pessoas simplesmente não estavam dirigindo na chuva nem por amor nem por dinheiro. As taxas de acidentes são sempre extremamente altas nas rodovias quando a chuva cai. E as advertências para não sair de casa a menos que seja absolutamente necessário foram levadas a sério pela maioria dos mais sensatos.

Trabalho, no entanto, não era problema para Rance Hillborn. Ele era um escritor autônomo e trabalhava em seu apartamento, e quando terminava o serviço podia dispor da caixa de correio do prédio, e o carteiro que enfrentasse todo tipo de clima.

Ele gostava bastante da chuva, mas nunca conseguia escrever durante esse período. Sendo assim, podia ficar sentado durante horas olhando pela janela as pessoas e os veículos lá embaixo, todos lutando contra a intempérie. Era capaz de desvendar todos os tipos de histórias que desfilavam diante dele, e podia deduzir os inúmeros lugares aos quais as pessoas e os carros se dirigiam. O drama da cidade inteira estava à sua frente, mas ele não conseguia colocar as palavras no papel. Preferia observar a chuva. E, nessas ocasiões, tinha sempre à mão seu indispensável uísque com soda e muito gelo. Ele sabia que bebia demais, e sabia que fumava demais, mas isso era problema dele. No entanto, também sabia que não seria capaz de escrever uma única linha depois de três ou quatro uísques; portanto, nunca bebia quando trabalhava.

Já experimentou maconha algumas vezes, mas fez pouco ou nenhum efeito para ele, por isso nunca fumava *sem motivo*. Só chegava a fazer isso quando havia gente fumando por perto, então ele fumava *apenas por fumar*, ou só para se juntar à turma — para fazer o que os outros estavam fazendo. Mas, mesmo assim, não havia diversão no barato que ele experimentava. Preferia estar no controle de suas faculdades quando a mente estava trabalhando. Alucinações eram apenas para livros de histórias. Além disso, ele já tinha problemas suficientes sem precisar se envolver em situações que acarretassem possíveis complicações com a lei.

Como seu apartamento ficava na cobertura, seria muito difícil alguém invadir qualquer uma de suas festas sem avisar previamente. Foi o melhor investimento que ele já fez. Morar no térreo era para turistas, o que ficava ainda mais comprovado ao ver as pessoas se encharcando enquanto tentavam cruzar as sarjetas inundadas pela chuva. Era estranho como poucas pessoas usavam botas. Isto é, as de borracha. As mulheres costumavam usar uma grande variedade de botas chiques que iam até a altura do joelho, mas não eram adequadas para clima chuvoso. Foram criadas para incrementar o visual feminino, mas não para proteger das intempéries.

O pequeno e colorido telefone, com um toque bem baixo, quebrou a tensão na sala, e, de fato, Rance ficou grato pela mudança de som. E a voz do outro lado era agradável: "Estou com um problema".

"Não estamos nós todos?", foi a réplica de Rance. "Mas por que não vem aqui em cima, então podemos falar sobre isso saboreando uma boa bebida, Lawrence?"

O homem do outro lado da linha não precisou de muito mais para ser persuadido e, meia hora depois, estavam ambos sentados lado a lado, olhando pela janela ampla, e com copos altos nas mãos. Nenhum problema foi mencionado; houve apenas os cumprimentos de praxe, e depois silêncio, enquanto o ritmo lento da sala os dominava. Além disso, nenhum deles tinha pressa alguma para chegar à questão. Muitas vezes haviam ficado sentados por horas em silêncio. Mas esse não era o propósito da visita de Lawrence.

"Os negócios não estão indo muito bem, Lawrence?"

"Péssimos!"

"Eu realmente lamento muito ouvir isso." Ele suspirou e reabasteceu as bebidas. "Será que posso ser de alguma utilidade?"

"Se você não puder, não conheço ninguém que possa."

"Essa é uma maneira muito agradável de dizer isso." Ele novamente afundou nos pelos brancos de náilon da cadeira e seus olhos se encontraram com a luz acinzentada, que estava ficando mais escura. "Por que não me conta tudo?"

"Você sabe que o meu amante morreu há algumas semanas."

"Sim, fiquei sabendo sobre William. Fiquei muito triste quando ouvi. Ele era um camarada jovem e encantador."

"Bem, desde então tudo está indo mal... especialmente os negócios. Você sabe como ele cuidava bem dos negócios para mim. Eu nunca fui um grande homem de negócios; mesmo antes de Bill, me pergunto como conseguia lidar com isso. Foi só graças a ele e a suas ideias que a coisa toda prosperou do jeito que aconteceu. Parece que depois da morte de Bill o negócio como um todo tornou-se mais uma chatice para mim. Eu simplesmente não consigo ter novas ideias. Além disso, quantas vezes e de quantas maneiras diferentes é possível dizer *pêssegos*, *laranjas*, ou mesmo *bananas*?"

"Entendo o que quer dizer."

"Você é escritor. Pensei que você poderia inventar algo."

"Essa é a questão. Eu sou escritor. O que você precisa é de um bom publicitário ou de um relações públicas. Eles são os caras que resolvem problemas como esse seu. E eu não deixaria que a morte de William se tornasse uma pressão ainda maior para você. Sei que você o amava muito, o que é bom para sua integridade e credibilidade. É como tem que ser. Mas você ainda é jovem, assim como eu também sou. Alguém vai surgir no seu caminho mais cedo do que pensa. Talvez você devesse pensar que esse futuro já está acontecendo e fazer do seu negócio um sucesso."

"É a única coisa que eu quero, fazer disso um sucesso por esse motivo, ou pelo bem da minha própria sanidade. Preciso fazer com que isso seja o meu motivo de viver. Mas talvez eu tenha insistido demais, e é por isso que nada está dando certo."

"Pois é, Lawrence. Há momentos em que nos esforçamos demais. É como agora, quando chove. Eu adoro chuva, e se tentasse trabalhar, provavelmente ia acabar jogando todo o material no cesto de lixo. Não ficaria bom porque eu estaria forçando muito, quando a única coisa que eu realmente gostaria de fazer é observar e ouvir a chuva. Nada sai direito quando sua mente está em uma coisa e você tenta fazer outra. É como o velho ditado sobre um homem não ser capaz de servir a dois mestres ao mesmo tempo. A mente é a peça espetacular de um maquinário, mas precisa ser tratada com gentileza e com o mínimo de confusão possível. Isto é, se quiser que ela funcione corretamente."

"Sempre tentei manter a mente organizada."

"O que é quase uma impossibilidade, levando em conta todas as influências externas que você teve que enfrentar nas últimas semanas. Isso é simples psiquiatria."

"Talvez eu precise de algo mais que simplicidade. Tenho um negócio de meio milhão de dólares que pode facilmente descer pelo ralo a menos que algo mude."

"É óbvio que a resposta mais natural é que as mudanças terão de acontecer em você mesmo."

"Acho que é uma grande verdade. No entanto, também acredito que há um número determinado de mudanças que uma pessoa pode fazer em sua vida, antes que seu tempo acabe."

"Isso é algo com que você não precisa se preocupar, Lawrence. Você tem muito tempo pela frente."

"William também pensava assim!" Ele se levantou, encheu o próprio copo de bebida e voltou para a cadeira. "Quantos invernos e verões ainda temos?"

Rance apontou para a chuva. Foi a primeira vez que abriu um sorriso em sua face. "A chuva é boa para o seu negócio. Você deveria estar sorrindo em vez de estar com essas feições tão caídas."

"Esqueci como é a sensação de sorrir. Eu me tornei um palhaço triste. Tenho uma carranca constante, que não desaparecerá facilmente. Mas é como você disse — devo fazer algo para continuar na corrida humana."

"Na corrida humana, sim... mas não corra com tanta pressa. Não faça disso uma corrida entre a lebre e a tartaruga. Mantenha a serenidade."

Os dois homens ficaram sentados durante muito tempo e, em silêncio, beberam mais dois uísques com soda. O único ruído que se ouvia era a chuva batendo na grande janela. Nem mesmo o som do tráfego lá embaixo conseguia subir acima do nível da rua. Não havia relâmpago nem trovão; raramente havia nas chuvas de Los Angeles. A respiração deles tampouco era ouvida — só se ouvia o tilintar do gelo em seus copos misturado à chuva do lado de fora da janela.

"Mas não podemos deixar você permanecer nesse estado de espírito, não é, velho amigo?" Ele colocou seu copo em uma mesa de mármore diante deles. Um descanso de copo impedia que os círculos molhados marcassem o tampo da mesa. "Alguns dos melhores músicos do mundo não conseguem ler uma única nota de música. Eles tocam de ouvido."

"O que tocar música tem a ver comigo?"

"Bem, Lawrence, velho amigo, vejamos desta maneira. Os melhores músicos também se especializam em um único instrumento. Eles talvez consigam tocar vários, mas há apenas um que os leva à fama e a possíveis riquezas. É aí que a coisa toda tem a ver com você."

"Estou achando que ou você está brincando comigo, ou está falando em charadas."

"Nenhum dos dois! Me refiro a uma questão palpável. Pegue qualquer um dos médicos ou advogados mais ricos. Todos eles se especializam em uma área específica de sua profissão. Essa questão de sucesso nos negócios pode ser aplicada a todo e qualquer ramo, e, quando isso é feito corretamente, o empreendimento praticamente se administra sozinho — e estará sempre em destaque no mercado."

"Eu continuo no escuro!"

"Você é homossexual." Lawrence pestanejou diante da franqueza da constatação do homem. "Agora, não fique assustado, velho amigo. Eu também sou... e admito. Qualquer editor que não saiba sobre mim ainda não entrou no mercado. Mas é isso o que me faz ser um especialista no tipo de livros que escrevo. Eu escrevo sobre o que conheço e, no entanto, mesmo que isso possa parecer desgastante ou repetitivo, estou pouco me importando com quem não gosta do jeito como vivo. O mesmo pode se aplicar a você."

"Livros são uma coisa. Eu não sou escritor."

"Você sabe quantos homossexuais existem apenas neste país, tanto homens quanto mulheres?"

"Eu não saberia arriscar um palpite."

"Centenas de milhares — e todos eles leem, todos eles comem."

"Pode apostar que comem."

"Do jeito convencional."

"Ohhhh!"

"Comer é o próprio sentido de viver. É preciso comer para viver, e você pode perguntar para qualquer médico ou nutricionista e vai ouvir que a *fruta* é um dos alimentos básicos da dieta para garantir às pessoas todas as vitaminas necessárias todos os dias. E você atua no segmento de *frutas*, bem onde está a demanda."

"Só que a demanda pelas minhas *frutas* não é das melhores. Os grandões tomaram conta de tudo."

"Mas eles são generalistas. Você também tem sido generalista, e é aí que você está perdendo."

"Você quer dizer que tenho que me especializar."

"Claro."

"Tipo em bananas?"

"Algo nessa linha."

"Mas como posso fazer isso? A banana é apenas um dos meus produtos. Não estão disponíveis o ano todo. Eu iria à falência em uma semana se tivesse apenas bananas na minha prateleira."

"Por enquanto, cuide da que você tem dentro da calça enquanto esclareço minha ideia. É claro que você não poderia se especializar em bananas, nem só em laranjas, limões ou pêssegos. Você precisa ter todos eles na prateleira e deve ser capaz de entregá-los sob demanda."

"Novamente esta palavra, *demanda*."

"Claro! Toda a economia é construída em cima de oferta e demanda. Nós todos sabemos disso! Agora precisamos encontrar a parcela dos consumidores que tem demanda pela sua mercadoria."

"Eu tentei de tudo! Nada funciona!"

"A questão principal é que você não tentou de tudo. Você permaneceu no campo do *convencional*. Com anúncios *convencionais*. Práticas comerciais *convencionais*. Isso e aquilo de um jeito *convencional*. Que se dane o *convencionalismo*. É por isso que meus livros não são *convencionais*. Eles trazem inúmeros acontecimentos surpreendentes que arrastam os leitores aos montes, e os editores já estão implorando pela próxima folha desde que ela sai da minha máquina de escrever. É desse tipo de demanda que estou falando — coisa que você não vai conseguir de forma *convencional*, nem com o público em geral. É aí que a especialização entra novamente. Você vai mirar nas centenas de milhares de homens e mulheres homossexuais."

"E como eu faço isso?"

"Anuncie para eles. Faça com que saibam que estão lidando com uma empresa amigável, com alguém parecido com eles, por assim dizer. Diabos, por assim dizer uma ova — com alguém totalmente igual a eles! Você estará agindo de forma justa e transparente, manifestando o seu apoio a cada *fruta* que comprar uma *fruta*."

"Meu Deus! Isso me deixaria exposto."

Rance assentiu: "Totalmente exposto para quem quiser ver, mas isso o fará colher bons frutos em termos financeiros. Afinal, o que você tem a esconder? É o seu negócio! Você não trabalha para mais ninguém! De quem você precisa se esconder? Bote no ar essa campanha e com certeza você vai lucrar".

"Por Deus, eu acho que você tem razão."

"Por Deus", ele imitou, "eu sei que tenho!"

"Claro! De quem diabos estou me escondendo? Para quem tenho que dar satisfação?" Seu rosto se iluminou pela primeira vez desde que havia entrado na sala.

"Agora você está pensando na direção certa."

"É um jeito novo de pensar e a sensação é deliciosa. Posso, de fato, ser eu mesmo. E todo *fruta* no país vai comprar as minhas *frutas*."

"Certamente, Lawrence, meu velho amigo. Apenas siga o meu conselho e toda a população vai conhecê-lo como o SUPERFRUTA."

CONTOS & DELÍRIOS

FLORES PARA FLAME LEMARR

1973

"Não vou receber aquela puta vadia no meu camarim!", gritou a voluptuosa ruiva Flame LeMarr, atirando em seguida um pote cheio de pó facial na direção do gerente de palco, que se abaixou a tempo, e o pó rosado se chocou contra a porta e espalhou-se no espesso tapete branco no chão. "Chame o meu agente. Traga aquele filho da puta aqui. Não vou aturar esse tipo de merda por nem mais um minuto. Traga aqui aquele meu agente cretino, e estou dizendo agora mesmo!"

"Você quer dizer o seu cafetão!"

Ela arremessou o espelho de mão que estava na penteadeira, e o movimento foi rápido demais para o homem se abaixar. Acertou-o bem no queixo e se espatifou. Ele apenas levantou uma das mãos para limpar a gota de sangue com a manga de sua camisa branca.

"Traga Art aqui agora mesmo, seu idiota."

"Por que está descontando tudo em mim, Flame...?"

Ela o interrompeu. "Senhorita LeMarr para você, seu cretino. SENHORITA LeMARR! E não se esqueça disso."

"O chefe contratou outra garota e não há camarins suficientes. Tem três nas duas outras salas agora. Ela precisa de algum lugar para colocar seus trapos... e se maquiar. Vamos instalar outro conjunto de espelhos aqui. Ninguém vai incomodá-la enquanto se prepara."

"Vá comer bosta... e não acho que vocês vão ter outra coisa para comer, você e aquele seu maldito chefe, se eu decidir sair deste clube." Ela cruzou o quarto até chegar perto do homenzinho e apontou um dedo bem na cara dele. "Não pense que vai passar por cima de mim. Você quer trazer outra garota para o camarim da estrela e prepará-la para ocupar o meu lugar. Pois isso não vai acontecer, sabichão. Ninguém demite Flame LeMarr. Flame LeMarr pode até se demitir, mas ninguém tem o direito de demiti-la. Entendeu?"

"Flame... seja razoável."

Ela lhe deu um tapa na cara, um golpe forte que o empurrou contra a porta do camarim. Em um pulo, ele voltou para onde estava e Flame LeMarr, agitando as plumas cor-de-rosa do boá de marabu que arrastava no chão, retornou para a penteadeira e afundou-se em seu assento forrado de peles.

"Não gosto de ser esbofeteado."

"Não me importo com o que você não gosta. Tire seu traseiro daqui e chame o meu agente."

"Você tem um telefone. Chame-o você mesma."

"Estou acostumada a dar as ordens, não a cumpri-las, idiota." Ela empurrou para o chão o telefone rosa, que antes estava ao lado da penteadeira.

Jimmy, o gerente de palco, virou-se e, sem olhar para trás, saiu do camarim de Flame e bateu a porta atrás de si. Ele ainda ouviu um vaso de flores se arrebentando contra a porta conforme se locomovia ao longo do corredor nos bastidores.

Duas outras strippers secundárias espiavam pela fresta da porta quando ele se aproximou. "Flame parece estar atiçando as brasas de todo mundo, Jimmy", observou uma delas.

"Ela vai receber o que merece algum dia desses." Ele roçou o queixo cortado com a já ensanguentada manga da camisa. "Maldita cadela! Ela vai ter o que merece."

A segunda stripper, uma loura encantadora, balançou seus seios fartos para o homem, que não interrompeu sua caminhada. "Quando vou ganhar uma estrela na minha porta, Jimmy?"

O gerente de palco nem perdeu tempo olhando para trás. Continuou avançando pela área dos bastidores e depois subiu as escadas que levavam ao escritório do dono, um cômodo suntuoso com um bar totalmente abastecido, onde se serviu de uma dose dupla de uísque e bebeu de um só gole, e despejou outra dose dupla antes de se virar para o homem bem-vestido que o observava por trás da enorme mesa entalhada à mão.

"Ela ficou violenta, hein?", comentou Oliver Pertnell enquanto mastigava um longo charuto preto.

Jimmy levantou a manga ensanguentada. "Isso aqui não é ketchup. Você tem que se livrar daquela mulher, chefe."

"Isso é o que as cartas estão dizendo."

"Então por que brincar com ela? Por que não dá logo um aviso prévio e a bota para fora daqui? Ela está ligada no que está acontecendo, de qualquer maneira. Acabou de me dizer isso."

"Eu só disse que ela é carta fora do baralho, Jimmy; nunca disse que era burra. É óbvio que ela iria deduzir o que tenho em mente. Ela tem visto como anda a casa nesses últimos tempos. Dá para disparar um canhão entre as mesas e não atingir ninguém. E onde já se viu colocar uma segunda garota no camarim da estrela? Mas eu preciso de tempo. Não posso simplesmente fechar enquanto a nova garota aprende as coreografias. Tenho gastos enormes com as despesas básicas. Mesmo que eu feche, a folha de pagamento continua a mesma. Preciso manter a casa aberta, e tenho que continuar com ela por algumas semanas. Não tenho outra saída."

"Ela quer que eu chame seu agente."

"Então chame-o. Acha que vou me preocupar com um agente de quinta categoria? Pode chamá-lo." Indicou o bar. "Sirva-me uma coisa igual à que você está tomando." Ele ficou observando enquanto Jimmy fazia o que lhe pediu. "Se ele quer fazer negócios comigo, tem que tratar de lidar com aquela vadia da Flame. Caso contrário, pode tirar o rabo do caminho também. Conheço bem todas essas espeluncas. Se eu disser que ele está fora, ninguém fará negócios com ele." Ele pegou o uísque que Jimmy havia colocado à sua frente.

"Tem duas ou três garotas que poderiam entrar agora e cobri-la até você conseguir alguma estrela de renome. Elas certamente atrairiam mais clientes do que a Flame está atraindo agora. O que aconteceria se ela quebrasse uma perna ou caísse morta? O que você faria, então...? Você apostaria em uma dessas outras garotas."

"Sim... supondo que algo assim acontecesse. Eu teria que fazer o melhor que posso." Ele deu uma piscadela. "Você quer quebrar a perna dela, Jimmy?"

"Que nada, chefe, até porque eu não pararia só na perna. Arrebentaria o traseiro dela e depois aquela maldita cabeça." Jimmy foi até o bar, serviu-se de outra dose e voltou a se afundar em uma cadeira de couro diante da mesa do patrão. "Livre-se dela."

Oliver Pertnell se levantou e começou a andar lentamente pelo cômodo. Uma nuvem fina de fumaça de charuto se arrastava atrás dele. "Jimmy, às vezes eu acho que você não tem sentimentos. Apenas alguns anos atrás, Flame fazia bastante sucesso."

"E era tão cadela quanto é agora. Nenhuma das meninas queria trabalhar com ela."

"Cadela, sim... mas talento... isso ela possuía e dava para ver."

"Eu via."

"Ela pegava aqueles valentões na frente dela pelas bolas a cada segundo que estava no palco."

"E as cortava fora nos bastidores."

"Talvez esse tipo de temperamento combine com talento; talvez combine com o fato de ser a atração principal."

"Talvez sim, chefe. Mas ela não é mais a atração principal." Jimmy bebia.

"O nome dela ainda está na fachada desta boate. Eu acho que ela acredita ser capaz de atrair multidões."

"É bom que ela tenha economizado alguma grana, se pensa mesmo assim... Quem diabos vai contratar aquela bruxa velha assim que ela botar os pés para fora daqui? Ninguém! Você é o único que tem toda essa compaixão, chefe... o suficiente por nós dois. Você continua mantendo-a aqui apenas pelos velhos tempos. Eu com certeza não tenho qualquer compaixão. Minha compaixão vai para o banco toda segunda-feira de manhã e acaba ali. E se alguém interfere nela, eu corto o mal pela raiz."

Oliver voltou para sua mesa e se sentou. "Você acha que alguma das outras garotas poderia tomar o lugar dela até que Donna chegue aqui e consiga preparar as coisas para sua apresentação?"

"Facilmente."

"Será que elas conseguiriam copiar a apresentação de Flame, passo a passo, detalhe por detalhe?"

"Claro, mas quem ia querer isso? Deixe que algumas das meninas continuem com suas próprias apresentações."

"Elas não têm espetáculos tão bons."

"Os clientes conhecem a apresentação da Flame de cor. É por isso que não estão mais pagando para assistir."

"Eu não gosto de mexer no que parece bom."

"Quando é que você vai meter nessa sua cabeça que não tem mais nada de bom aqui?"

A batida na porta os interrompeu, e Jimmy se levantou para abri-la. Ele apertou os olhos diante do velho espalhafatoso que estava parado ali. "Falando no diabo..."

Oliver riu. "Entre, Art... Sirva-se de uma bebida ali."

O velho abriu o casaco xadrez e foi até o bar. Serviu-se do mesmo que os outros: uísque. "Você está com algum problema, Oliver?" Ele tomou a bebida, voltou a encher o copo e depois parou ao lado de Jimmy, perto da mesa. "Digamos, talvez, com Flame?"

Oliver assentiu, e Jimmy falou: "*Problema* não é uma palavra forte o suficiente para descrever o que temos com Flame".

"Então vocês se esqueceram de todos os bons momentos, hein? Ela está com um pouco de milhagem e vocês querem chutá-la escada abaixo e abandoná-la no beco?"

"Eu poderia colocá-la em outro lugar."

"Onde? Você sabe que ela teria de ir para uma casa de quinta categoria e, mesmo assim, seria pouco mais do que uma putinha figurante... e com o temperamento que ela tem, quantas casas a manteriam por mais de uma hora?"

"Então o que você quer que eu faça, Artie? Tenho um negócio para administrar. Quero dizer, se um cachorro entra aqui e caga no palco, eu não vou simplesmente deixar aquilo esparramado lá e esquecer."

"Ela está cagando no seu palco?"

Jimmy estalou os dentes. "O fedor está afugentando os clientes antes mesmo de colocarem a cabeça aqui dentro. E dá só uma olhada no meu queixo."

"Você deveria cuidar disso imediatamente, Jimmy. Não vai querer uma infecção tão perto do seu cérebro... Quero dizer, você tem um cérebro, não é?"

"Tenho cérebro suficiente para não provocar uma cascavel."

Artie se virou diretamente para Oliver. "Muito bem, quanto tempo você pode dar a ela?"

"Nenhum", interrompeu Jimmy.

"Estou falando com o chefe."

"Jimmy está certo. Nenhum! Desculpe dizer dessa maneira, mas a puta velha tem que ir embora. Eu vou colocar uma das minhas melhores garotas no lugar dela até a nova atração chegar de Frisco dentro de alguns dias."

"Nenhuma das suas garotas será uma Flame."

Jimmy sorriu. "A chama de Flame tem queimado bem pouco nos últimos tempos. Qualquer uma das outras garotas não precisaria de muito para incendiar o corpo dos caras. Encare os fatos — a chama de Flame se apagou, ou pelo menos ficou tão fraca que não é capaz de causar uma ereção em um cara, a não ser que desça até a plateia e lhe faça um boquete. Aceite isto... ela passou da idade. Pode ligar para o asilo e fazer a reserva dela."

Artie suspirou e afundou na cadeira de couro. "E assim termina o espetáculo, hein?"

Oliver assentiu. "Não há outra saída."

Artie suspirou novamente e tomou um pouco do uísque. "Sim, acho que você tem razão. Só que é um tanto difícil para um cara como eu ter que dispensar uma velha cliente. Sempre acontece comigo desse jeito. Eu fico tão sentimental com essas coisas que me dá vontade de chorar."

"Pois chore até se acabar, só não se esqueça da sua conta bancária."

"Em algum momento vou sentar e resolver isso, Jimmy." Ele suspirou de novo e bateu a palma da mão esquerda no braço de couro da cadeira. "Certo, o contrato está rescindido. Ela já sabe disso?"

Os homens da boate assentiram. "Ou, pelo menos", opinou Oliver, "ela desconfia." Oliver olhou para o queixo cortado de Jimmy, depois voltou a olhar para Artie. "Talvez seja melhor você contar os detalhes para ela."

Artie mirou o queixo cortado. "Sim, é melhor eu fazer isso. Ainda tenho um pouco de sangue sobrando que não está servindo para nada."

"Diga a ela que tem até o final da semana."

"Ela é capaz de empacotar suas plumas e sair imediatamente, Oliver."

Jimmy voltou ao bar para pegar mais uísque. "Quanto antes, melhor."

Oliver recostou-se na cadeira e soprou a fumaça do charuto. "Com certeza odeio colocar alguém na rua assim." Voltou a se inclinar para a frente em sua cadeira. "Ela tem algum dinheiro? Quero dizer, eu poderia ajudar com alguma coisa."

Jimmy sorriu. "Compaixão... compaixão."

"Ela não tem reclamado. Imagino que esteja bem. Costuma gastar muito com suas coisas, mas tem o suficiente para bastante tempo ainda."

"Se ela for inteligente, vai investir. Ela não é mais nenhuma mocinha."

"Ah, eu posso conseguir alguns filmes eróticos para ela fazer. O nome dela ainda atrai algum público. Talvez não mais para os clubes, mas a maquiagem faz maravilhas nos filmes."

"Não pagaria nem cinco dólares para ver."

"Não esperava que fosse pagar, Jimmy."

"Eu nunca pensei na nossa Flame como uma estrela de cinema, Artie."

"Ela fez alguns filmes nos velhos tempos, mas teve que usar ornamentos para cobrir os mamilos e tapa-sexo. Talvez ela goste de aparecer totalmente nua, como acontece hoje em dia."

Jimmy voltou com um segundo copo e uma dose dupla, que entregou a Artie; em seguida, levou de volta os copos vazios. "Não deixe que saibam que ela foi demitida. Ninguém iria aceitá-la", ele disse com um tom gentil.

"Quem é que tem compaixão agora?", sorriu Oliver.

"Eu odeio essa mulher, mas não consigo ver um cachorro velho sendo chutado... não muito..."

Então eles desceram as escadas, assim que o barulho do enorme cenário desabando no palco os fez pular de susto. Os ajudantes de palco e as demais garotas já se amontoavam ao redor de Flame, cujas pernas estavam presas embaixo dos destroços. Era óbvio que ela estava sentindo dor, mas olhou diretamente para os três homens com o mesmo semblante desafiador que sempre teve.

"Vocês não imaginariam que algo assim fosse acontecer, justo quando eu estava dando a volta por cima na minha carreira. Artie, trate de colocar nos jornais que, por causa dos meus ferimentos, eu me aposentei, por escolha própria me aposentei... Eu não gostaria de mostrar as pernas cheias de cicatrizes para os meus fãs..."

"Ela nos tirou da jogada", murmurou Jimmy.

A ambulância chegou e Flame foi levada, e os três homens olharam para as cordas cortadas... Oliver se virou para o porteiro idoso. "Henry! Ligue para o hospital e para a florista. Providencie muitas flores para Flame LeMarr durante sua recuperação."

CONTOS & DELÍRIOS

GAROTA PARTICULAR

1975

A vida de cafetão é terrivelmente difícil;
é preciso sempre conferir como estão todas
as garotas, e mantê-las ocupadas e felizes.

Rita arranhou-o com a mão direita, depois com a esquerda, então novamente com a direita, e, antes que o rápido movimento da esquerda pudesse atingi-lo mais uma vez, ele esmurrou com força os lábios firmemente cerrados dela, com o punho firme e fechado. Mais tarde, sua boca ficaria inchada, mas, no momento, o sangue vinha aos jorros enquanto ela desabava de costas na cama, em cima do vestido de noite rosa encharcado de suor que havia acabado de tirar.

Ela sentiu o impacto do golpe ao cair em seu ninho de amor, o clitóris estremeceu e os lábios que lhe envolviam o canal profundo se apertaram como se experimentassem um beijo silencioso e dolorido. A escuridão profunda da inconsciência dominou seus sentidos, e ela não percebeu mais nada durante o que pareceram ser horas, mas que na realidade tinham sido apenas cinco minutos.

O quarto ainda girava diante de seus olhos turvos enquanto, dolorosamente, ela movia o corpo para ficar sentada na beira da cama. Balançou a cabeça, o que fez diminuir um pouco a sensação do quarto em movimento.

mas não o suficiente. Esfregou os lábios com as costas da mão e não ficou nem um pouco surpresa quando viu a mancha de sangue em sua pele branca como o leite.

"Essa eu devo a você, garoto Danny."

Danny, o rapaz louro, havia terminado de se vestir. Ele ajustou a gravata enquanto falava: "É mais provável que eu lhe deva meia dúzia de vezes mais".

Ela ergueu o olhar até os arranhões de unha no rosto dele. "Você mereceu, seu cretino. Algum dia ainda vou matar você."

"A menos que eu me livre de você primeiro."

"Vá cagar."

"Que bicho mordeu você ultimamente?"

"Você, seu cretino."

"Enfia na sua bunda."

"Bem que você gostaria."

"Já estive lá antes." Ele atravessou o quarto e entrou no banheiro, molhou uma toalha grossa com água fria e, em seguida, colocou-a de leve sobre as feridas superficiais. "As cicatrizes da batalha", murmurou.

Rita pegou o vestido de noite praticamente ensopado e o enfiou pela cabeça. Como não se levantou, o tecido macio caiu em dobras ao redor de suas nádegas na cama.

"Então, quem é a puta nova?", ela disse, erguendo a voz mais alto do que o normal para que ele a ouvisse apesar do som da torneira aberta.

"Até parece que você se importa!"

"Eu me importo."

"É só mais uma vagabunda."

"Igual a mim, imagino."

"Eu nunca chamei você de vagabunda."

"Mas bem que queria."

"Você é a minha melhor garota." Ele saiu do banheiro e ficou encostado no batente da porta.

"Quantas você tem no seu estábulo agora?"

"Você sabe tão bem quanto eu... Seis."

"Pensei que, com a nova puta, fossem sete."

"Você está certa... Sete."

"Você tem tantas putas nas ruas que não é capaz nem de contar."

"Claro que conto."

"Então você vai e fode com ela esta manhã, e depois vem aqui enfiar em mim esse pau ainda molhado. Quem diabos você pensa que é?"

"Um cara com um cacete que sempre faz você gemer de tesão, benzinho — nunca se esqueça disso." Ele caminhou até ela e segurou-lhe o queixo na mão. O sangue ainda escorria pela discreta covinha abaixo da boca, mas ele manteve os dedos afastados para que o líquido pegajoso não os sujasse. "Agora, por que não encara os fatos, benzinho? Você sabe que eu sempre experimento as novatas antes de colocá-las nas ruas. Sabe que tenho que ficar a par do que elas são capazes de fazer antes de recomendá-las aos meus melhores clientes. Eu não lido com nenhuma garota que não dê conta das obrigações."

"Mesmo assim, você não tem nada que molhar seu pau nelas e depois vir até mim direto do calor da boceta de outra. É isso que me deixa com raiva. Estou dizendo, fico com sangue nos olhos, Danny, com sangue nos malditos olhos. Além disso, sou eu quem sempre acaba vendo sangue de verdade."

"Você tem que aprender a manter seus dedos na boceta em vez de rasgar meu rosto. Não curto essas coisas violentas. Você está comigo por tempo suficiente para saber disso, boneca."

"Eu tenho me esforçado."

"Vou me lembrar disso no seu aniversário."

Ela estremeceu quando um leve arrepio atravessou seu corpo. O vestido de noite encharcado de suor encontrou o calor do corpo dela e o frescor do ar condicionado. "Não temos nada para beber?"

"Não. Você tomou o último gole pouco antes de abrir as pernas para mim."

"Não gosto de beber antes de trepar."

"Mas você sempre faz isso."

"O quê? Trepar ou beber?"

Danny não conseguiu deixar de rir. "Ambos." Isso quebrou a maior parte da tensão no quarto. "Vou mandar o rapaz da loja de bebidas trazer um pouco de vodca."

"Enjoei de vodca. Traga uísque Imperial."

"Certo."

"E um pouco de gelo. Acabou o gelo aqui."

"Pode deixar."

"E alguns cigarros."

"Você fuma demais."

"Eu gosto de fumar. Além disso, os pulmões são meus. Tenho o direito de fazer o que quiser com eles."

Danny estendeu ambas as mãos e as colocou embaixo de cada um dos seios firmes dela. Inclinando-se vagarosamente, primeiro fez cócegas em cada mamilo com a língua, e então, quando ficaram duros como pequenos ferrões, encostou seus lábios sobre um deles e depois sobre o outro. Caramba, eles tinham um gosto tão bom quanto da primeira vez que os havia experimentado, quase um ano antes, em um luxuoso salão de coquetéis onde ela, uma doce putinha ainda em seu desabrochar, tentava conseguir um cliente sem ter a mínima noção de como fazer as coisas.

Ele a observou naquela noite por mais de uma hora. Não havia dúvida de que ela era linda, toda enfeitada em uma minissaia de cetim rosa. E também não havia dúvida de que ela não tinha qualquer problema para atrair os homens. O problema surgia quando ela os abordava muito cedo e de forma direta demais. Os caras iam embora rapidinho.

Danny a viu passar por talvez meia dúzia de homens antes de avançar para cima dela. Deixou que agisse à sua própria maneira, e ela pareceu confiante e orgulhosa de si mesma por finalmente atingir um alvo.

Rita não percebeu nada até que Danny se vestiu, jogou uma nota de um dólar para ela e saiu. Ela ficou espantada demais, envergonhada e mortificada para sequer pensar em sair de novo naquela noite. Talvez nunca mais saísse novamente se Danny não tivesse voltado no dia seguinte e lhe explicado qual era a situação.

Mas isso foi há um ano.

"Você está se cansando de mim?"

"Não me cansarei tão cedo de você."

"O que vai fazer comigo quando eu ficar velha, Danny? Vai me jogar num pasto como bosta de cavalo?"

"Nada tão grosseiro."

"Mas você é uma pessoa grosseira, Danny."

"Você está no auge da sua juventude. Estou lhe dizendo, tem muita vida em você, Rita, e você vai aproveitar cada minuto dessa juventude. Por que acha que a mantenho aqui como minha garota particular? Por que acha que não a coloco para fazer plantão? Você seria uma das minhas melhores garotas de luxo. Sabe disso, não é? Você poderia ganhar mais dinheiro para mim em uma única noite do que duas das minhas outras garotas do mesmo nível que você. Viu? Não quero que fique com mais ninguém."

"Por enquanto."

"Não entendi essa."

"Você não é do tipo que vai manter uma garota por perto quando ela não for mais bonita."

"Isso não está tão próximo de acontecer."

"Claro que está! Pode apostar que sim! O tempo está passando depressa e você não é do tipo que fica por aí com uma bruxa velha. O que vai acontecer depois?"

"Depois de quê?"

"Depois. Você sabe, a seguir. O que vai acontecer quando você me mandar embora? Quando eu já não for boa o suficiente para ser o que você considera um bom material, e quando você me dispensar, é claro que não serei mais um bom material, mesmo que isso aconteça no mês que vem. O que vem depois? As ruas? Vou me tornar uma prostituta de rua?"

"Pare de falar assim."

"E depois vai ser o quê? Os bares vagabundos, até que eu esteja velha demais para isso, e depois serei uma prostituta de pensão, trabalhando por cinquenta ou mesmo 25 centavos? Um boquete rápido em um beco por dez centavos?"

"Você está cheia de perguntas hoje, hein?"

"Ela era boa?"

"Quem?"

"A vagabunda nova. A que você comeu antes de vir para cá, em quem você mergulhou o pau e depois veio enfiar suco de boceta dentro de mim. É ela que vai tomar o meu lugar? Pare com essa merda e me diga."

"Ela já está com a agenda preenchida pelas próximas cinco noites. Você sabe que eu não brinco com elas depois da primeira vez."

"Exceto comigo."

"Isso mesmo. Exceto com você. Você era algo especial. A maneira como mexia suas pernas. A maneira como seus quadris balançavam, diferente de uma vagabunda qualquer. Você tinha classe. Quero dizer, o seu corpo tinha classe. Você bem que poderia fazer algumas aulas de dicção, mas todo o resto em você esbanja classe. E eu gosto de classe. Classe é o que eu preciso ter. E é isso o que você tem, primeiríssima classe."

"Você realmente pensa assim, não é, Danny? Você realmente me acha especial?" Ela sentiu um tipo estranho de lágrima surgir no canto do olho. Também sentiu a dor dos lábios machucados e cortados se afastar de seu corpo.

"Apenas olhe no espelho, benzinho. Basta olhar no espelho a qualquer momento."

Ela tentou sorrir, mas a boca inchada não ajudou muito. "Não agora, se não se importa."

"Desculpe por isso, benzinho."

"Vou superar."

"Nunca mais deve usar suas unhas em mim. Você sabe muito bem disso."

"Se eu fosse uma das suas garotas de programa, você com certeza iria perder dinheiro comigo nos próximos dias."

"Se você fosse uma das garotas do meu estábulo, eu não a teria atingido na boca. Existem outros lugares igualmente dolorosos, que não ficam à mostra."

"Você é um cretino."

"Eu nunca aleguei ser outra coisa."

"Preciso muito de uma bebida."

"Quanto a se tornar uma prostituta de pensão, não precisa se preocupar. Você nunca vai conseguir. Você bebe demais."

"Às vezes acho que não bebo o suficiente. Eu bebo para não me lembrar das coisas. Não gosto de me lembrar às vezes. Você já sentiu como se não quisesse se lembrar das coisas, Danny?"

"O que diabos você pode ter de tão desagradável para lembrar?"

"Coisas. Coisas negras."

"Você está fodendo com negros?" Ele se afastou com violência. Seu primeiro pensamento foi que poderia espancá-la novamente, mas não o fez.

"Você não foi o primeiro. Eu já tinha experiência antes de vir ficar com você."

"Não foi isso que eu perguntei."

"Não!"

Ele se acalmou. "Claro que não tem nada de errado em trepar com negros. Alguns dos meus melhores clientes são negros. Mas a minha garota tem que ser correta o tempo todo. É claro que eu sei que você não era virgem quando eu a peguei."

Ela o interrompeu. "Eu odeio esta palavra, *pegar*."

"Quando eu *conheci* você."

"E eu provei isso a você quando se enfiou entre as minhas pernas pela primeira vez. Acho que provei muitas coisas para você."

"Você foi a melhor, benzinho, a melhor de todas."

"Por quanto tempo vai me manter aqui? Aqui desse jeito, quero dizer, com você. Como sua garota particular."

"Pelo tempo que você quiser ficar."

"Ou até eu ficar velha e feia."

"Você nunca ficará feia."

"Velha, então?"

"Por que não guardamos esse tipo de resposta para quando chegar o momento?"

Ela se inclinou para trás e se esticou completamente na cama, com o vestido de noite ainda preso ao redor de suas nádegas, a adorável boceta se insinuando para cima. "De novo?"

"Agora não."

"Essa putinha nova", ela disse, fazendo beicinho.

"Deus me livre, não. Duas vezes em um dia é tudo o que consigo fazer. Não sou nenhum Sansão, é melhor você acreditar."

"Mais tarde?"

"Pode ser. Mas mais tarde tenho coisas para fazer."

Ele foi em direção à porta, mas parou novamente antes de abri-la. Virou-se para ela e disse: "Ah, benzinho. Tem um favorzinho que quero que faça para mim. Será que você pode fazer?".

"Farei qualquer coisa para você, Danny."

"Essa é a minha doce garota."

"Mas, pelo menos por alguns dias, não pode ser em nenhum lugar onde eu seja vista. Não do jeito que eu vou ficar com esses lábios inchados."

"Ah, isso não fará diferença neste caso, não desta vez."

"Qual é o favor?" Ela fechou os olhos e sonhou com a prazerosa trepada que tivera com Danny logo antes, mesmo tendo sido a segunda do dia.

"Eu não pediria isso para você, mas estou mesmo enrolado."

Ela abriu os olhos. Tentou esboçar um leve sorriso, o que se revelou tão difícil quanto antes. "Ora, vamos. É para isso que servem os amigos."

"Tem um bom amigo meu, o Tom Weaver. Ele é de Detroit, um homem realmente muito importante, e ficará na cidade por alguns dias. Queria que você sentasse para conversar um pouco... com ele... Por mim... Você sabe como é... estou bem enrolado... A nova garota está totalmente ocupada... As outras garotas... você sabe... vagabundas... nada do que eu gostaria de mostrar para ele... Apenas fique lá... sentada, conversando... Ele não vai se importar com a sua boca... ele viu muitas garotas com a boca desse jeito em seus dias de glória... Um grande homem de Detroit..."

E Danny só conseguia pensar na garota nova... e só conseguia pensar no exuberante apartamento em que estava... só conseguia pensar em tirar Rita de lá... colocá-la para foder em algum lugar onde pudesse lhe render bem... ela já estava às custas dele por tempo suficiente... E havia essa nova garota... Havia a sua nova garota particular...

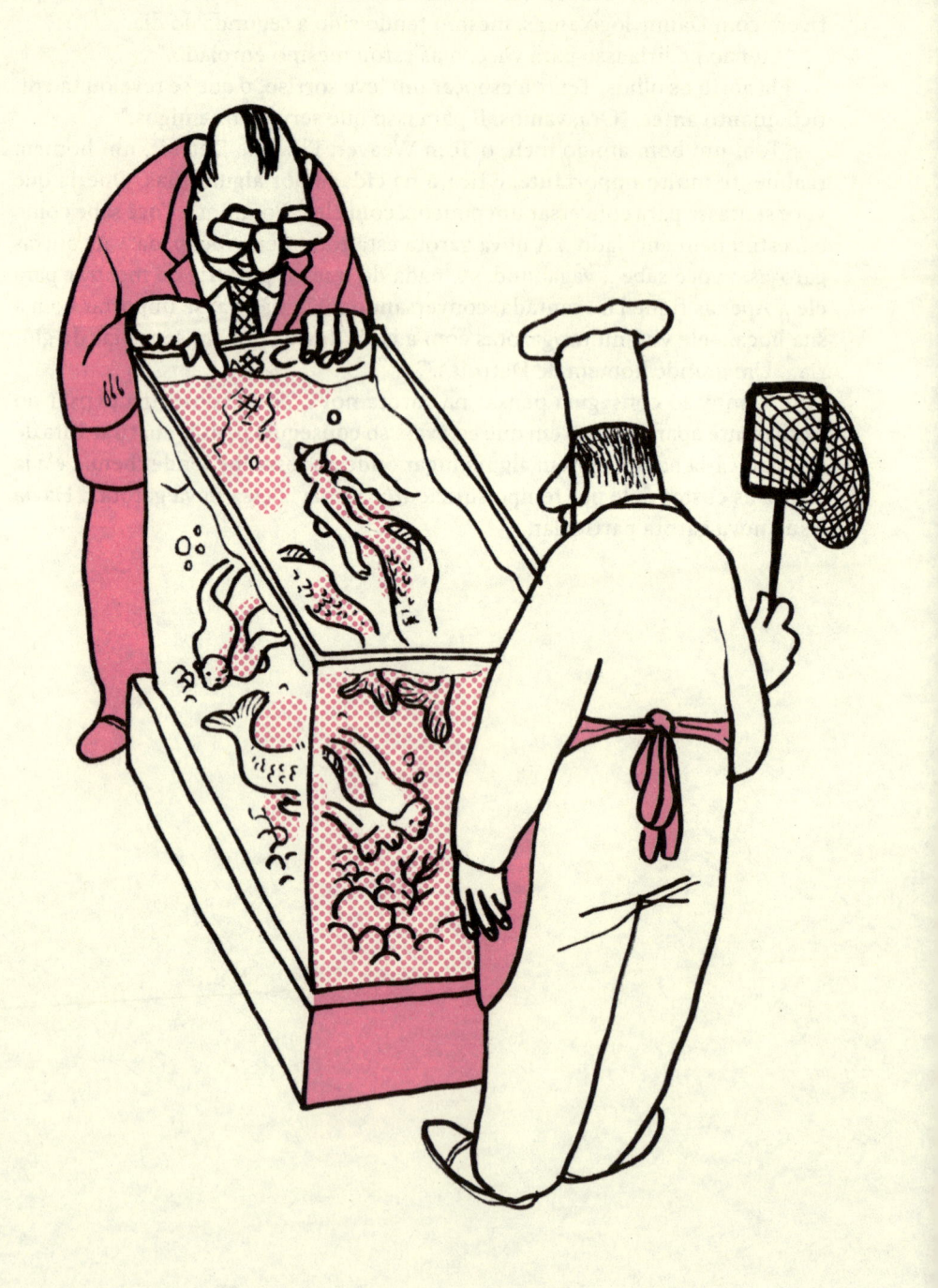

OS SEIOS DA GALINHA

1972

Rance Wilkerson só podia pagar por um. Mesmo assim, precisou economizar por quase seis meses. Desde que ficou sabendo que faltavam seis meses para chegar sua vez. Mas 5 mil dólares por apenas um era bastante dinheiro. No entanto, era uma grande honra. Ele simplesmente teve que arrumar o dinheiro. Naturalmente, dois saíam a 10 mil dólares... estava fora de cogitação.

E ele mesmo ia poder escolher.

Não havia nada como ver o seu jantar bem ali na sua frente antes de ser preparado. E os preparativos tinham que ser adequados. Os chefs que preparavam uma refeição daquelas eram gênios. Rance Wilkerson percebeu que toda a atmosfera da cozinha era mais parecida com a impecabilidade de um hospital, e os chefs, por sua vez, eram quase como computadores, pois calculavam cada especiaria, cada vinho... o tempo e o ponto de cozimento.

Rance Wilkerson tinha ouvido falar das delícias. Mas a iguaria era muito difícil de ser obtida — especialmente as mais adequadas, as completamente formadas, as tenras. Era servida mediante pedidos. Havia uma enorme lista de espera no clube. Algumas pessoas tinham que esperar quase um ano antes de receberem o convite. E embora o preço fosse extremamente alto, nenhum dos membros recusava um convite. Na verdade, alguns deles, os realmente ricos, ofereciam dez vezes o valor do jantar apenas para subir uma posição na lista. Por outro lado, nenhum licitante jamais conseguiu oferecer dinheiro suficiente para que alguém renunciasse, para que vendesse o convite. Mas isso tudo era teoria e boatos, porque os membros jamais se conheciam entre si.

Havia muita coisa envolvida... muito mais do que se sentar com faca e garfo na mão. Havia a seleção, depois o corte apropriado e todos os outros preparativos, e o convidado recebia permissão plena para acompanhar cada procedimento do preparo, se assim o desejasse. Diziam que ninguém nunca se recusou a assistir a esses procedimentos. Havia toda uma emoção envolvida nisso.

Ao longo da vida, Rance frequentara restaurantes especializados em peixes onde era permitido ao cliente selecionar sua própria truta enquanto ela ainda nadava em um aquário cristalino no centro do salão. Mas ele nunca tinha visto uma delas ser decapitada e limpa, e depois frita.

É claro que peixe era algo cotidiano para aqueles que gostavam de comer peixe. Mas o jantar para o qual Rance Wilkerson havia sido convidado teria uma iguaria muito mais especial. Ele certamente iria querer testemunhar toda a ação, desde o comecinho até o último arroto, quando finalmente terminasse de comer. Seria uma emoção para toda a vida. Uma emoção que ele não perderia por nada neste mundo.

Ele pegou um empréstimo usando seu carro como garantia e hipotecou a pequena casa onde morava sozinho, além de economizar a maior parte de seu salário. A taxa de anuidade do clube era bastante cara, mas ele encontrou uma maneira de economizar ainda mais para conseguir esses 5 mil dólares. Se ele tivesse que roubar um banco para conseguir o dinheiro, também o teria feito. Afinal, era uma oportunidade única na vida. Ele nunca mais precisaria de tanto dinheiro depois disso. E teria muitos anos pela frente para pagar as dívidas. As companhias de empréstimo eram inflexíveis quanto a receber o dinheiro de volta, mas ele tinha um bom emprego e podia muito bem dar conta dos pagamentos.

Assim, ao final desses seis meses, ele conseguiu os 5 mil dólares e um pouco mais, porque precisava ir em grande estilo. Para uma ocasião tão chique, teria que estar vestido adequadamente, teria que alugar um *smoking* e tudo o mais a que tinha direito. E ainda teria o serviço de limusine com chofer. Ninguém deveria ir a esse tipo especial de jantar em um carro qualquer. Nem deveria abrir a própria porta do carro. Isso teria que ser feito pelo chofer. E depois haveria o recepcionista do lugar, esperando uma gorjeta considerável.

O clube havia sido formado originalmente por seis homens muito idosos com um apetite estranho por tais iguarias. Com o passar do tempo, e uma vez que os velhos já começavam a partir deste mundo, as portas foram abertas para novos membros — principalmente os muito ricos e, em geral, os mais velhos.

Mas algumas pessoas mais jovens, como Rance Wilkerson, também ouviam histórias sobre esse secreto e seletivo restaurante, exclusivo para membros. E aqueles que podiam pagar mil dólares por ano eram aceitos.

A verdade é que era tudo boato, porque um membro nunca chegava a conhecer outro. Não ousavam se reunir por causa do juramento de sigilo que foram obrigados a prestar no momento da adesão.

Havia apenas a velha bruxa encarquilhada no balcão de filiação, e o maître e os dois garçons. Embora já tivesse ouvido falar sobre o chef e seus ajudantes, desde o primeiro dia como membro só havia sido apresentado às quatro pessoas encarregadas daquele estabelecimento de classe — um local situado em uma área inóspita, próximo de uma floresta, onde se ouviam os lobos uivando mesmo quando a lua não estava cheia, e onde os morcegos trissavam incessantemente ao longo da noite.

O exterior não fora feito para causar terror, embora passasse justamente tal impressão. Era somente a sala de jantar principal, o lugar onde ele iria saborear as delícias com as quais apenas havia sonhado. Aterrorizante ou não, nada havia de terrível naquela sala de jantar com colunas de mármore e um enorme palco na parte de trás.

A enorme sala de jantar que possuía apenas uma mesa!

Terrível mesmo seria aquela noite!

Durante todo o dia, as nuvens muito escuras e sinistras começaram a ficar mais carregadas. Havia o ribombar distante dos trovões e os clarões dos raios que cruzavam o céu. Conforme a noite progredia, o clima aumentava de intensidade. Ele não gostava nem um pouco de dirigir à noite, menos ainda quando o tempo estava chuvoso. E, para piorar a situação, havia aquela estrada sinuosa que se estendia por vinte quilômetros de penhascos, conforme a antiga estrada circulava em meio às montanhas íngremes até a floresta mais além.

Durante todo o percurso, as juntas dos dedos brancos de Rance Wilkerson reluziam na escuridão enquanto suas mãos seguravam firme os braços do banco. Ele não conseguia enxergar os perigos que espreitavam a cada curva, mas sabia que estavam lá, e eles se faziam perceber. O motorista contratado não era nada bobo, porém. Não corria riscos; fazia questão de garantir que as rodas estivessem todas firmes e em contato com a estrada antes de colocá-las para rodar. Mas a lentidão do veículo em movimento não contribuía para sanar o terror.

No entanto, Rance Wilkerson não sofreria mal algum naquele passeio. E o horror do passeio amenizou um pouco o terror inspirado por aquela fachada em forma de castelo. Foi quando a emoção da expectativa preencheu sua alma mais uma vez... assim como a ansiedade que vinha sentindo desde que recebera o elegante convite dourado, seis meses antes. É claro que a emoção era mais intensa naquele momento, já que estava prestes a tocar a grande aldrava de cobre; era mais intensa porque o momento estava cada vez mais próximo.

Mais do que em qualquer outro lugar, percebia o suor de nervoso especialmente na virilha, contra a roupa de baixo. O frio da noite logo congelava a transpiração, e aquilo estava ficando bastante desconfortável. Apesar de tudo, havia implicações sexuais inconfundíveis em seus pensamentos. Implicações sexuais concentradas em torno da iguaria na qual ele estava prestes a cravar seus dentes.

Determinados alimentos, mesmo quando bem selecionados, nunca lhe haviam sido muito estimulantes sexualmente, até ele ouvir falar desse restaurante privativo. Desde então, concentrou toda a sua atenção e determinação para localizá-lo e se tornar um membro. A questão toda se tornou uma completa obsessão para ele. Se não fosse tão importante para sua empresa, certamente teria sido demitido por causa do tempo que perdeu durante todos aqueles meses de busca. Mas, uma vez que encontrou o local e descobriu que era absolutamente real, e não apenas um mito do qual algum repórter tivesse ouvido falar, ele voltou a ser o empregado devotado. Para poder pagar as taxas, em especial após receber a notificação, teve que arranjar os 5 mil dólares. Além de obter a quantia, tudo o que precisou fazer quando recebeu o convite foi responder o mais rápido possível se gostaria de um ou dois pedaços de carne.

Ele só podia pagar por um!

Então, bateu a aldrava na porta e o som reverberou no interior.

Ele estava sendo esperado, é claro, e chegou na hora certa. A porta se abriu pouco antes que o som da aldrava parasse de ecoar.

Foi conduzido em silêncio pelo imenso salão através do qual tinha passado naquele primeiro dia, quando se tornou um membro. Desta vez, contudo, foi o próprio maître quem o conduziu, levando-o imediatamente para a fantástica sala dourada com cortinas de veludo vermelho, onde ele se sentou à mesa dourada com lugar para uma pessoa, a prataria já devidamente posicionada diante dele.

Um dos garçons de capa de veludo vermelho trouxe o melhor champanhe, gelado, e serviu-o em uma taça de champanhe prateada. Rance Wilkerson começou a agradecer ao homem, mas então percebeu que tudo estava sendo feito em silêncio. Sentiu que passaria vergonha se quebrasse o silêncio, então permaneceu quieto. E bebeu em silêncio... sem fazer o menor barulho ao bebericar. Quando a taça ficava vazia, o garçom de capa de veludo vermelho sempre parecia surgir do nada para reabastecê-la.

A garrafa estava em um balde de gelo à sua direita, mas Rance não se deu ao trabalho de pegá-la. Ele sabia que o criado surgiria ali como se fosse por magia. E se era assim que as coisas eram feitas nesse evento exclusivo, Rance Wilkerson obedeceria a todas as regras.

Enquanto aguardava, apenas um outro pensamento se fazia presente: desejava que não demorasse muito tempo até receber o próximo convite. Sempre havia maneiras de arranjar mais 5 mil dólares... talvez ele tentasse conseguir 10 mil da próxima vez. Para ter dois deles.

Um par!

Devia ser uma experiência e tanto. Poder se sentar diante de um par deles. Ter os dois olhando diretamente para você. Dois daqueles lindos globos... cozidos e fumegantes naquela bandeja prateada.

Mas por enquanto ele tinha que se satisfazer com apenas um. Afinal, havia a emoção de realmente estar lá, de fazer parte da elite escolhida. Um seria suficiente, e ele levaria isso consigo pelo resto da vida.

Teria o gosto de uma combinação de carne de frango e de porco. Ou, pelo menos, foi o que leu nos livros que encontrou entre os arquivos empoeirados em uma estante de uma velha biblioteca. Não havia muitos livros sobre o assunto, então tirou seu conhecimento daquele único tomo, o antigo livro empoeirado que ele encontrou. Talvez, quando tudo tivesse terminado, ele pudesse se sentar e escrever sua própria história. Ele conheceria o gosto com exatidão e saberia de todos os preparativos.

Ele estava tão concentrado em seus pensamentos quando as cortinas do palco se abriram e o maître se posicionou ao lado dele, parecendo muito sério, com um olhar quase severo em direção às seis adoráveis garotas que haviam sido reveladas no palco. Seis beldades extremamente lindas e bem torneadas, cujos seios permaneciam firmes e empinados enquanto eram mantidas em profundo torpor, causado pelos pesados narcóticos que lhes haviam sido administrados.

"A escolha é sua", disse o maître, "você pode subir e inspecioná-los." Essas foram as primeiras palavras ditas naquela noite.

Os lábios de Rance Wilkerson ficaram secos, e ele os tocou com a língua. Em seguida, foi fazer a inspeção completa. Suas mãos mediram os seios de cada garota, os acariciaram, os envolveram; depois, beijou e experimentou cada mamilo como se estivesse provando um vinho doce, o que, de fato, talvez fosse o que ele estava provando.

Nenhuma das garotas se esquivou. Elas estavam alheias a qualquer coisa que se passava ao redor delas. Nunca ficariam sabendo de nada... jamais. E a ruiva escolhida por Rance Wilkerson seria a primeira a cair no esquecimento. Então, quando Rance retornou à sua mesa, as outras cinco garotas foram retiradas do palco pela anciã, e o mestre cozinheiro e um de seus ajudantes passaram a ser o centro das atenções.

O chef afiou a enorme faca na pequena pedra que estava segurando; depois, com todo o talento de um cirurgião... *de um açougueiro...* cortou com destreza o seio direito, removendo-o do tronco da garota. O ajudante recolheu em uma grande taça de ouro todo o sangue que esguichava em abundância. A garota desmaiou pouco depois, devido à perda de sangue, então o chef a abriu ao meio e, em seguida, removeu o coração, os rins e o fígado. Os órgãos seriam usados no molho e no recheio do seio cozido.

Rance Wilkerson preferiu não assistir ao cozimento propriamente dito. Ele já estava fora de si com o que tinha visto. Sabia que o seio seria cozido no próprio sangue da garota — cozido até se tornar um pedaço suculento e tenro de carne que derreteria na boca. E sabia que mais sangue seria usado no molho, com o coração, os rins e o fígado. De fato, era basicamente uma refeição digna de qualquer rei, fosse sádico ou não.

Todo o processo de cozimento levaria mais de uma hora, mas havia intermináveis garrafas de champanhe, que iam parar direto no balde de gelo. Ele estava se sentindo um pouco zonzo, mas não se importava. Só não podia ficar bêbado a ponto de não sentir o gosto do jantar. Ele sempre foi capaz de se segurar na bebida alcoólica e sair da mesa com o estômago cheio. Não era como muitos bebedores que enchiam a cara e depois não conseguiam comer. Ele adorava comer.

E esse era um jantar que ele não perderia nem por todo o dinheiro do mundo. Seus pensamentos se desviaram para a forma como o seio da garota foi cortado — partindo precisamente do centro do tórax, de modo que nenhuma carne do seio fosse desperdiçada ou deixada no corpo. O chef era um verdadeiro mestre. E, naquele momento, ele soube que, se e quando recebesse outro convite, certamente pediria o jantar de 10 mil dólares... os dois, lado a lado, olhando para ele da bandeja prateada. Era uma pena que não pudesse mudar de ideia ali mesmo — era impossível. O outro já era tecido morto, não seria como se houvesse sido retirado fresco, de uma criatura viva...

O conjunto completo teria que ficar para a próxima vez!

Então a refeição foi servida, fumegante, e o odor era quase um perfume, para o deleite de um apreciador, para a emoção de um gourmet. Ele passou um longo momento saboreando a fragrância flutuante e, em seguida, cravou os talheres no seio e em seu recheio com toda a ferocidade de um lobo faminto — e tinha consciência de que algo acontecia em seus próprios órgãos sexuais enquanto devorava toda a delícia que ainda havia no prato. Ele queria meter a língua na louça e lamber cada gota do molho que permanecia lá, mas não fez isso... afinal, estava em um lugar muito exclusivo, onde coisas assim simplesmente não eram feitas.

E então tudo acabou, depois daquele último arroto que ele estava esperando. O gosto da carne parecia uma combinação de frango e porco, como dizia o livro da biblioteca. Foi o sabor mais delicioso que ele já havia experimentado, ou que jamais viria a experimentar.

A refeição sexualmente estimulante não demorou a despertar as necessidades sexuais de Rance. Mas ele não poderia fazer nada lá no salão de jantar; precisava encontrar o banheiro. O maître estava ciente de suas necessidades e, sem que fosse preciso chamá-lo, foi até a mesa e o acompanhou até o toalete, deixando-o ali sozinho.

Havia um grande espelho em frente ao mictório, e quando ele pegou o enorme membro ereto nas mãos e o apontou para a frente, o espelho se transformou em vidro comum, e lá estava a velha da recepção, na companhia de outra senhora em uma sala coberta com cortinas de veludo azul e com uma solitária mesa de prata, sobre a qual havia um serviço dourado... e a mulher mais idosa apontava diretamente para o membro ereto de Rance Wilkerson, e estava radiante de alegria e expectativa.

As mãos de Rance Wilkerson baixaram rapidamente para esconder o membro ereto, mas de nada adiantou. Seus olhos observaram a velha ser conduzida de volta para a mesa, onde ela ergueu uma taça dourada de champanhe... e a ouviu dizer: "Malpassado".

Então, Rance Wilkerson foi carregado aos gritos para fora do banheiro por dois funcionários gigantescos e quase nus.

NENHUM REFLEXO É IDIOTA

1973

Ela nunca achou que fosse idiota. Sabia o que a palavra significava, e sabia que essas qualificações não se aplicavam de modo algum a ela. Mas tinha esta outra palavra: *qualificações*. Quais qualificações, então, se aplicavam a ela?

Não era especialmente notável na escola. No ensino médio, ficou de recuperação algumas vezes. Demorou cinco anos para ela terminar os quatro. Mas isso não significava que fosse estúpida. Ela apenas era um pouco mais lenta para pegar o essencial, só isso. Era tão boa quanto qualquer um dos demais depois que absorvia o que estava sendo ensinado. Ela estava certa disso!

E daí que Terri Mills fosse a última da turma quando chegou a hora da graduação? Pelo menos tinha seu diploma, e ali não dizia se tinha sido a primeira ou a última. O que importa é que era um diploma e contava a história de que ela se formou — do mesmo jeito que todos os outros. Quem se importaria, no mundo lá fora, se ela foi a primeira ou a última de sua classe? Nunca lhe fariam tal pergunta, e ela certamente não daria a informação sem questionada. Isso não era ser idiota.

191

O máximo que qualquer empregador poderia fazer era lhe oferecer algum tipo de teste de emprego. E aí tinha esta outra palavra: *teste*. Como ela detestava testes... qualquer tipo de testes. Ela nunca se saía muito bem. Por causa dos testes, ela sempre era deixada de recuperação, desde quando podia se lembrar. Como alguém poderia esperar que ela simplesmente se sentasse e fizesse um teste sem nem estar preparada para isso? Como ela poderia saber que tipo de perguntas seriam feitas por um empregador? Deveriam, pelo menos, dar-lhe uma cópia das perguntas e, em seguida, algum tempo para estudá-las e tentar encontrar algumas das respostas.

Só que não funciona assim!

"Sente-se, srta. Mills. Aqui está o teste. Você não vai achar muito difícil. Todas as perguntas são de senso comum." Malditas questões de senso comum. Os cretinos sempre tiram essas perguntas do nada. Como ela poderia fazer um teste de datilografia se não sabe datilografar? Como poderia fazer um teste de taquigrafia se nunca estudou nada dessa técnica?

Nunca arranjaria emprego em um escritório!

Tampouco arranjaria um trabalho como garçonete. Ali também havia perguntas. E como ela poderia responder qualquer coisa sobre servir pessoas se nunca havia servido pessoas antes? Seria preciso ter experiência prévia para poder dar respostas sensatas. Mas como ela poderia ter experiência se não tivesse uma oportunidade de adquiri-la?

Essa foi a pergunta que ela própria fez quando esteve em um dos maiores hotéis que anunciavam uma vaga para camareira. E as lágrimas, acompanhando a pergunta, pareceram funcionar. O gerente de recursos humanos a contratou e colocou-a junto de uma das empregadas mais velhas, que lhe mostraria como fazer suas tarefas: arrumar as camas, dobrar os lençóis e tirar o pó do quarto. Não era muito difícil a parte de tirar o pó. Mas sua mente não conseguia dominar as mãos para que fizessem todo aquele procedimento de dobrar lençóis e cobertores... e, pior de tudo, dobrar adequadamente os tecidos quando já estavam dispostos sobre a cama. Em casa, no seu pequeno apartamento com cama embutida na parede, ela simplesmente colocava os lençóis sobre o colchão e depois os cobertores sobre os lençóis, e era assim que permaneciam até ficarem bagunçados, quando ela então os arrumava de novo. Para que todas aquelas dobras? Além disso — e ela sabia por experiência própria —, as pessoas geralmente colocavam os pés para fora do final dos cobertores, de qualquer maneira. Então por que enfiá-los tão apertados sob o colchão? Isso não deixaria os hóspedes mais irritados por terem que fazer muita força para puxá-los para fora?

Ela durou uma semana no trabalho. A funcionária mais velha poderia ter reclamado mais cedo, mas tinha pena da jovem e continuava a lhe dar mais uma oportunidade. Mas as oportunidades em algum momento acabam.

Ela conhecia o alfabeto, e no escritório não exigiram nenhum teste. Simplesmente perguntaram: "Você consegue organizar um armário de arquivo?". Ela disse que sim e foi contratada.

Como diabos alguém poderia saber que os nomes eram arquivados pelo sobrenome? O primeiro nome não vinha sempre primeiro? Mesmo quando alguém se dirigia a uma pessoa pelo sobrenome, sempre havia um "senhorita" ou "senhor" na frente. É claro que isso acabaria deixando o arquivo do "S" bastante cheio, mas foi assim que ela deduziu que era para fazer. E havia um monte de Tom, Bill e Joe.

Três dias foi o máximo que o gerente do escritório aguentou usando esse sistema de arquivamento dela.

A seguir, virou operadora de caixa em um cinema. Na escola, mais do que tudo, ela ficava atrás na adição e na subtração. Mas o cinema tinha uma máquina para isso. Tudo o que ela teria que fazer era apertar um número aqui e outro ali, e possivelmente apertar o botão de adição ou subtração, e então o ingresso sairia e o troco cairia em um receptáculo.

Mas havia tantos botões. Os uns e os noves e o zero e o mais e o menos. Por que os números não são escritos por extenso, e por que todos aqueles sinais? Ela poderia ter sido rebaixada ao posto de lanterninha, mas a gerência e o contador ficaram tão confusos ao final do primeiro dia que preferiram uma demissão simples e objetiva.

Terri Mills tinha 19 anos, mas aparentava ter pelo menos 25. Ela havia envelhecido tão rápido porque sua mente estava sempre trabalhando duro, tentando entender o esquema das coisas. Ela franzia muito a testa, fazia beicinho e tinha várias linhas e vincos no rosto, os quais só deveriam surgir dali a uns bons anos. Mas estavam lá e lhe conferiam uma idade ilusória.

Ela realmente não gostava de beber. Mas, às vezes, era a única maneira de conseguir algum alívio mental, como veio a descobrir depois do segundo emprego que escapou de suas mãos. Havia um barzinho perto do apartamento dela. Nunca, até aquele momento, havia estado em um lugar como aquele antes, e nunca tinha provado nenhum tipo de bebida alcoólica. Imaginou que nada poderia dar errado desde que tomasse algo doce.

Ela ouviu uma moça desacompanhada pedir um manhattan ao se aproximar do bar, e quando o barman trouxe a bebida, Terri viu que tinha uma cor bonita e um monte de frutas. Portanto, se vinha com todas aquelas frutas boiando em cima, espetadas em palitos de dente, então devia ser uma bebida boa. Pediu uma igual, e o barman nem se incomodou em olhá-la uma segunda vez antes de preparar o coquetel. Ela parecia mesmo ter 25... e passou a sempre pedir um manhattan toda vez que ia a algum bar de coquetéis, apesar de geralmente se entreter no mesmo barzinho perto de seu apartamento. Algumas vezes se sentira zonza após tomar mais de quatro seguidos. Mas o lugar não ficava muito longe do apartamento, caso ela não se sentisse bem para andar bastante.

Já estava tarde naquela noite em que ela foi demitida do cinema. Estava inacreditavelmente deprimida. Ela sabia que não era idiota. A mãe e o pai lhe disseram isso repetidas vezes antes de morrerem em um acidente de automóvel, quando tinha 16 anos. E seus tios, que passaram a tomar conta dela depois da morte dos pais, também lhe diziam isso. E a mesma coisa dizia o psiquiatra, que cobrava da tia e do tio 25 dólares por meia hora de consulta, quando a acomodava no divã e conversava com ela.

Mas os professores, muitos deles, não pensavam assim na escola. Eles a chamavam de "IDIOTA" com muita frequência. E ela passava mais tempo com os professores do que com a tia, o tio e o psiquiatra. Ela não se lembrava por que nunca mencionou para seus amigos, para os tios e para o psiquiatra o que os professores lhe diziam. Mas se lembrava de ter pressentido que, caso mencionasse, os tios e o psiquiatra talvez ficariam zangados e iriam questioná-los. E se eles fizessem isso, com certeza os professores descontariam nela. Ela viu o que aconteceu com vários de seus colegas quando os professores ficaram bravos com eles. Por isso nunca quis que os professores ficassem bravos com ela.

Mas Terri sabia que não era idiota.

Havia um pequeno anel de esmeralda caído na calçada. Não era lá grande coisa e parecia ter sido pisado, talvez. Meu bom Deus, ela não era idiota. Por que pensaria que *talvez* tivesse sido pisado? Ele *tinha* sido pisado. Não era preciso ter muito cérebro para ver que alguém havia pisado nele. A parte metálica estava praticamente torta para um lado. Mas metal barato se dobrava com facilidade.

Ela também não foi idiota ao perceber que não podia ser uma esmeralda de verdade — não em um anel de metal tão barato. Devia ter só cor de esmeralda. Mas era um verde muito bonito. Ela ficou contente porque quem quer que o tivesse pisado não atingira a parte de vidro, e não a quebrara. O vidro poderia facilmente ter sido quebrado embaixo de um sapato.

Ela colocou o anel no primeiro dedo da mão direita. Preferia colocá-lo no dedo mindinho, mas era grande demais para aquele dedo. Só servia no dedo indicador. Talvez servisse no terceiro dedo da mão esquerda. Mas ela imaginava que um dia iria se casar, e nenhum anel deveria ficar naquele dedo até que seu futuro marido colocasse um ali.

Ela ficou admirando aquele anel por longos cinco minutos antes de abrir a porta de seu pequeno e favorito bar de coquetéis, e ainda o admirava quando se sentou. Sem sequer perguntar, o barman foi logo preparar seu manhattan.

"Anel novo?", ele perguntou.

"Eu o encontrei aqui fora. Acha que não teria problema eu ficar com ele?" Ela ergueu o manhattan e tomou uma boa parte do drinque, então o barman se aproximou e segurou a mão dela na sua. Olhou atentamente para o anel, virando-o repetidas vezes em sua grande mão. E então sorriu.

"Por que diabos uma garota bonita como você quer uma porcaria dessa? Você pode conseguir um igual em qualquer máquina de balas ou de gomas de mascar por um níquel. É um anel de brinquedo."

"Eu gosto dele."

Ele deu de ombros e começou a preparar outro manhattan para ela. "Fique com ele, então. Ninguém vai entrar aqui procurando por essa coisa."

"Ele brilha." Ela terminou o primeiro, depois o segundo manhattan, e seus olhos fitaram o reflexo do anel no copo da bebida. O líquido era de uma cor escura, mas muito nítida... algo como um espelho em um tom escuro de cor-de-rosa. Ela ergueu a cabeça e aproximou o dedo com o anel perto de seu queixo, para poder ver o reflexo do anel e do seu rosto.

Alguma coisa balançou o balcão — provavelmente o homem gordo que se acomodou em um banquinho perto da extremidade dele. Mas aquela força ligeira fez o líquido se mover, e Terri ficou impressionada ao ver quatro reflexos. Quatro reflexos de seu rosto e do anel... e eles brilharam, e depois se tornaram quatro reflexos nítidos, antes que o coquetel detivesse seus movimentos e houvesse, de novo, apenas um único reflexo.

"Faça isso de novo!", ela disse suavemente para o coquetel, mas o barman pensou que ela quis dizer outra bebida, então preparou mais uma e a colocou ao lado do copo anterior, que ainda estava inacabado.

Terri não viu os movimentos do barman, ou, se viu, não prestou atenção. Seus olhos estavam fascinados pelo reflexo. "Faça isso de novo!" A voz saiu ainda mais suave, mas o barman tinha ouvidos afiados. Ele precisava ter, porque às vezes o bar ficava lotado e ele tinha que ouvir cerca de uma dúzia de pedidos de uma só vez.

Ele olhou para a garota. "Você está tentando ficar bêbada de vez?" Foi até ela e a confrontou. "Tem quase dois na sua frente agora."

A franqueza dele chamou a atenção de Terri, que olhou em seus grandes olhos redondos e escuros. "Hã?"

"Você estava pedindo outro manhattan. Mas já tem dois na sua frente."

Ela olhou para ele, para as bebidas, e de volta para ele. "Eu vou bebê-los. Mas não pedi mais. Não ainda, não pedi."

"Eu ouvi claramente você dizer: 'Faça isso de novo'."

"Oh!" Ela suspirou e olhou de volta para o manhattan à sua frente. "Acho que eu estava pensando em voz alta."

Ele não era obrigado a aguentar aquilo. Simplesmente deu de ombros, como sempre fazia, e andou até onde o homem gordo estava sentado, diante de um copo já vazio de uísque com água. Quando o homem gordo empurrou o copo para a frente, sua cintura avantajada esbarrou na borda do balcão e o manhattan reluziu de novo.

Terri olhou, orgulhosa. Tinha quatro reflexos, e tinha o anel, e se sentia mais bonita do que jamais havia se sentido antes. Ela carregava muito mais motivos para se orgulhar de si mesma. Como uma garota com quatro reflexos poderia ser idiota? Alguém que pudesse ver apenas um reflexo talvez fosse idiota, mas não uma garota com quatro reflexos. Deus só dá essa percepção para alguns poucos escolhidos. O que esse pessoal que aplicava testes sabia sobre ser ou não idiota? Eles chegaram aonde estavam porque conseguiram preencher os testes. Teriam que se esforçar para caramba para chegar lá se os testes não existissem. Talvez devessem ser jogados no lixo, e então todos precisariam usar a imaginação. Com a imaginação, é possível pensar em todas as coisas e contar histórias para si mesmo e inventar os próprios finais. Ninguém que fosse capaz de fazer isso, inventar histórias de sua própria imaginação, poderia ser idiota. Se houvesse alguém que não conseguisse inventar uma história, esse seria de fato o verdadeiro idiota.

Ela adorava aqueles reflexos, mas teve que bebê-los. E então, quando eles se foram para dentro de si, ela sabia que os reflexos ainda estavam lá em algum lugar, e quando olhou para o próximo copo que ainda estava cheio, pôde vê-lo brilhando e pôde ver os quatro reflexos novamente. De repente, ela se perguntou como eles poderiam estar lá... ainda no copo, quando os havia despejado direto em seu estômago, onde já estavam começando a lhe aquecer as entranhas deliciosamente. Mas eles estavam lá e eram muito bonitos. Ou talvez fossem apenas outros quatro reflexos. Tinham que ser, porque os anteriores agora estavam olhando bem dentro de seu estômago, enxergando coisas que ela não podia ver.

Então o gordo estava sentado ao lado dela, e ela sabia que ele continuava pagando suas bebidas, e sabia que continuava bebendo os reflexos e que eles continuavam aquecendo-a por dentro, e ela sentiu uma coisa estranha acontecendo na parte interna de suas coxas, como se os reflexos de repente estivessem tentando sair.

Era isso o que eles estavam fazendo. Estavam saindo de dentro dela, trilhavam um caminho por sua virilha, pela calcinha, subiam de volta até o balcão e retornavam para o copo. Ela podia bebê-los de novo e de novo, e os reflexos voltavam para baixo, olhavam ao redor e saíam de sua calcinha, onde o homem gordo tinha colocado a mão... e ele estava inclinado bem perto dela, sussurrando palavras em seu ouvido.

Ela realmente não sabia o que as palavras queriam dizer, porque os reflexos de si mesma eram fortes demais. Mas o que quer que o homem estivesse dizendo, ela estava gostando, e quando ele a apressou, ela se levantou e saiu do bar com ele... e aqueles reflexos permaneceram ali. Terri sempre soube que não era idiota... os reflexos lhe diziam isso...

E o barman ficou cuidando deles... e encolheu os ombros. *"Ela deve estar desesperada. Espero que encontre o que está procurando. Se não encontrar, só pode ser idiota, porque Jake, o cafetão, é o melhor do ramo."*

A CENA
DO CRIME

1972

NOTICIÁRIO: Aqui é Rance Hollerin, da KTTN-TV News, na cena do crime. Várias horas se passaram desde o assassinato, mas muitas das testemunhas permanecem no local. Para deixar vocês, telespectadores, atualizados sobre os acontecimentos, nós o levaremos de volta às seis e meia da manhã. Os eventos que culminaram no assassinato tiveram início aqui no estacionamento, nos fundos do Happy Supermarket, e o desfecho se deu a cerca de quinhentos metros daqui, na rua, perto do telefone público na esquina.

O brutal assassinato ocorreu enquanto cerca de 25 pessoas... testemunhas... estavam lá paradas, aterrorizadas com o que viam.

Uma certa srta. Penny Carlyle, ao que parece, comprou uma garrafa de uísque no supermercado logo depois que o lugar abriu, e em seguida caminhou em direção ao estacionamento, onde estava seu carro. Ele continua exatamente no lugar onde ela o estacionou, com um policial montando guarda. Pelo que pude apurar, o veículo será examinado em busca de impressões digitais ainda esta manhã.

É provável que a srta. Carlyle tenha sido atacada antes que pudesse chegar ao seu carro e, em vez de correr e se proteger no veículo, foi em direção à rua, onde avistou diversos pedestres... pedestres que poderiam tê-la ajudado...

Ela não recebeu ajuda de ninguém. Acabou morrendo na esquina, perto da cabine telefônica... foi esfaqueada inúmeras vezes... repetidamente, por um agressor desconhecido.

Quem é você?

POLOSKY: Sra. Clem Polosky.

NOTICIÁRIO: Você testemunhou o assassinato?

POLOSKY: Foi horrível demais para dizer qualquer coisa. Uma hora atrás eu não seria capaz de falar sobre isso. Foi horrível demais. Aquela pobre moça gritando como uma Banshee ferida... e ela também estava ferida... o sangue escorria de seu peito como um rio vermelho. Eu estava na cafeteria do meu marido, do outro lado da rua. Saí para trocar o cardápio na vitrine e ouvi toda aquela comoção... toda aquela gritaria... e olhei do outro lado da rua... para cá... e lá estava a moça, e tinha um cara grande correndo atrás dela... com uma faca enorme na mão, erguida no alto. Ela deve ter perdido um sapato enquanto corria, porque, quando a vi, parecia estar subindo e descendo, tipo mancando... como se uma perna fosse mais curta que a outra. Você sabe, como a pessoa faz quando perde um sapato.

NOTICIÁRIO: Você conseguiu dar uma boa olhada no agressor?

POLOSKY: Não muito! Mas ele era grande e o rosto estava todo bagunçado. Ele devia estar com uma meia de náilon na cabeça. Era o que parecia. Ninguém poderia dizer se ele era branco ou negro, chinês ou qualquer coisa.

NOTICIÁRIO: Suponho que você não tenha atravessado a rua e tentado ajudar a mulher.

POLOSKY: Quem poderia ajudar? Eu estava lá na cafeteria e ela estava aqui, e tinha um monte de carros passando... e, além disso, havia várias outras pessoas mais perto do que eu... que estava bem aqui, deste lado da rua. Ela teve até que abrir caminho no meio de algumas pessoas enquanto corria. No fim das contas, também sou só uma mulher, e a faca que ele estava carregando era enorme.

HARRY: Parecia mais uma lâmina de barbear. Uma daquelas navalhas antiquadas.

NOTICIÁRIO: E você, quem é?

HARRY: Harry Kline. Sou dono de uma loja de bebidas, logo ali, dobrando a esquina. Eu estava descendo para abrir a loja quando aquela mulher começou a gritar lá fora no estacionamento. Obviamente, eu parei. Qualquer um iria parar o que estivesse fazendo para olhar o que era, com toda aquela gritaria. E lá estava ela, bem ao lado do carro... o carro dela, pelo que ouvi dizer. Mas não havia ninguém perto dela naquele momento. Achei que talvez fosse alguma garota tendo um ataque histérico.

NOTICIÁRIO: Mas você não entrou no estacionamento para ver o que havia de errado com a mulher?

HARRY: Claro que não! Eu cuido de uma loja de bebidas! Já vi muitas coisas nessa vida. Assaltos e todo esse tipo de coisa. Como eu disse, achei que fosse alguma garota tendo um ataque histérico. Já presenciei um ataque desses dentro da minha loja alguns anos atrás. A mulher queria matar todos os clientes na loja. Quando ela perdeu o controle, começou a gritar, pegou as garrafas da prateleira e começou a jogá-las em qualquer coisa que se movesse. Eu não ia me arriscar a ir até aquela garota lá embaixo. Ela podia ficar violenta, igualzinha à outra. Eu não queria me envolver em nada disso. Não ia mesmo, eu não. Então, quando vi aquele animal saindo das sombras com aquela faca brilhando no sol da manhã, eu sabia que tinha feito o certo ao me manter fora disso.

NOTICIÁRIO: Você disse que viu o homem saindo das sombras?

HARRY: Vi tão claro quanto a luz do dia... e foi ainda mais nítido quando ele a agarrou e a inclinou para trás, e cravou a faca no seio direito. Ela deixou cair a garrafa de bebida logo em seguida.

NOTICIÁRIO: Como você sabe que era uma garrafa de bebida?

HARRY: Eu conheço bebida alcoólica só de ver. Além disso, fui até lá depois que tudo acabou, e o cheiro estava por todo o lugar... E depois ouvi os policiais dizerem que era bebida.

NOTICIÁRIO: O que você fez quando ela saiu correndo, pingando sangue aqui na calçada, com o sujeito atrás dela?

HARRY: Não sou idiota... Eu saí do caminho.

JIM: Ninguém quer se envolver em algo desse tipo. Eu sou o Jim Ready... Ela e aquele brutamontes passaram correndo entre mim e o meu amigo Larry.

LARRY: Bem entre nós! Ainda tem sangue dela na manga do meu terno novo. Paguei 24,99 dólares por ele ontem mesmo. Provavelmente nunca vou conseguir tirar essas malditas manchas.

NOTICIÁRIO: Vocês nem cogitaram tentar deter o sujeito?

LARRY: Cara, você tem que ser maluco para se meter em algo assim. Você nunca sabe o que um maníaco alucinado com uma faca na mão vai fazer.

JIM: Com certeza! O que diabos ele teria a perder se apontasse aquela faca para algum de nós...? Ele já tinha atingido aquela mocinha algumas vezes e continuava a esfaqueá-la toda vez que a alcançava. Poderia facilmente apontar a lâmina na nossa direção, e agora estaríamos deitados na rua em cima do nosso próprio sangue.

LARRY: Eu e Jim temos família, que precisa de nós vivos e saudáveis. Nós temos família para sustentar. Agora, o que seria dos nossos familiares se aquela faca encontrasse a gente?

MARY: E mesmo se alguém escapasse, o que impediria uma pessoa daquelas de atacar de novo? Ele poderia facilmente descobrir quem somos e onde vivemos, e então chegar e fazer conosco o que fez com aquela mulher.

NOTICIÁRIO: Quem é você?

MARY: Mary Myers! Apenas uma zé-ninguém! Uma velha qualquer! Costumo me levantar cedo e fazer uma longa caminhada. É praticamente a única vez que saio do meu quarto. Gosto de andar quando não tem muita gente na rua. Eu não estou muito bem, sabe? Artrite... Dor na lombar... E não enxergo tão bem! Não gosto muito de gente! Gosto de caminhar quando não tem ninguém por perto. Mas estive pensando... desde o que aconteceu hoje de manhã... talvez eu não devesse andar onde não tem muita gente. Pode ter alguém como aquele assassino escondido nas sombras. Talvez eu devesse sempre caminhar onde tem muitas pessoas.

NOTICIÁRIO: Ao que parece, havia uma quantidade considerável de pessoas nesta rua hoje de manhã... e, mesmo assim, essa tragédia aconteceu.

TOM: Ela é uma mulher idosa, o que poderia ter feito contra um brutamontes como aquele?

NOTICIÁRIO: E você parece ser um jovem robusto!

TOM: Sou motorista de caminhão. Da frota da Acme Truck Lines. Fica a quatro quarteirões daqui.

NOTICIÁRIO: O homem era maior que você?

TOM: Diabos, eu não prestei muita atenção. Não acho que fosse. Mas vou lhe dizer uma coisa, moço. Um sujeito maluco como aquele, brandindo uma faca, vira o monstro mais alto do mundo. Eu sou um motorista de caminhão. O que eu faria para ganhar a vida se uma das minhas mãos fosse esfaqueada e se tornasse inútil? Você não conhece nenhum motorista de caminhão com apenas uma das mãos, conhece? Não mesmo... Acho que se uma pessoa está para morrer, isso é problema dela... o problema é só dela e não posso me intrometer.

Eu nem sou casado ainda. Tenho toda a minha vida para viver. Não posso enfrentar um cretino com uma faca e correr o risco de perder a minha vida. Não, senhor... vou manter esse sangue correndo nas veias o máximo que puder. O mundo já está cheio de problemas, aí as pessoas se envolvem e acabam se metendo em mais problemas.

LAURA: Eu li nos jornais que nem mesmo os médicos costumam acudir pessoas que sofreram um acidente. Eles não fazem nada no meio da estrada, porque se o paciente morrer por causa de algo que um médico tiver feito ali, então esse médico é processado e podem pegar todo o dinheiro dele, e o carro e a casa... Podem acabar com ele, tirá-lo de sua profissão, por ter parado para ajudar alguém... por ter se envolvido.

NOTICIÁRIO: Você está dizendo que ninguém deveria se envolver?

LAURA: Ei, eu não falei bem isso.

NOTICIÁRIO: Mas você não se envolveu!

LAURA: Eu tenho um bebê de pouco mais de um ano de idade. O que ele faria sem a mãe? Aquele louco estava atrás de uma mulher, como a outra senhora disse... ele estava atrás de uma mulher. Talvez uma só mulher não fosse suficiente para ele. Havia muitas outras pessoas por perto em uma posição melhor do que a minha para fazer alguma coisa.

BOB: Eu só cheguei perto do fim... pouco antes de ele tirar a garota da cabine telefônica e dar as últimas três facadas nela. Simplesmente não conseguia acreditar no que estava vendo. Fiquei atordoado. Acho que estava à beira de um choque. Vi coisas parecidas na guerra, mas com certeza nunca imaginei que veria essas coisas acontecendo aqui nas ruas da cidade. Isso não é natural! Quem poderia esperar acordar às cinco e meia da manhã, sair para o trabalho e se deparar com uma cena dessas? Era como se estivessem atuando... talvez como uma cena de um filme sendo rodada. Só que não havia nenhuma câmera. Mas às vezes eles têm câmeras escondidas para que as pessoas nas ruas não saibam que estão sendo filmadas. Isso faz a cena parecer mais real. Agora, quem pode me garantir que algo do tipo não estava acontecendo naquele momento? Ninguém sai de uma cabine telefônica todo ensanguentado daquele jeito. Ninguém é puxado de uma cabine telefônica e esfaqueado.

Não é normal uma pessoa desabar na rua e ficar lá, morta daquele jeito... bem ali, em meio ao próprio sangue. Estou dizendo que fiquei atordoado... chocado, sem nem conseguir me mexer por um tempão depois que ele passou correndo por mim e me empurrou para trás. Ele desceu a rua correndo com aquela faca ainda pingando sangue.

NOTICIÁRIO: O homem estava usando uma máscara, como algumas outras pessoas disseram que estava?

BOB: Caramba, não sei o que ele estava usando. Tudo o que vi foi aquela faca enorme pingando sangue, e ele nem precisou me pedir para sair do caminho... Eu simplesmente saí, isso é tudo.

DICK: Com certeza foi espantoso como aquela coisinha frágil continuava se levantando da calçada. Ele a alcançava, então cravava aquela faca e ela caía, e, em seguida, quando você se dava conta, lá estava ela de pé novamente e tentando correr, mas um tanto cambaleante, até ele a alcançar de novo. E então a faca afundava na carne dela... e toda vez ela caía... e a cada vez que se levantava, seus movimentos ficavam mais lentos.

Ela parecia estar tentando encontrar uma moeda para usar o telefone quando chegou à cabine. Não estava levando nenhuma bolsa, mas suas mãos continuavam subindo e descendo pela lateral da saia, e então ela tirou o fone do gancho, e a outra mão continuou procurando por algo... talvez um bolso na saia ou algo assim.

O sujeito puxou a cabeça dela para trás e lhe cortou a garganta. Mas acho que não foi profundo o suficiente para matá-la de imediato, porque ela ainda estava em pé quando saiu da cabine telefônica... bem, quase em pé. Mas ela não podia mais gritar, porque toda vez que abria a boca parecia estar mais ofegante e desesperada por ar, e tudo o que saía dela eram umas bolas enormes de sangue.

Não, senhor! Ela não morreu fácil, aquela mulherzinha. Ela lutou pela vida o tempo todo. Acho que nunca vou esquecer aquele olhar moribundo, quando ela me encarou enquanto ainda estava correndo. Os olhos arregalados, suplicantes e apavorados, como se ela estivesse sentindo dor por toda parte. Ela olhou assim para muita gente ao redor. As pessoas parecem mesmo engraçadas... acho que engraçadas não é a palavra... estranhas seria mais adequado. As pessoas parecem estranhas quando estão morrendo desse jeito.

NOTICIÁRIO: Eu queria saber quem ligou para a polícia.

MARTY: Com certeza não foi ninguém por aqui. Ninguém ia passar por cima daquele corpo morto e entrar na cabine telefônica. Você não pode tocar em nada desse tipo quando tem alguma vítima por perto. Eu li isso no jornal uma vez.

JEAN: Ela estava fazendo um barulho capaz de acordar os mortos. Alguém deve ter ouvido.

NOTICIÁRIO: Você quer dizer que alguém se envolveu?

JEAN: Os policiais chegaram aqui, não?

NOTICIÁRIO: Você quer dizer depois que ela havia morrido?

TOM: Que inferno... Ela já estava praticamente morta desde a primeira vez que ele enfiou a faca no peito dela... como disse o homem da loja de bebidas. Era uma faca enorme. Com certeza deve ter cortado as entranhas. Ela pode ter continuado a correr por um longo tempo, mas é certo que estava morta.

MARY: O pessoal idoso como eu não resiste e precisa olhar essas coisas. Nunca se sabe quando o bom Deus vai colocar o dedo em um ombro velho como o meu. Foi tudo muito sangrento. Eu tive até que desviar o olhar.

POLOSKY: O meu marido fechou a cafeteria pelo resto do dia. Ninguém vai querer comer lá hoje... não na frente de onde esse tipo de coisa aconteceu. Aposto que vai levar uma semana ou mais até que alguém queira comer na cafeteria do meu marido. Às vezes, as pessoas simplesmente não têm consideração pelos outros.

HARRY: Pois é... E aposto que aquele cara escapou. Alguém deveria fazer algo em relação a essas coisas. Deveria haver alguma maneira de proteger as pessoas inocentes nessas ruas péssimas da cidade hoje em dia. Estou dizendo, alguém tem que fazer alguma coisa.

JIM: O terrível é que um cara assim poderia fazer o mesmo com qualquer um de nós.

NOTICIÁRIO: Nesse caso, você realmente estaria envolvido, não é?

JIM: O que isso quer dizer?

NOTICIÁRIO: Uma mulher morreu aqui na rua esta manhã... teve uma morte horrível e brutal... e nenhum de vocês se envolveu.

HARRY: Nós temos nossa própria vida para viver.

NOTICIÁRIO: Até que, talvez, como aconteceu com Penny Carlyle... essa vida seja tirada de você.

JEAN: Diabos... Talvez ela fosse uma vagabunda, e provou do próprio veneno. Sim... talvez fosse isso. Afinal, eram apenas seis e meia da manhã e lá estava ela na loja comprando bebida... Que tipo de mulher compra bebida àquela hora da manhã?

NOTICIÁRIO: Eu só me pergunto se algum de vocês vai conseguir dormir esta noite, sabendo que ninguém sequer levantou um dedo para ajudar aquela pobre moça.

NORM: Isso não é justo. Se alguém tivesse se mexido primeiro, eu com certeza estaria lá para ajudar.

NOTICIÁRIO: Claro, claro. Compreendo. Certo.

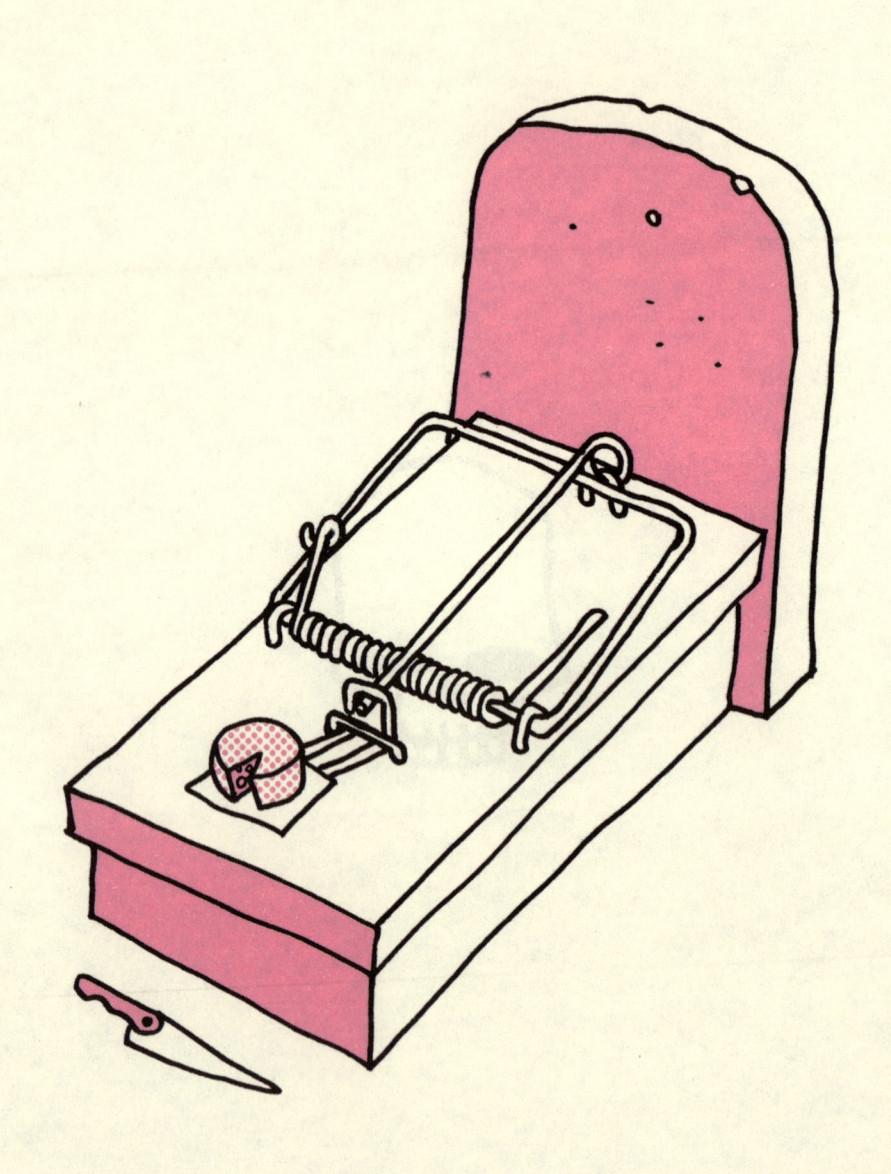

CONTOS & DELÍRIOS

NO SOLITÁRIO PEDREGOSO

1972

Quando ele era muito jovem, quase morria de medo quando tinha que passar diante do cemitério, especialmente à noite. Mas não havia nada que pudesse fazer em relação a isso. O cemitério ficava bem ao lado da estrada e se estendia por mais de um quilômetro. Ele tinha que passar por ali duas vezes ao dia: a caminho da escola e quando voltava para casa, no final da tarde. Os meses de inverno eram os piores porque, quando seus passos chegavam àquela área desolada, as sombras da noite já estavam caindo com intensidade.

Sombras profundas se espalhavam pelo chão. Cada uma das lápides de pedra e monumentos assumia uma atmosfera nova e misteriosa. E não importava quantas vezes ele passasse pela área, as sombras provocavam uma visão diferente — elas nunca eram as mesmas, assim como a própria vida, que dia após dia se transformava, sempre mudando em um aspecto ou em outro, assim eram as sombras das lápides... como se estivessem vivendo uma vida — talvez uma morte — só delas... como se os ocupantes abaixo do torrão de relva não encarassem a morte como algo definitivo.

Hector Jacobson reconhecia o medo nas raízes dos cabelos que se arrepiavam no couro cabeludo e nas pontadas que sentia nas solas dos pés, enquanto pisavam com força na estrada de terra. Ele pisoteava fundo porque queria ouvir algum som... um som que ele mesmo produzisse... e não o ruído da noite escurecida nem aquele vindo das entranhas do cemitério. Os grilos... estes eram os piores, cricrilando como se tivessem algum motivo para estarem felizes... Talvez soubessem algo que ele não sabia.

Mas o barulho sempre parava quando ele batia com os pés no chão ao caminhar. Mas, assim que ele se detinha, os grilos e outros ruídos noturnos do cemitério retomavam a atividade.

Os galhos sombrios, agitados pelo vento suave, eram para ele como mãos esqueléticas em forma de garras, sempre estendidas para agarrá-lo pela garganta. Ele andava bem no meio da velha estrada de terra porque, assim, aquelas garras não podiam se esticar o suficiente para pegá-lo. Mas seus olhos corriam continuamente de um lado para o outro.

Por algum tempo, quando descobriu que tinha de passar pelo cemitério, ele tentou correr. Mas nunca conseguia fazer todo o percurso correndo. Sempre parava depois de cerca de um quarto do caminho, sem fôlego e a ponto de cair... quando caía, não conseguia se levantar até que a respiração voltasse ao normal. E, por todo esse tempo, ele ficava deitado, desamparado no chão... nesses momentos, qualquer um dos fantasmas e carniçais do cemitério poderia levá-lo, e então devorá-lo.

Assim, ele aprendeu a não correr, mas a dar passos lentos e comedidos para onde quer que estivesse indo. Dessa forma, poupava o fôlego, e seus olhos podiam observar qualquer objeto em movimento... e, porque o fôlego fora poupado, sabia que estaria pronto para correr caso surgisse a necessidade.

Teve uma ocasião em que, de fato, essa necessidade surgiu, em uma das noites mais escuras do inverno. Os passos calculados o levavam vagarosamente ao longo da estrada quando aquela coisa — grande e preta — passou correndo diante dele. No mesmo instante, ele soube que o Ceifador finalmente o havia escolhido. Mas ele não iria correr para aqueles braços esqueléticos se pudesse evitar. Daria meia-volta e retornaria veloz por onde tinha vindo. Mas não conseguia mover os pés, pesados feito chumbo. Eles se mantinham firmes no mesmo lugar, e seus olhos também se agarravam ao ponto no qual havia visto a aparição... correndo para o mato... para as profundezas e rumo às entranhas do cemitério propriamente dito.

O que foi aquilo que ele enfrentou nas proximidades do cemitério depois de escurecer, depois que o último dos raios de sol tinha caído atrás das árvores da floresta adiante? O que foi aquilo que deixou suas pernas moles como água e seus pés petrificados? O que será que fez sua testa suar, os lábios secarem e os olhos se arregalarem quase para fora das órbitas?

Mas o Ceifador não o pegou. Devia estar atrás de outra alma. Hector sabia que a velha Kanthru havia sido enterrada no cemitério naquela manhã. Ele tinha ouvido falar sobre isso no vilarejo e tinha visto a procissão fúnebre entrar no cemitério de manhã, quando caminhava para a escola. Talvez o Ceifador não tivesse levado a alma da velha antes que o corpo dela fosse colocado debaixo da terra, e finalmente viera buscá-la. Ele tinha ouvido dizer que o Ceifador não recolhia muitas almas durante as horas do dia. Seu trabalho era feito principalmente à noite e ele era um sujeito bastante ocupado... havia muitos velhos morrendo por ali o tempo todo. Hector supôs que nem mesmo o Ceifador poderia estar em uma dúzia de lugares ao mesmo tempo.

Mas a velha Kanthru era praticamente a idosa mais rica e mesquinha de todo o estado. Ela seria alguém ideal para o Diabo ir buscar pessoalmente.

"Meu bom Deus", ele pensou, "será que era o Diabo indo atrás dela? Será que foi por isso que ele não se importou comigo? Quem sou eu, afinal? Apenas um garotinho sem um centavo no bolso. Por que raios ele perderia seu tempo comigo? Não, senhor! Ele está atrás daquela bruxa idosa, a velha Kanthru."

E suspirou aliviado, mas ainda demorou vários minutos para que seus pés se movessem, pesados, pressionando o chão, um na frente do outro. Contudo, logo deteve os passos. Naquele momento, percebeu que quanto mais silêncio fizesse ao passar pela área do cemitério, melhor seria. Ele não queria chamar a atenção de ninguém. Talvez o Diabo não gostasse que atrapalhassem seu trabalho. Afinal, a velha Kanthru estava sete palmos abaixo do chão. Isso era um bocado de terra para o Diabo atravessar. Ele certamente não iria querer ninguém observando o que estivesse fazendo. E se fosse o Ceifador ali, indo atrás de qualquer um, tampouco gostaria de ser visto.

Mas isso foi quando ele era muito jovem. Antes de se formar na escola. Foi antes de se tornar mais robusto, já em plena adolescência. Ele podia dar uma surra em qualquer cara na cidade, coisa que havia provado repetidas vezes. E não precisava trabalhar. Tinha caras que davam grana para ele só para não terem suas orelhas cortadas. Também gostava de andar por aí com uma grande faca, algo parecido com o que o Ceifador carregava, conforme ele vira em algumas imagens.

Ele gostava desse nome... Ceifador... e costumava usá-lo quase sempre que ameaçava os outros caras. "Você não quer deixar o Ceifador bravo, quer?" E deslizava a enorme lâmina em um de seus dedos... tirando um pouco do próprio sangue para mostrar que era capaz de qualquer coisa... para mostrar que não estava de brincadeira... que suas palavras e exigências eram definitivas... tão definitivas quanto o Ceifador.

Ele não tratava as garotas com muito mais respeito. Elas foram colocadas nesta terra para apenas uma coisa, da qual ele gostava... e era melhor que elas dessem para ele ou, como ele mesmo lhes dizia: "Você pode acabar perdendo um mamilo... Como acha que sua teta vai ficar, sem mamilo, embaixo de um suéter?".

E elas davam! Sem reclamar! E não saíam gritando "estupro" depois. Nem iam chorar para os pais ou pastores... O Ceifador exigia, e o Ceifador sempre conseguia o que queria... e ninguém se opunha a ele... ninguém era capaz de dizer quando e onde o Ceifador atacaria. Era melhor obedecer às exigências dele do que enfrentar sua ira.

Durante o dia, Hector ficava sentado por longas horas com seus amigos no cemitério... no "Solitário Pedregoso", como ele o chamava. Às vezes conversava com eles. Como não lhe respondiam, podia dizer qualquer coisa sem se preocupar em ser contestado. Ele nunca ia *sozinho* após o anoitecer, embora já tivesse estado lá em muitas noites. Era o seu lugar favorito... o lugar favorito do Ceifador quando queria ficar sozinho... invisível... com alguma das beldades que ele de repente desejava.

E era sempre para o túmulo da velha Kanthru que ele levava as garotas. Ela, a mulher idosa, permaneceu vívida em sua mente desde o primeiro encontro com o Diabo naquela noite, tantos anos atrás... há anos e anos, em sua época de juventude. Ela parecia ter sido uma espécie de ponto de virada em sua vida. Desde que o Diabo, ou o Ceifador, deixou de levá-lo naquela noite, ele sentia que tinha uma vida encantada e que os carniçais, os demônios e os fantasmas do cemitério eram seus amigos... de certa forma... tanto à luz do dia quanto à noite — mas somente se não estivesse sozinho.

Quando decidiu que não havia mais nada a temer no cemitério, começou a visitá-lo durante o dia, e nunca nada de assustador ou apavorante lhe aconteceu. Então, depois de dominar essa parte dos seus medos, ele tentou em apenas duas ocasiões ir até lá *sozinho*, à noite. Os ruídos e as sombras estavam ali, assim como todos os sons da noite, gelando-lhe o sangue e provocando arrepios em todo o corpo; apesar de gelado e trêmulo, o suor escorria e encharcava suas roupas... e cada sombra parecia vir em sua direção, para capturá-lo, para levá-lo rumo à grande escuridão do além-túmulo... Ele não era capaz de enfrentar seus *amigos* no Solitário Pedregoso à noite, *sozinho*.

A velha Kanthru tinha sido enterrada em um caixão de bronze com alças de prata e, assim como todos os outros sepultados no Solitário Pedregoso, tinha uma lápide, um monumento, uma recordação, uma laje de mármore. Era exatamente isso: uma laje de mármore. Mas não estava na posição vertical como a maioria dos outros monumentos. Encontrava-se deitada no chão, com seus dois metros de comprimento por um metro de largura... e a legenda de sua vida estava esculpida em letras góticas.

Tinha o nome dela... e a data de seu nascimento e a de sua morte; tinha 86 anos quando morreu. E ainda havia a outra parte da legenda, que dizia *"A VELHA BRUXA RICA"* e que não fora escrita por quem entalhou a lápide. Havia sido esculpida no mármore por um amador, alguém que parecia saber mais sobre ela do que os coveiros e seus assistentes e, inclusive, do que o homem que entalhara as palavras originais.

Hector sempre se orgulhou de suas habilidades manuais. Ele decidiu, em algum momento na adolescência, que se o Diabo podia se divertir com a velha, então ele também poderia. E, além disso, foi graças a ela que controlou seus temores do Solitário Pedregoso... à luz do dia... e no escuro, quando não estava sozinho... e aquela laje de mármore, tão perfeitamente colocada... tão reta... tão lisa no chão... era boa como qualquer outra cama dura para onde já tinha levado alguma garota. E ali tinha privacidade. Não havia ninguém que pudesse descobrir o que ele estava fazendo. E quando levava uma garota para lá, ela ficava assustada demais para sequer pensar em resistir às ordens dele.

A garota ficava estendida no mármore como se fosse um sacrifício humano, cumprindo as exigências do sumo sacerdote. Na laje fria, o Ceifador punha suas mãos nela, primeiro em cima do suéter ou blusa... e as mantinha ali pelo tempo que quisesse... até que ele estivesse cada vez mais acalorado. Em seguida, suas mãos desabotoavam o suéter ou a blusa, deixando à mostra os elegantes e delicados sutiãs que elas sempre usavam. As mocinhas de quem ele gostava sempre estavam de sutiã, pois a peça funcionava como uma espécie de treino para como seus seios ficariam anos mais tarde. Ele não lhes tirava o sutiã, apenas empurrava os seios para cima e, uma vez expostos, começava a rugir feito um animal ou um demônio e os atacava usando a língua, os lábios e os dentes.

Ele podia machucar sua vítima à vontade, e ela podia gritar tanto quanto conseguisse, que não haveria ninguém para ouvir ou perceber o que estava acontecendo. Eram apenas os gritos dos mortos do cemitério. Eram os gritos daquelas almas havia muito perdidas que retornavam à quietude da noite, vindos da prisão eterna que era a sombria escuridão do túmulo.

Ninguém jamais investigaria os gritos. Ninguém chegava perto do cemitério quando estava escuro... ninguém além do Diabo e do Ceifador, que estavam fora... sempre à noite... coletando as almas que desencarnaram durante o dia.

E ao meter na garota deitada sob ele — nem ao menos abaixava a calcinha... apenas afastava a parte da frente para lhe penetrar a entrada —, sabia que estava profanando aquela velha bruxa que jazia em seu caixão de bronze com alças de prata, sete palmos abaixo deles.

As garotas nunca gritavam por muito tempo. E ele, na verdade, não as machucava por tanto tempo assim. Não queria estragar a beleza delas, eram todas realmente umas beldades. Tinham que ser, senão ele não lhes teria dado uma segunda olhada. As outras... as feias, as gordas e as muito magricelas... eram como os cadáveres no cemitério... algo que não lhe dizia respeito, que apenas ficava ali para apodrecer e ser devorado pelas larvas. Elas eram lixo humano, e nem sequer o Diabo ou o Ceifador perderiam seu tempo com elas. Eram deixadas para os carniçais e para as outras criaturas rastejantes dos túmulos.

As garotas que ele deitava em cima da laje de mármore da velha Kanthru eram as mais bonitas, as mais sensuais, as mais exóticas em todo o estado. Como Hector — ele odiava esse nome! — era bonito e tinha um corpo atraente, quase não lhe dava trabalho encontrar as melhores garotas, e, nos termos de sua exigência fora do comum, ou exigências, conforme o caso, elas lhe entregavam seus corpos... uma vez, mas só uma vez... para nunca mais serem vistas por ele.

Hector sentia que tão logo tivesse explorado os recursos naturais de qualquer garota ao possuí-la, lhe teria tomado também a alma, transformando-a naquele momento em carne inútil... inútil como os mortos, inútil como a velha Kanthru lá embaixo no caixão de bronze com alças de prata... e ele não podia perder tempo com criaturas inúteis e sem alma. O Diabo e o Ceifador só visitavam cada corpo uma única vez... e, quando levavam sua alma, nunca retornavam. Hector sabia que esse era o caminho da vida e da morte, e que o Diabo e o Ceifador eram os mais poderosos entre todos os poderosos, portanto seguiria seus passos... e ele, de fato, os seguiu.

E então houve a noite em que ele levou Shirley Wilson, a bela ruiva de cardigã branco de angorá. Ele se deteve por um longo tempo com as mãos sobre a lã macia e fofa antes de abrir os botões e encontrar os seios nus por baixo... e quando a violentou selvagemente, o suor frio brotou de forma inesperada onde antes o fogo do corpo dele encontrara fervura.

Os sons do cemitério... os sons da noite, de súbito, se tornaram avassaladores. Ele ouviu as pancadas sob a laje de mármore e um ruído de arranhões, e os gritos da garota junto dele foram abafados pelos sons que vinham do caixão da velha Kanthru, embaixo da laje... Virou a cabeça de um lado para o outro, e as socadas na garota cessaram; os olhos dela, cheios de lágrimas e medo, ficaram ainda mais aterrorizados ao perceberem a expressão daquele homem insano que estava se desvencilhando dela.

Então Hector colocou ambas as mãos com força sobre as orelhas, tentando abafar os sons. Ele gritou, e sua voz interrompeu todos os barulhos da noite no cemitério... todos eles, exceto o arranhar e os gemidos sob a laje de mármore... O cemitério o havia dominado. O Ceifador estava por perto. Ele podia sentir a respiração quente em seu pescoço, e podia sentir o suor frio lhe encharcando o corpo, e os sons do túmulo o chamavam, e a velha Kanthru estava deitada no caixão, acenando com suas garras para que ele se juntasse a ela, os braços esqueléticos estendidos para acolhê-lo... Ela desejava o corpo dele, da mesma forma como ele possuía tantas garotas sobre sua laje de mármore.

Os pés de Hector já não pesavam como chumbo conforme eles acelerava em meio às lápides, monumentos e lajes, entre as árvores e o emaranhado de arbustos... E as garras das árvores ondulavam à brisa leve e cada um de seus dedos o chamava... tentando agarrá-lo... rasgando-lhe as roupas do corpo até deixá-lo nu... e aquelas garras pontiagudas... os ossos da eternidade se entrelaçaram em seu pescoço, até que os olhos saltassem das órbitas e a língua pendesse na lateral de sua boca, e, então, o peso esmagador dos séculos dos mortos lhe espremeu a vida do peito, aonde nenhum ar chegou por um longo instante.

POUSADA DO PRAZER

1971

A casa deixava muito a desejar em termos de aparência, a menos que um estúdio cinematográfico quisesse fazer um filme de terror ali. Além disso, a estrutura decadente seria, normalmente, um empecilho para os visitantes. No entanto, o simpático rapaz e a moça adorável ficaram parados ao lado do Cadillac conversível vermelho, olhando para aquela estrutura por um longo momento antes de enfrentarem os treze degraus até a varanda da frente. Em seguida, o homem pegou a aldrava — uma grande aldrava de ferro, bastante enferrujada — e bateu-a com força na madeira grossa da porta.

Não houve resposta, então o som se repetiu, e novamente não houve resposta; em seguida, a garota, Shirley, agarrou a maçaneta da porta e abriu-a devagar. Eles entraram por um longo corredor que combinava com os malfadados luxos do lado de fora.

"Vamos, Danny, eu sei que estão nos esperando."

"Ah, sim", murmurou o rapaz. "Não acho que deveríamos estar fazendo isso. Os tiras podem considerar invasão de domicílio."

"Às vezes, acho que você parece uma velhota, mais até do que a minha mãe."

"Eu só não gosto de pensar em ir para a cadeia."

"Nós fomos convidados."

"Então onde está a pessoa que convidou...?"

"Ah, fique quieto e feche a porta."

Ele se virou para fechar a porta. "A qualquer momento o Béla Lugosi vai surgir vestido de Drácula."

Shirley pegou-o pelo braço e, enquanto atravessavam um labirinto de teias de aranha, de repente se viram diante de uma série de cortinas de veludo de um roxo profundo. Danny, então, deu de ombros e as arrastou para o lado, entrando em uma sala semiescura, iluminada apenas por grossas velas em suportes altos. A sala era inteiramente vermelha, exceto por um pequeno altar cerimonial preto sobre o qual estavam pousados cálices dourados, bem em frente a um caixão de bronze maciço.

"Agora eu sei que o Drácula vai aparecer." Ele olhou diretamente para a garota. "Em que inferno você me meteu?"

"E meti *a mim mesma*!", ela estremeceu.

Eles poderiam continuar falando um com o outro, mas foram interrompidos por uma voz que vinha da escuridão atrás do caixão. "Vocês são Danny e Shirley Carpenter?" Os dois se viraram imediatamente na direção de onde a voz havia soado, e foram surpreendidos por uma bonita ruiva vestida apenas com uma camisola curta, vermelha com detalhes pretos, que avançou para a luz na frente deles. "Eu sou Tanya."

"Ela é a Tanya."

"Fique quieto." Então ela se virou para Tanya. "Somos os Carpenter."

"Vocês são aguardados. Mas Madame Heles não recebe visitas antes que a meia-noite chegue até nós."

"Lá vem aquele maldito clima de Drácula de novo."

Tanya olhou para o jovem desdenhoso, mas manteve o tom solene: "Vamos tentar tornar a sua estadia confortável pelos próximos dois dias".

"Estamos muito ansiosos para conhecer Madame Heles", sorriu Shirley.

A mudança de ritmo na fala de Tanya foi enfática: "A maioria fica ansiosa! Mas isso não pode acontecer antes da meia-noite. Vocês serão chamados então".

Danny deu um tapinha em seu relógio de pulso. "Que inferno! São só duas e meia da tarde. O que diabos vamos fazer nesse meio-tempo?"

"Um quarto foi preparado para vocês. Venham!" A garota de vermelho se colocou entre eles e, depois de passar pelas cortinas de veludo, os conduziu por outro labirinto de corredores e, por fim, através de uma porta tão robusta quanto a que havia na entrada da casa. Mas o quarto ao qual foram levados desmentia todo o resto da casa. Era totalmente dourado, incluindo a cama, coberta com uma colcha de pele dourada. Danny teve que assobiar. E Tanya avaliou o quarto com um aceno de mão. "Acredito que vocês o acharão confortável."

Shirley ficou impressionada com o lugar. "Nem mesmo o nosso próprio quarto em casa é tão adorável quanto este."

"Madame Heles acredita que seus convidados devem estar confortáveis em todos os momentos. Vocês terão criados para atendê-los. Tudo o que precisam fazer é tocar este cacete." Então ela ergueu um enorme consolo e apertou os dois pequenos sacos que eram réplicas de testículos. Um estranho guincho foi emitido.

Tanya recolocou o cacete em seu lugar ao lado da cama e se virou para a porta. "Nos vemos à meia-noite, então." E não esperou nenhuma resposta — em um piscar de olhos, havia desaparecido do quarto.

Shirley foi até a cama e pegou uma camisola rosa com uma das mãos, e, com a outra, uma calça vermelha de pijama. Jogou a calça na direção de Danny. "Eles até fornecem a vestimenta necessária. Pelo menos eu acho que deve ser a vestimenta necessária."

"Não gosto nem um pouco desta situação", reclamou Danny enquanto começava a tirar suas roupas.

"Admito que é um lugar estranho. Mas coisas estranhas atraem situações estranhas." Ela tirou o suéter por sobre a cabeça. Tirou o restante da roupa e a colocou devidamente dobrada sobre um banquinho e, em seguida, vestiu a camisola rosa que mal escondia seu corpo voluptuoso.

"Essa é a parte que me incomoda. E o que vai acontecer se descobrirem que não somos realmente casados?" Ele enfiou a calça do pijama e tirou suas roupas de cima da cama, onde as tinha colocado, e as jogou em uma pilha no chão.

"Não vão ficar sabendo se você não contar. Além disso, não vai ter casamento se você não aprender tudo que é necessário para fazer uma mulher feliz na cama."

"Nunca tive nenhuma reclamação antes de você aparecer."

"Mas também nunca pediu para casar com nenhuma outra." Então ela o ignorou por completo enquanto testava a suavidade extrema da cama.

Os olhos de Danny brilharam. "Parece convidativo."

"Você não saberia o que fazer com isso nem se tentasse."

"Gostaria que você parasse de insultar a minha *masculinidade*!"

"Masculinidade... Rá! É por isso que estamos aqui... para você arranjar uma *masculinidade*!"

"Com uma bruxa... Que besteira!"

Shirley se virou para ele, o fogo queimando em seus olhos. "Madame Heles não é bruxa. Ela é uma *necromante*."

"O que para mim quer dizer bruxa... B-R-U-X-A... O que raios faz você acreditar que tal criatura pode fazer qualquer coisa por mim?"

"É melhor que ela possa, Danny, porque é a sua última oportunidade." Shirley falou essas palavras de maneira muito determinada. "Se você não for capaz de me satisfazer quando formos embora daqui... eu vou seguir o meu caminho, e você pode continuar com a sua vida MOLENGA."

"Ahhh, querida, não diga isso."

"Estou falando sério. Não vou passar a vida amando um homem que não é capaz de me satisfazer sexualmente. Os *necromantes* têm poções e todo tipo de coisas que podem ajudar você."

"Você quer dizer droga? Eu não tomo drogas!"

"A única droga por aqui é você! Vai fazer o que eu disser, senão vou embora agora mesmo. E isso significa que vou largar você em definitivo desta vez."

"Não... não... fique." Ele enfraqueceu. "Vou até o final com isso. Eu prometi, e vou cumprir minha promessa. Mas... mas... venha se deitar ao meu lado. Vamos tentar mais uma vez... só para... dar sorte."

Shirley ficou olhando-o em silêncio por um longo momento, depois se estendeu sobre os pelos dourados da colcha. Ergueu a camisola bem alto em volta do pescoço. Seu corpo nu e sua região pubiana piscaram para ele. Danny logo tirou a calça vermelha do pijama e se deitou em cima de Shirley. Desejava muito o corpo dela, mas, embora o espírito estivesse pronto, a carne era fraca.

Enquanto isso, Tanya caminhava pelos corredores, e mais uma vez parou diante do caixão de bronze. Um gemido suave veio do interior dele, e Tanya se ajoelhou em frente ao altar. Murmurou algumas frases de oração, depois olhou direto para o ataúde, para onde dirigiu suas palavras. "Eles são como você suspeitava... *NÃO SÃO CASADOS*. São perfeitos para o nosso propósito." Ela se levantou e caminhou de volta aos corredores.

Shirley, que havia ficado por cima, enfim rolou na cama para longe de Danny. Estava cansada, exausta pelo esforço gasto e completamente decepcionada. Ela se deitou de costas, com as mãos atrás da cabeça, e não voltou a olhar para o companheiro. "Olha só como você me deixa em êxtase... seria melhor ficar vendo televisão em vez disso, daria na mesma."

"Você simplesmente não dá *duro* o bastante", ele resmungou.

"*DURO*", ela esbravejou. "Esse é o seu problema!" Ela bateu com as pernas na cama e deixou a camisola cair de volta no lugar. "Ohhhh, eu vou dar uma olhada por aí."

Danny apenas virou a cabeça de leve para encará-la. "Talvez a sua Madame Heles não goste que você perambule sozinha pela casa dela."

"Ela vai gostar do nosso dinheiro... e não vai me causar nenhum problema." Ela levantou a borda da colcha de pelos, que estava caída no chão, e jogou-a sobre a cabeça dele. "Brinque um pouco com isso." Então saiu do quarto e seguiu pelo mesmo caminho que Tanya havia tomado anteriormente, enquanto Danny encarava a parede.

Shirley ficou perambulando pelo corredor. Era longo, cheirava a mofo e em diferentes pontos se bifurcava em direções distintas. Na verdade, ela não sabia que caminho queria seguir. Todos eles eram bons, exceto aquele por onde ela havia vindo. Já conhecia o que havia lá, então por que perder tempo olhando para trás? Ela queria ver o que estava à frente. Era aventureira nessas horas, mas não no sexo. Ela se perguntou por quê, e ainda estava lá pensando nisso quando sentiu a mão macia em seu ombro.

"Eu me chamo Barb."

"Meu Deus, você me assustou!", disse Shirley, quando voltou a respirar aliviada.

"Não tenha medo", disse a adorável garota de cabelos castanhos. "Também sou uma das detentas."

"Detentas?"

"Sim. Você sabe... como quando você está em algum lugar e não pode sair." Então ela deslizou as mãos para a cintura de Shirley e a puxou para perto. Seus olhos se encontraram. Barb era fascinante, e Shirley estava fascinada.

Por um breve momento, Shirley sentiu que deveria se desvencilhar daquele leve apertão, mas os olhos da adorável garota lhe diziam para ficar... havia mais por vir. "Devo dizer que você é bonita", murmurou a garota. Em seguida, colocou uma das mãos na nuca de Shirley e, delicadamente, a puxou para a frente até que seus lábios se encontrassem. Houve uma breve relutância da parte de Shirley, mas o beijo era agradável e, quando as línguas se tocaram, Shirley mergulhou na sensação. Ela não se conteve, e esticou os braços em volta do pescoço e da cintura da moça. Também não conseguiu se conter quando a própria língua em ebulição por fim aceitou completamente a outra. E não pôde evitar o leve gemido de prazer que escapou de seus lábios, nem foi capaz de impedir a morna contração que invadiu sua região púbica.

Barb se afastou apenas o suficiente. Seus lábios estavam a poucos centímetros da boca de Shirley. Os hálitos quentes se misturavam. "Parece que você gosta disso!"

Shirley manteve o olhar espantado, mas fascinado.

"Aconteceu alguma coisa comigo."

"Com certeza isso aqui não foi como... Danny."

"Você conhece meu marido?"

"Seu amante, você quer dizer."

"Você sabe?"

"Que você e Danny não são casados?" Ela assentiu. "Danny será bem tratado... assim como você. Quando sair do estabelecimento de Madame Heles para os desinformados em sexualidade erótica, você se sentirá como se antes não tivesse estado viva. Venha para o meu quarto, como a prostituta diz para o cliente!" Com delicadeza, ela pegou a mão de Shirley e a levou para um encantador quarto azul, deitou-a na cama e ergueu a camisola rosa para deixar a deliciosa pombinha rosada totalmente à vista.

"Eu me sinto tão estranha." As pernas de Shirley se contraíram quase ao mesmo tempo.

"Era de se esperar. Você gosta de mim?"

Shirley sentia calor por todo o corpo. "Muito."

"Então confie em mim... coloque seu corpo e sua alma em minhas mãos." Ela começou a abaixar a cabeça, o rosto, os lábios, para aquele lugar entre as coxas de Shirley.

"Nunca me senti assim antes", Shirley quase ronronou.

"É apenas o começo... apenas o começo, minha querida." Então ela não conseguiu mais falar. Havia apenas os ruídos que seus lábios faziam, e os suaves murmúrios de prazer de Shirley.

Tanya se afastou do desnudo Danny. Estava enojada. Foi a primeira vez em toda a sua carreira que ela foi incapaz de excitar um homem.

Mas ela não queria insultá-lo. "Há aqueles que demoram um pouco mais para encontrar satisfação através da linguagem universal."

"E o que diabos é essa linguagem universal?"

"Sexo!!! Alguns querem demais... outros muito pouco." Em seguida ouviu-se o som de um tremendo gongo, que pareceu sacudir toda a casa.

"O que foi isso agora?"

"Venha! Está na hora! Não podemos deixar Madame Heles esperando. É ela quem está chamando."

Tanya o pegou pelo braço e, alguns momentos depois, ambos se juntaram a Barb e Shirley, que estavam esperando na sala do caixão. Ao se deparar com Shirley ali, Danny colocou as mãos nos quadris e recebeu um olhar determinado como resposta. "E então, onde você estava?", ele rosnou.

"Eu pergunto o mesmo."

"Tive momentos maravilhosos."

Shirley olhou para Tanya. "Teve mesmo?!"

Tanya fitou o caixão. "Aguardamos sua presença, ó Madame Heles."

Danny aproximou-se de Shirley e sussurrou: "Posso até ter os meus problemas, mas não sei qual é a desse pessoal".

A tampa do caixão se abriu devagar. O medo tomou conta de Danny e Shirley, mas logo foi dissipado. Aquela mulher podia ser uma beldade, mas era impossível saber ao certo por causa da maquiagem extremamente pesada que tinha no rosto. Ela podia estar viva, mas também podia estar morta. No entanto, a mortalha preta transparente não deixava dúvida quanto ao corpo estupendo e exótico que ela possuía. A mulher olhou na direção do grupo, e todos sentiram algo como um clarão de relâmpagos e um estalar de trovões enquanto ela falava.

"Como eles se saíram?"

"Shirley foi excepcional em sua aceitação."

"Então, daqui em diante, ela pode ser considerada uma entidade no mundo do sexo."

Barb sorriu para Shirley. "Você se formou."

Danny olhou com raiva para todos na sala. "E quanto a mim?"

Tanya olhou dele para o caixão. Ela apontou os polegares para baixo. "Nenhum sentimento! Nada! Completamente incapaz de aceitar estímulos sexuais."

"Então ele precisa dos serviços pessoais de Madame Heles." Ela bateu palmas e dois homens robustos entraram na sala e agarraram os braços de Danny. Tanya estendeu as mãos e arrancou dele a calça vermelha do pijama de náilon.

"Ei... o que diabos está acontecendo aqui? O que estão fazendo comigo?" Os gritos atingiram níveis de pânico quando os homens o levaram à força em direção ao caixão, enquanto Madame Heles voltava a se deitar. Os protestos se tornaram ainda mais frenéticos quando o levantaram e o colocaram dentro do caixão com sua ocupante que mais parecia um cadáver. "Não. Não... Pelo amor de Deus, não! Vou pirar! Não me coloquem nessa coisa, senão vou surtar... Vou enlouquecer." Os dedos feito garras passaram por seu cabelo e os braços ossudos o agarraram firme, puxando-o para baixo até que seus lábios, que ainda gritavam, tocassem os dela, vermelhos como o sangue; em seguida, os dois homens fecharam a tampa do caixão sobre os gritos já sufocados. Quando a tampa estava firmemente trancada, ouviam-se apenas os gritos abafados, que soavam como se viessem de muito longe. Shirley olhou de uma garota para a outra com seus olhos arregalados. Barb, no entanto, colocou uma das mãos de maneira reconfortante em seu braço e sorriu para assegurá-la de que tudo ficaria bem.

Então os gritos se tornaram soluços... depois os soluços viraram gemidos... e, por fim, gemidos de prazer... e vieram os gritos de satisfação... seguidos por outros de puro contentamento, vindos lá de dentro do caixão, e, ao longe, era possível ouvir Danny gritar... "Meu Deus... Meu bom Deus... Ela conseguiu... Por Deus, ela conseguiu! Sou um homem... Sou um homem... finalmente sou um homem!"

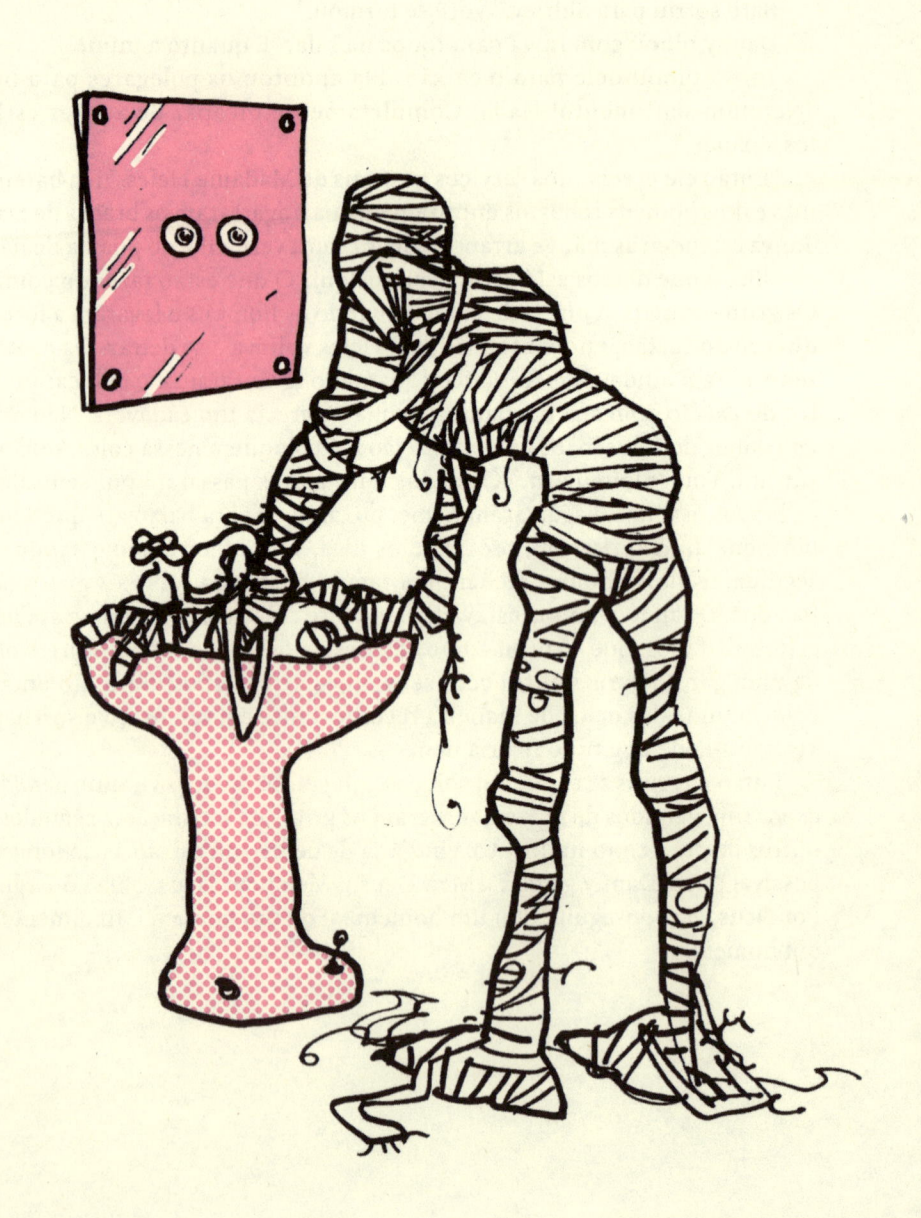

A VOLTA DA MÚMIA

1971

Do céu coberto de nuvens... Muito além das montanhas cobertas de neve... Longe do rugido do oceano, onde o sol castiga as areias do deserto e as pirâmides se aninham perto da Esfinge sempre alerta, jaz a Tumba do Faraó.

Três mil anos se passaram desde que fui colocado aqui na minha tumba, onde deveria permanecer para sempre. Agora, os infiéis rasgam as areias... as areias do tempo sem fim...

Eles arrombam as grandes portas da minha tumba...

Adentram a cripta, a mesma do Meu descanso final.

Eu posso ouvi-los. Um homem jovem! Sua voz é firme... forte. Um homem mais velho; sua voz reflete sabedoria. Há uma terceira voz. A de uma jovem mulher. E soa carregada de entusiasmo conforme contempla o que os demais estão vendo...

Visões não testemunhadas por olhos humanos desde antes das grandes pirâmides!

E então a voz dela dá um grito agudo e alarmado...

Algo havia caído e lhe causara espanto.

O homem mais velho comenta sobre um crânio que despencou de uma grande pilha de ossos. Foi o crânio do meu Sumo Sacerdote Talau — aquele que morreu para atravessar o Rio dos Mortos comigo e interceder a Meu favor na Terra dos Mortos.

Morreu em vão.

A pilha de ossos... Os guardas da corte, que morreram para proteger Minha Pessoa Real na Terra dos Mortos, assim como Me protegeram tão bravamente no mundo dos vivos.

Morreram em vão.

Alguns deles receberam ordens para matar os outros com suas lanças... e esses outros, por sua vez, receberam ordens para matar os anteriores com suas lanças... e assim por diante, até restar somente um, que sufocaria quando o ar acabasse. Mas este último não deixou a Terra dos Mortais dessa maneira. O Deus do Fogo, queimando ferozmente em uma urna tombada, envolveu-o primeiro, enquanto ele se contorcia no chão da tumba.

O homem mais velho tentou recolocar o crânio de Talau na pilha de ossos. Mas o som ruidoso que fez ao cair no chão da minha tumba me diz que aquilo não permanecerá onde o ancião o colocou.

O Sumo Sacerdote Talau está furioso.

A moça encontrou um colar com um pingente em volta dos ossos carbonizados do pescoço de um soldado comum...

É o selo do Faraó... roubado da minha pessoa por Rukari, um guarda do Sumo Sacerdote Talau... Rukari... um soldado de confiança... Rukari... O último homem que viveu neste... túmulo Meu...

Eles conhecem seu valor histórico — mas pouco sabem acerca do verdadeiro valor que tem para Mim. O ancião é um homem muito sábio. Ele percebe que o selo deve ter sido roubado de um grande faraó por esse reles soldado.

Eu preciso atraí-los até o Meu sarcófago.

Tudo ficou muito claro para Mim agora.

Ficou claro o motivo, através de todos esses séculos passados, pelo qual nada vi do Rio dos Mortos — nada além de escuridão profunda e sonhos conturbados em um sono sombrio. Sem Meu colar oficial, Meu selo, que Rukari me havia roubado, não pude entrar no Reino dos Governantes, onde passaria a eternidade.

Condenado à não vida, à não morte...

Se pudesse escolher agora — o que eu escolheria: a vida... ou a morte?

Logo eles abrirão a pesada tampa do meu sarcófago... mas, primeiro... outra coisa...

Eles precisam ver outra coisa...

Sinto a presença deles se aproximando de mim — esses infiéis que profanaram Minha Tumba... mais perto... mais perto... perto o suficiente para que o mais velho deles seja capaz de ler os hieróglifos no meu sarcófago.

É a maldição do Faraó...

Aquele que tiver penetrado ali — na Tumba do Faraó — permanecerá dentro dela *por uma eternidade* — até o fim interminável de todos os tempos.

Ouço a tampa exterior do meu sarcófago ser removida. Depois de todos esses séculos — só mais um pouco... o pingente...

A tampa foi removida. Eles são recebidos por um odor úmido e pútrido. Um raio de luz tenta, em vão, atravessar minhas pálpebras fechadas. A moça sufoca um grito. O rapaz está exultante com sua descoberta... Eu...

Eles comentam Meus esfarrapados invólucros fúnebres. Falam das excelentes condições em que Meu cadáver aparenta estar.

O homem mais velho remove das minhas mãos cruzadas um pergaminho enrolado. É um mapa que deveria orientar meu caminho através do Rio dos Mortos, através da Terra dos Mortos, rumo ao Palácio dos Faraós.

Três mil anos...

Meus olhos se abrem lentamente.

Sinto a dor da visão... da luz... de sentidos há muito não utilizados.

Eles estão em três. De costas para mim enquanto conferem o mapa com olhos ansiosos.

Três mil anos.

A moça tem cabelos dourados que pendem sobre os ombros — macios, muito lindos.

O que são esses estranhos instrumentos pendurados em seus quadris?

Armas, me atrevo a dizer... cuja natureza desconheço... Porém, não deixam de ser armas...

Armas podem destruir...

Por três mil anos...

Meus olhos estiveram fechados...

A última coisa que eles viram antes daquele sono profundo...

Armas de destruição!

A primeira coisa que vejo quando desperto novamente...

Armas... Armas de destruição.

Eu também posso ser uma arma... Ninguém pode Me fazer morrer de novo.

Aquela do longo cabelo dourado está gritando!

Matei o homem mais novo com um rápido golpe do meu braço. O velho recua contra a parede da Minha tumba. A arma que ele tem na mão se manifesta com tamanhos estrondos. Sinto inúmeras picadas de abelha... e nada mais...

O ancião morre com muito mais facilidade.

A do cabelo dourado apenas desaba no chão em um desmaio profundo.

Três mil anos!

...desde que olhei admirado as areias do deserto... e lá, lá fora, as areias se movem em toda a sua glória dourada.

Sim!

Lá estão elas — douradas, movendo-se —, as belas dunas de areia... as aparentemente infinitas extensões de areia.

Eu Me lembro de quando as pirâmides foram construídas. Os escravos carregaram aqueles imensos blocos de granito por centenas de quilômetros de areia até sua posição atual. Eram tremendas a perfeição e a beleza daqueles blocos feitos à mão...

O tempo e o clima não foram gentis com eles.

O leão da corte ainda guarda a tumba de Lynkah... e de Kantarir... e de todos os outros amigos que tive naquelas eras passadas.

O céu está lindamente azul agora, como eu me lembrava que era... Três mil anos atrás...

O sol arde com intensidade, refletindo na areia... o sol... o sol... o sol... mas ele se tornou uma tortura para a minha velha pele murcha...

Três mil anos...

...desde que o vento sussurrante, soprando suave em meio às palmeiras, refrescou minha face.

O que é aquele estranho pássaro, emitindo um ruído ainda mais estranho, que vejo agora nos céus...?

Parece que o pássaro é feito de alguma espécie de metal... Dispara fogo de quatro lugares embaixo de suas asas. Mas voa muito mais rápido do que qualquer outro pássaro de que eu possa me lembrar... e muito mais alto... Tem outro logo ali... e outro... outro ali... e ali... e ali... ali... ali... ali!

Um barulho... um barulho tremendo... Um estouro... Uma grande explosão de chamas... de novo e de novo... Um templo desaparece em uma nuvem de fumaça e fogo.

A Esfinge se foi...

E depois outro templo...

O que é essa loucura de destruição?

Uma força maior do que qualquer outra que já testemunhei.

Um som mais estrondoso do que qualquer outro que eu tenha ouvido antes.

O que são essas coisas?

Não são do Meu mundo.

O que é este mundo para o qual eu voltei?

Exceto pelas areias do deserto, não restou mais nada sobre a terra do Meu antigo Egito... e logo abaixo dela... na tumba... está o Meu mundo.

Seria isso a vida... ou seria a morte... mais uma vez?

Um último e demorado olhar pelo deserto...

E então o silêncio da Minha tumba novamente.

Muito mais revigorante...

Não havia nada que eu soubesse ou quisesse saber.

A do cabelo dourado permanece desmaiada. Ela continua segurando o selo do Faraó!

Uma vez mais, o selo está em Minha posse. Agora posso viajar com o Barqueiro e atravessar o Rio dos Mortos... e enfim... posso entrar na Terra dos Mortos.

Finalmente terei o meu lugar junto àqueles que partiram tanto tempo antes de mim...

Sim... Todos eles partiram antes...

Três mil anos... antes...

Não restou ninguém para me acompanhar em minha jornada com o Barqueiro pelo Rio dos Mortos, rumo à Terra dos Mortos... à Terra dos Faraós...

Um Faraó precisa de sua Rainha!

Por que a beldade de cabelos dourados grita tão alto, e por tanto tempo, e de forma tão dolorosa — tão aterrorizada quando Eu a trago junto a mim para as profundezas do nosso sarcófago?

Ela deveria estar muito orgulhosa de reinar ao meu lado na Terra dos Faraós...

...PELA ETERNIDADE...

NO MEU TÚMULO

1971

Ontem, meu amigo, eu morri!

Ninguém realmente gostava de mim; eu nunca tive bens materiais suficientes para comprar amigos... E sempre deixei muito a desejar em termos de personalidade.

Suponho que minha esposa tenha me amado.

Como alguém morre?

Morto! Defunto! Sem vida!

Então, como morrem os mortos?

Morto! Defunto! Sem vida!

Quando fiquei completamente mole, o meu coração interrompeu sua batida insistente. Foi o último movimento que senti. Eu os ouvi dizerem que estava morto! Terminado! Acabado!

Para o inferno com ele... e talvez seja para lá que ele esteja indo. Foi o que eles disseram. Para o inferno com ele! E talvez seja para onde estou indo.

Minha esposa não vai gostar nada disso, porque ela irá para o outro lado, tenho certeza.

Então, para onde vamos daqui?

Ela tem sido uma ótima companhia durante todos esses anos.

Eu me pergunto se ela vai interceder por mim.

Ela não está morta.

E daí?

Ela não está morta, mas eu estou.

Ela pode orar.

Namorar?

Orar!

Ela está fazendo exatamente isso!

Meu Deus do Céu...

Então, para onde vamos daqui?

Dizem que é um choque... morrer.

Não é. Pelo menos eu não achei.

No começo houve uma ligeira sensação de formigamento nos dedos dos pés, e esse formigamento logo se espalhou por todo o pé. Em seguida, os tornozelos ficaram um pouco sensíveis; pode-se até dizer dolorosos; mas a dor não durou muito.

Essa sensação estranha subiu para a panturrilha de cada uma das pernas. Meus joelhos ficaram fracos. Minhas coxas tornaram-se inúteis. Meu estômago perdeu toda a força em um grande suspiro e libertou as entranhas. O peito murchou. A garganta congestionou. Os braços ficaram flácidos. Meus olhos se fecharam e mergulharam em um sono profundo. Um sono do qual jamais despertaria.

Então, isso é a morte!

Foi somente ontem que comecei essa aventura pela terra do nunca.

Assustado?

Claro!

Nunca estive aqui antes. Não estava na lista de lugares que eu mais gostaria de visitar.

Suponho que devo atravessar o rio Estige, mas não vejo nenhum rio aqui. A bruma é abundante — o que me leva a acreditar que deve haver umidade em algum lugar por perto.

No entanto, não vejo nada.

Eu morri ontem...

Ela me ama. Ela está rezando. Deve ser para mim.

O que é essa coisa?

Uma cesta de vime — que me é absolutamente inútil.

Mas é a tradição.

Deveria ter sido ontem. Eles deveriam ter trazido essa coisa ontem — logo depois que morri.

Eu acho que esses *lugares* estão ocupados nesta época do ano — parece que a maioria das pessoas costuma morrer durante os meses quentes de verão.

Você vai ser cuidadoso quando me colocar nisso?

É estranho como são cuidadosos com você quando está morto! Sempre tão gentis... e com tantas lágrimas... com tanta cortesia.

E depois, o quê?

O agente funerário!

E depois, o quê?

Será que eu quero saber?

Eu quero saber!

Vou me arrepender!

Então, que eu me arrependa... não há quase nada que eu possa fazer agora.

Ouvi aquilo que foi sussurrado perto do meu ouvido, embora não quisesse ouvir. Não se deve questionar tais eventos, ainda que a questão não possa ser colocada em palavras.

Em seguida, puseram a tampa na cesta de vime... bem em cima de mim!

Posso não ser capaz de me mover, mas consigo enxergar através da trama larga da tampa de vime.

Talvez não seja tão ruim assim.

Não gosto deste beco. Nunca gostei quando estava vivo. E gosto ainda menos agora. Eu nunca passei por aí. Ele vai da rua da frente até os fundos da minha casa... da casa dela... mas eu nunca passei por ele... Provavelmente tem alguns vagabundos aí. Não consigo me mover e prefiro não ter que encará-los, já que não posso me defender.

Não tem nenhum!

A rua da frente está com um aspecto bom. Eu a conheço há muitos anos. Agora, pela última vez, a vejo de novo. Está com um aspecto muito bom. Sei que vou sentir falta desse lugar. Comprei a casa com muito trabalho e suor ao longo dos anos. E só terminei de pagá-la no ano passado. Vinte anos fazendo isso... pagando. E somente um ano livre de aluguel e prestações.

Por que usaram a porta dos fundos?

Eles trouxeram sua melhor carreta fúnebre — o passeio até o *estabelecimento* é muito confortável. Não sinto qualquer solavanco. Deve ser um de seus melhores condutores... Suponho que eles estejam de olho no seguro — é uma soma bastante substancial.

Pelo menos aquela cesta de vime se foi! Como é bonito este novo caixão. Espero que eles ainda não coloquem a tampa em cima de mim. O forro de cetim branco é muito elegante e o travesseiro embaixo da minha cabeça é bem confortável.

Duas coisas que nunca me interessaram são flores e igrejas, e parece que eu tenho ambas agora. Provavelmente as flores mais baratas que os meus... *amigos*?... puderam encontrar. Não ficaria surpreso caso as tenham afanado de outro túmulo.

Quem é ele?

E que tal essa túnica preta estranha que ele está usando por cima das vestes pretas abotoadas na frente?

O que é que ele está dizendo?

Oh, puxa... eu certamente fui um bom sujeito... é o que ele está dizendo para todos, de alguma maneira.

Se não tirarem logo essas malditas flores de perto de mim, eu vou espirrar.

Por um momento eu tinha esquecido... acho que não posso mais espirrar! Ontem, quando morri, deixei para trás todas essas coisas triviais. Apenas me levantei e parti... eu morri.

Mas, que droga, peguem essas malditas flores e as ofereçam aos vivos.

O que ele está dizendo agora, o sujeito com a túnica de renda?

A minha mente estava tão ocupada com o horror dessas flores que não terminei de ouvir sobre o grande homem que eu fui.

Ora, vamos, até mesmo no teatro fazem reprises.

Bem, é assim que acontece então. Em um funeral eles só dizem uma vez, então se você não está ouvindo e perde a apresentação... eles simplesmente não a repetem — não importa quem você seja... ou *tenha sido*!

Eu disse antes que esperava que eles não fechassem a tampa, mas agora eles fizeram exatamente isso — e estou bastante grato!

O fedor das flores sumiu.

Um, dois, três, quatro, cinco, seis. Apenas seis pessoas. Devem ser os meus carregadores. Gostaria que dissessem alguma coisa, então eu saberia para quem sobrou esse trabalho.

Por que diabos toda essa choradeira?

Há muito tempo, quando eu estava vivo, descobri um antigo cemitério em uma cidade do interior. Não acho que alguém tenha sido enterrado lá desde a Guerra da Independência Americana. De qualquer maneira, restavam alguns poucos lotes à venda.

Eu comprei um!

E agora estou fazendo valer o dinheiro que investi. O lugar deve ficar a oitenta quilômetros da casa funerária — quase cem da capela — e estou preparado para fazer um longo, agradável e último passeio.

Que inferno! Naquela época eu nem pensava na possibilidade de morrer... Eu comprei esse espaço... só por comprar.

Gostaria que eles abrissem o caixão novamente... Está quente... e escuro aqui...

Os meus seis carregadores, os colegas que estão me levando, vestindo aquelas luvas brancas que o agente funerário lhes deu, são muito desastrados.

Ótimo! Eles devem ter me ouvido! A tampa está aberta.

O mesmo velho com túnica de renda está rezando novamente. Não só isso, mas ele também está borrifando água benta de uma espécie de vareta com uma bola na ponta... e acertando bem na minha cara.

Gostaria de poder me mover, então diria a ele onde jogar a água e enfiar aquela vareta.

Mas ele é mais velho que eu.

É tão velho que deveria estar no meu lugar.

Com certeza eu trocaria de lugar com ele, com túnica de renda e tudo.

Pensando melhor... talvez não trocasse.

Morrer é algo que se deve fazer por conta própria.

Lá vão eles de novo com o choro.

Nenhuma alma — não, eu não deveria usar essa palavra —, nenhuma *pessoa* parece ter um lenço quando é realmente necessário.

O que diabos ele está fazendo agora, aquele sujeito com a túnica de renda?

Mais água no meu rosto. Um dicionário de palavras. Mais um bocado de choradeira e...

A tampa do meu caixão se fecha.

Não tenho certeza se gosto desta vez. Parece muito mais permanente.

Eles estão me colocando no meu túmulo. A tampa de metal é abaixada. Um conjunto de parafusos é colocado em seu devido lugar — para me proteger dos inimigos naturais dos túmulos: ratos, toupeiras, vermes e insetos. O som ecoa e reverbera ao longo de todo o meu ser.

Então... então...

Silêncio.

O tipo de silêncio que faz você prender a respiração — caso tenha alguma. Um silêncio selvagem que se torna mais e mais terrível a cada segundo que passa. Um silêncio que precede algo terrível, horripilante, *definitivo*!

Os motores dos automóveis dão a partida e desaparecem, afastando-se na escuridão. Minha procissão fúnebre... não há ateus nesse cemitério.

O quê, agora?

Silêncio!

Trevas!

Eu gostaria de poder dormir.

Normalmente, se alguém apaga as luzes, você dorme!

Caramba!

Não estou nem um pouco a fim disso.

Silêncio!

O cetim sempre tem um toque tão bom. E esse também. Mas não em um lugar tão escuro.

Muito escuro.

Escuro *demais*!

Eu não gosto dessa rotina. Quero ir para casa...

Não gosto nada dessa rotina.

Temos mais dois no lado leste.

Então vamos deixá-los plantados!

Qual é a pressa? Nenhum deles irá a lugar algum!

Eu tenho um jogo de pôquer esta noite.

Talvez ele também tenha.

Então suponho que ele possa jogar essa mão lá no inferno.

Ouço muitas pás cheias de terra... Ruidosas no começo, depois abafadas. E então, nada... apenas... silêncio... nada além de um silêncio interminável... um silêncio ensurdecedor...

DUAS VEZES O DOBRO

1973

Jimmy Hare se afastou de Donna, sua esposa havia apenas dois anos, uma garota adorável e bem torneada, cujas pernas o espremiam até ele quase morrer. Mas enquanto se afastava e esticava as pernas nuas para fora da cama, ele estava bravo. Quase queimou a ponta do nariz quando, com raiva, acendeu um cigarro e inalou profundamente a fumaça, e depois a soltou com um sopro forte.

Donna se virou devagar e fez uma careta. "Eu não posso ajudar."

"Faz mais de um mês que você não tem sido capaz de ajudar." Ele se virou para encará-la. "Que droga, Donna, você precisa dar um jeito. Um homem tem o direito de fazer o que quiser com sua esposa, e ela sabe muito bem que precisa ir para a cama para ele ver que está recebendo algo em troca de seu dinheiro."

"Dinheiro... Receber algo em troca de seu dinheiro! Você está sempre fazendo com que eu me sinta como uma prostituta."

239

"Uma prostituta com certeza vale o que ganha."

Donna, então, ergueu os pés pelo outro lado da cama e os enfiou nos chinelos de plumas cor-de-rosa, enquanto atirava suas palavras nele: "Eu não tenho que ficar aqui aceitando esse tipo de merda de você".

Jimmy ficou de pé. "Você vai ficar aqui e aceitar o que eu tenho para dar... Está ouvindo?"

Ela se virou para ele com uma expressão sarcástica. "Não duvido que eu faça isso, mas toda a vizinhança está ouvindo você."

"Foda-se toda a vizinhança. E essa é a única foda que vai acontecer por aqui."

"O que posso fazer se você é incapaz de manter essa coisa levantada?"

"Você é a única que pode fazer algo a respeito, mas não está dando nada neste quarto. Acha que só porque fica deitada aí, com esse corpo lindo brilhando no escuro e essa sua boceta me chamando, não precisa fazer mais nada. Você tem que ajudar com a coisa toda. Só fica aí deitada, como um cadáver... e é quase tão fria quanto um."

"Alguma vez você já pensou que muita coisa pode ser culpa sua? Já pensou que palavras gentis poderiam ajudar, que deveria me acariciar? Não... você nunca pensou! A única coisa em que você pensa é ter logo uma ereção, me colocar no jeito, e depois fazer a sua rotina de *entra e sai*. Bem, eu estou farta disso! Se quiser mais alguma coisa, vá para a rua procurar."

Com isso, Jimmy deu a volta na cama, recuando a mão direita enquanto se movia, e, quando estava perto o bastante, arremessou a palma da mão aberta. O golpe a derrubou por cima da cama até o chão, no local onde ele estava parado pouco antes. Mas Jimmy não se deu por satisfeito.

"Eu não saio com prostitutas, sua vadia..." Ele foi até onde ela estava, agarrou-a e a jogou na cama. Lágrimas brotavam dos olhos dela, lágrimas de dor e mágoa. "Você deveria cuidar de todas as minhas necessidades, sua puta de merda. Eu trabalho duro para ganhar o dinheiro que você gasta, e espero que você faça o que eu quiser aqui neste quarto. E juro por Deus que você vai fazer... Estou falando sério!"

"Enfia na sua bunda!", ela gritou.

"Vou enfiar na sua!" Ele virou o corpo nu dela e, em seguida, bateu diversas vezes em cada nádega. Continuou com as pancadas até deixar ambas as nádegas de um vermelho vivo, enquanto ela gritava a plenos pulmões. Ele sabia que aquela gritaria poderia chamar a atenção dos vizinhos, e seria apenas questão de tempo até que algum deles chamasse a polícia.

Ele esticou a mão rápido e pegou um travesseiro, enfiando-o em seguida sob o rosto de Donna, sufocando os gritos contra o enchimento de penas, e enquanto fazia isso, segurava a cabeça dela para baixo com uma das mãos e batia na bunda com a outra.

"Você não vai fazer direito comigo, pois bem, por Deus, você não vai poder fazer nada disso por um mês. Vou bater na sua bunda até ficar roxa, até que você não possa se sentar nem ficar deitada de costas por uma semana!" E ele fez exatamente isso.

Donna mancou até o banheiro quando acordou na manhã seguinte, sozinha na cama. Por um instante se esqueceu do que tinha acontecido, mas a dor no traseiro lhe trouxe toda a cena de volta. No entanto, havia algo mais que ela estava tentando lembrar, algo que aconteceu durante o auge da dor que Jimmy lhe infligira. A lembrança estava lá, mas ela não era capaz de acessá-la.

O chuveiro fez o que pôde para afastar as névoas de sua mente, mas não foi suficiente para estimular a memória. "Vou levar o filho da puta ao tribunal de divórcio, é isso que vou fazer", disse ela ao jato de água. "Qualquer tribunal deste mundo ficaria do meu lado depois do que ele fez comigo ontem à noite."

Em seguida, se enxugou com uma toalha macia, mas até mesmo a maciez da toalha, ao fazer contato com sua pele, lhe trouxe de volta a dor violenta no traseiro.

Ela sabia que tinha que urinar, e sabia também que seria uma tortura se sentar no assento da privada. Poderia tentar fazer de pé em cima do vaso sanitário, mas já havia tentado isso antes e sempre ficava uma sujeira no chão para limpar depois; ela poderia ter urinado de pé no chuveiro, mas, mesmo com a água corrente, esse tipo de coisa sempre a deixou enojada — o simples pensamento já lhe causava repulsa. Portanto, restava apenas uma coisa a fazer: teria de sofrer botando as ancas no assento do vaso sanitário.

Levou muito tempo para conseguir se agachar uns poucos centímetros. No entanto, tentou pensar que a ansiedade talvez pudesse ser pior do que o fato consumado. Então, ela se agachou de uma vez, e toda a dor estava lá... mas havia algo mais. A parte interna de suas coxas começou a se contorcer... os calcanhares se ergueram do chão e os dedos dos pés se retorceram... Seus olhos se espremeram, e sentiu uma onda de calor se acumular nas raízes do cabelo... ela se viu flexionando a bunda para cima e para baixo no assento da privada... A dor era tremenda, excruciante... mas nessa tortura havia aquela outra coisa que a forçava a continuar com o castigo.

Donna Hare estava começando a se sentir sexualmente estimulada... como jamais havia se sentido antes... e quando o calor atingiu sua virilha, soube que estava prestes a ter um orgasmo... Ela se esforçou para fazer mais pressão, para ter mais prazer. Pulou com a bunda mais e mais forte no assento rosa. Tudo no ambiente era cor-de-rosa... o vaso sanitário, a pia, a banheira, o chuveiro, os tapetes, as cortinas, e aquele brilho rosa que transmitia imagens e fantasias tão bonitas a lhe percorrerem os olhos da mente era algo que ela nunca tinha experimentado antes.

Então aconteceu. Uma explosão, outra explosão... ela se excitou de uma maneira que desafiava a imaginação... uma vez após a outra chegava ao clímax, e a cada clímax seu traseiro pulava no assento do vaso sanitário e outra dor aguda subia a seu cérebro, apenas para se misturar com o prazer que chegava lá no mesmo instante.

Demorou muito tempo até o calor diminuir lentamente. Ainda assim, ela permaneceu sentada. A experiência, aquela experiência deliciosa, era nova demais para ser descartada tão rápido. Ela queria saborear cada segundo daquela lembrança. Mas, por fim, teve que se mexer. Levantou-se e tomou outro banho, dessa vez quente. E então ela se lembrou.

Nem mesmo se deu ao trabalho de se enxugar. Colocou um roupão rosa de tecido felpudo e o amarrou em torno de sua deliciosa cintura. Calçou os chinelos de plumas cor-de-rosa e voltou ao quarto. Olhou para a cama já sabendo o que encontraria quando levantasse o lençol de cima... E ela estava certa.

Havia uma mancha, endurecida depois das longas horas que havia permanecido ali. Ela não precisava de ninguém, nenhum livro, nenhum médico para lhe contar o que era aquilo. Talvez precisasse de um psiquiatra para lhe explicar completamente o fenômeno, mas entendeu uma coisa: havia algo referente à dor que fora infligida a seu corpo que a levou a um clímax sexual, de tamanha intensidade que ela sequer sonhava que existia.

Ela se sentiu pesarosa por ter deixado Jimmy com tanta raiva na noite anterior. Mas, naquele momento, estava feliz por ter acontecido. Jimmy sempre foi muito afetuoso. Claro que, na noite anterior, lhe havia dito como queria ser tratada de maneira carinhosa e amorosa... Ela gostava bastante de beijar e de fazer muitas preliminares no sexo, mas vinha dizendo muitas coisas porque se sabia culpada de suas transas não serem mais tão boas quanto antes. Só que ninguém fica feliz ao ser rotulado como o responsável pelo fracasso na parceria. Por isso, disse as primeiras coisas que lhe vieram à mente... para deixá-lo com raiva... e ela conseguiu, mas em níveis tão intensos que não achava que Jimmy fosse capaz de alcançar.

Jimmy de fato era carinhoso. Ele sempre foi o mais amoroso entre os dois. Quase nunca levantava a voz. Então ela começou a perceber que essa provavelmente era a razão para sua relutância em fazer sexo com ele. Ela nem sempre queria aquele cuidado carinhoso e cheio de amor. Queria fazer de maneira rude e agressiva às vezes. Queria ouvir todas aquelas palavras sujas... nem sempre de carinho. O que ela sabia é que, quando encontrava aquelas palavras sujas e sensuais nos livros, ficava excitada. Houve momentos em que, ao ler tais coisas, e sem ter Jimmy por perto, ela se viu forçada a se masturbar... Guardava na mente as fantasias que lia, e depois precisava se aliviar.

Jimmy tinha sido terrivelmente gentil com ela. *Claro que foi isso o que a deixou sem tesão.* Mas ela não tinha como saber que na noite anterior as coisas se dariam de forma diferente.

Ela tirou os lençóis da cama e desejou que Jimmy estivesse ao seu lado. Ela realmente poderia dar um trato nele naquele momento... Seus olhos, sem querer, dispararam para o relógio e ela não pôde deixar de suspirar, decepcionada. Levaria mais de seis horas até que ele entrasse pela porta da frente. E, logo ao chegar, sempre gostava de tomar uns drinques, e então comer... depois ver um filme na televisão... dez horas... "Droga!", ela exclamou. "Ele não vai ver televisão alguma hoje à noite!" Deu risada. "Ele não costumava ver tanta televisão antes, alguns meses atrás. E também não vai ver muito agora... ele vai testemunhar um novo tipo de espetáculo."

Ela estava começando a dobrar os lençóis para que ficassem mais compactos e pudessem ser colocados no cesto de roupa suja, quando sua mão roçou a mancha dura e seca. Por um momento, um vislumbre de prazer cruzou seu rosto, então ela continuou a dobrar, até que de repente parou. Olhou para o lençol e havia outro ponto endurecido no qual sua mão havia roçado.

Ela estava convencida, mas precisava ter certeza. Esticou o lençol de volta na cama: uma das manchas ficava do seu lado... e a segunda mancha ficava exatamente onde o traseiro de Jimmy ficaria se estivesse deitado ali. E ele estava deitado ali na noite anterior. Estava tudo muito claro — Jimmy ficara excitado a ponto de ejacular pelo que havia feito com ela. Tinha que ser isso! Estava mole como uma minhoca quando se afastou dela — ele nunca se masturbava, não havia outra maneira de ter ficado duro senão pela excitação do que havia aprontado com o corpo dela.

Donna afundou no lençol desarrumado e deixou a mente mergulhar nas fantasias, todas as fantasias sobre as quais era capaz de devanear. Imaginou chicotes e correntes, e imaginou escovas de cabelo e palmas das mãos. Imaginou dentes mordendo sua linda pele branca, imaginou as torturas nas câmaras de horror da Antiguidade... e teve que reagir de acordo. Ela se virou com a cara no lençol sujo e começou a mexer as ancas para cima e para baixo, devagar a princípio. Então amontoou uma parte do lençol em uma bola dura e a colocou profundamente em sua região púbica... e quando o chicote lhe atingiu a nuca... sentiu como se tivesse sido real, e adicionou uma outra mancha que já estaria endurecida quando levasse o lençol para o cesto de roupa suja.

Ela preparou o jantar, o prato favorito de Jimmy: costeletas de porco, que sempre lhe produziam deleite, e eram a especialidade dela. Não havia nenhuma no congelador, portanto, ela teve que ir ao mercado buscar. Isso não a incomodou, porque preencheu mais uma hora daquela tarde solitária, mais uma hora em sua mente ansiosa e torturada.

Ele poderia tomar seus drinques e saborear as deliciosas costeletas de porco, mas, depois, ela sentiria a aspereza cortante das mãos dele, e iria senti-lo bem fundo dentro de si — seria a melhor transa que ele já teve; ela não tinha dúvidas quanto a isso.

Jimmy tomou alguns drinques e saboreou três costeletas de porco, então se retirou da mesa e pegou um pacote que, em seguida, entregou para Donna.

"Abra isso!", ele ordenou, e ela obedeceu. Tirou do embrulho um longo chicote preto, e olhou para ele com curiosidade.

"Para que você trouxe isso?"

"Para você! Você vai experimentar um pouco disso na próxima vez que não estiver *disponível* do jeito que eu desejar."

Ela sabia o que deveria dizer: "Vá se ferrar. Não vou estar *disponível* para você nunca mais".

Ele agarrou o chicote e o levantou bem alto.

"Não aqui fora", ela gritou com horror fingido. "No quarto... No quarto." E correu para o quarto, despindo com agilidade o roupão de cetim rosa enquanto se movia... Não usava nada por baixo.

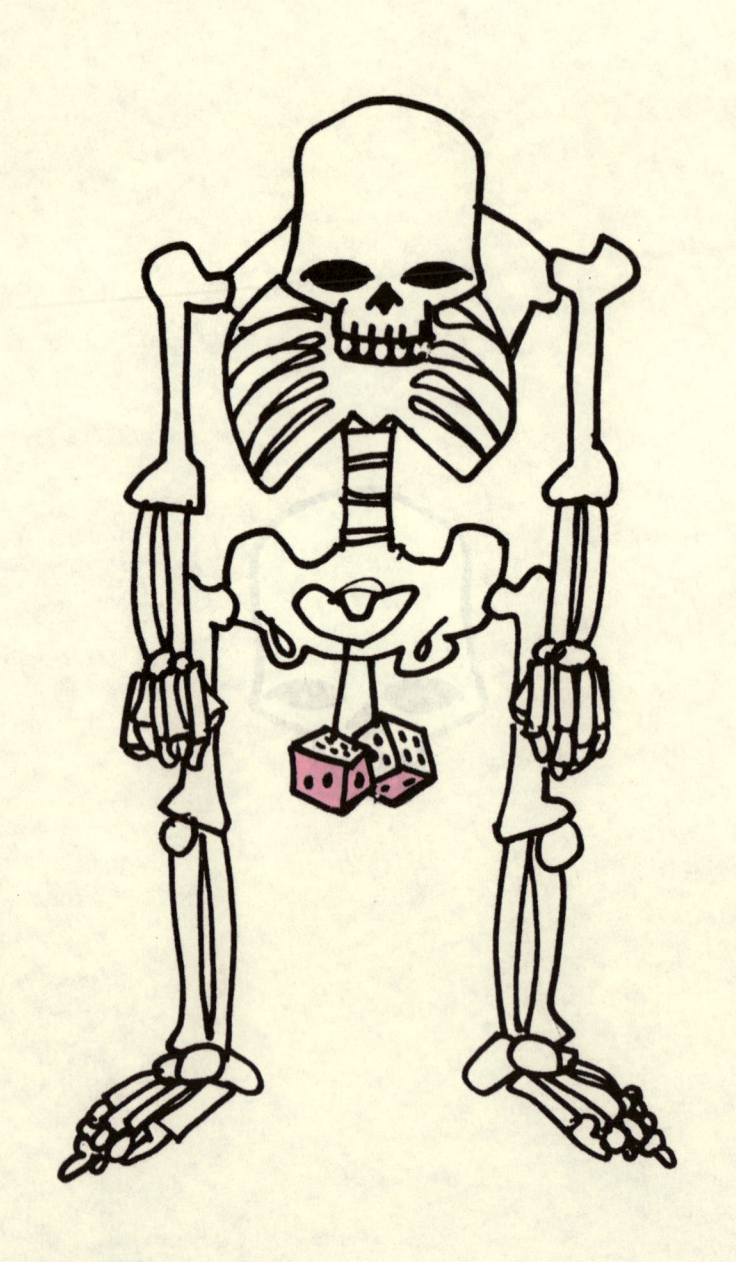

ED WOOD JR.
CONTOS & DELÍRIOS

JOGO DE DADOS

1971

Homens mortos não jogam dados...
Isso porque eles estão mortos.

Makey era o melhor jogador de dados da cidade. Todo mundo sabia disso. Quando ele sacudia aqueles cubos brancos feito ossos e marcados com pontos, conversava com eles — e eles o ouviam. Quando saltitavam pelo feltro verde, ou em um piso de madeira, ou até mesmo em um beco de cimento sujo, o som era como música para seus ouvidos... e uma melodia fúnebre para os outros participantes.

Mas agora Makey estava morto, e providenciaram a maior procissão fúnebre — com direito a toques de cornetas, rufos de tambores e gemidos de contrabaixo — que a cidade já viu. Eles foram direto do centro da cidade para a funerária, marchando por toda a área central até o túmulo no cemitério mais assustador que alguém já foi capaz de projetar.

Por que diabos Makey gostava daquele lugar era um mistério para qualquer um que o conhecesse. Makey nunca foi ver filmes de medo. Nunca jogou dados em becos sombrios ou salas escuras. Mas tinha certeza de que queria ser enterrado naquele antigo e decadente pátio, assustador e repleto de monumentos. Até mesmo as trepadeiras, os salgueiros e as palmeiras pareciam virar a cara diante da visão — estavam todos olhando na direção oposta.

"Quem quer que tenha dado um fim nele, também *cortou suas orelhas*", sussurrou um dos enlutados, um velho que nunca havia jogado dados com Makey, mas que tinha visto suas mãos mágicas em ação muitas vezes.

"Por que alguém ia querer fazer isso com o velho Makey?", refletiu outro, em tom de dúvida.

Então um terceiro falou alto o suficiente para ser ouvido em seu pequeno círculo: "Para que ele nunca mais pudesse ouvir os ossos tilintando no lugar aonde está indo... Porque, tão certo quanto o fogo do inferno, onde quer que seja esse lugar, tem um jogo de dados acontecendo agora mesmo".

"Pode apostar suas bolas nisso", disse um quarto no grupo. "Está vendo a lasca naquela lápide de mármore que está esperando ali para ser colocada na terra acima da cabeça dele?"

"Estou vendo. Vi a lasca. Eu fiquei me perguntando sobre ela durante todo o tempo que passei olhando para aquilo." Era o velho de cabelos grisalhos novamente.

"Bem, que merda, caras", respondeu o número quatro com voz autoritária. "Aquela maldita lasca foi feita pelo fantasma dele."

Todos eles ficaram sem ar!

"Mas por que raios Makey iria voltar como fantasma e arrancar uma lasca de sua própria lápide?" A pergunta veio do número três.

"Que inferno, cara. É quase tão óbvio quanto esse nariz no meio da sua cara. Com ou sem orelhas, Makey vai continuar jogando dados onde quer que esteja, e precisa ter os dados certos. Foi por isso que ele lascou um pouco desse mármore. Ele vai fazer o próprio conjunto de dados com o mármore da própria lápide."

"Papo furado."

"Essa é *a maneira mais difícil* de fazer dados."

"O velho Makey sempre tirou seus números da maneira mais difícil. Até saiu desta terra do jeito mais difícil quando morreu."

"Quem vocês acham que iria cortar a garganta dele de orelha a orelha?" O velho acariciou a barba grisalha enquanto falava. "Ele nunca deu problemas a ninguém. Apenas ganhava seu dinheiro e ia embora sorrindo. Lembram como ele sempre sorria quando terminava os jogos?"

Todos concordaram. "Também me lembro das carrancas nos outros rostos quando ele saía sorrindo assim."

"Não acho que ele ainda esteja sorrindo. Ele não parecia muito bem, deitado lá no caixão, na igreja."

"Ninguém parece bem deitado em um caixão."

"Algumas pessoas dizem: *'Veja só*. Parece que ele acabou de dormir, e que a qualquer momento vai acordar e se sentar naquele caixão brilhante'. Eu não acho que morto algum parece estar só dormindo."

"Com certeza não... pelo menos nenhum que eu tenha visto", concordou enfaticamente o velho, balançando a cabeça, a barba farfalhando. "E já estou por aí há muito tempo, vi muitos morrerem e serem colocados em caixões. Acho que vou me juntar a eles em breve. Vou fazer 82 no meu próximo aniversário. Estou fazendo hora extra há muito tempo."

"Caramba, você não vai a lugar nenhum, velho. Você está por aí tempo suficiente para aprender como se manter firme aqui nesta terra, e bebeu e praguejou o suficiente para não ser nenhum anjo, e pecou tanto com as mulheres que nem mesmo o Diabo o quer. O Diabo com certeza não quer você lá embaixo, para tirar as mulheres dele. Não, senhor, ele não quer."

"Inferno", riu o velho barbudo. "Não foi para isso que as mulheres foram colocadas nesta terra? Temos que fazer amor com elas. É a única maneira de mantê-las felizes..." Em seguida, voltou a rir. "E mantê-las de boca fechada."

"Diacho, meu velhinho", sorriu o número dois. "Conheci um bocado delas que não ficava de boca fechada nem mesmo nessas horas."

Então todos riram, e pode ter parecido aos demais reunidos em volta do túmulo que eles estavam rindo da situação. O caixão estava sendo baixado. O olhar reprovador dos outros fez com que o pequeno grupo baixasse os olhos. Eles estavam olhando para o caixão que descia, mas pareciam estar rezando. Porém, eram homens de pouca oração.

"Os jogadores de dados só rezam quando estão jogando", era o comentário padrão quando a palavra oração surgia para lhes incomodar os ouvidos. "Orações são inúteis, *não importa como nem para quê*, não servem para nada além dos jogos de dados, e isso é um fato."

"Quem vocês acham que pode tomar o lugar de Makey na jogatina?", murmurou o número um, quando o pregador alto de túnica preta e gravata branca em volta do pescoço mais uma vez começou a tagarelar e divagar sobre a alma de Makey e sobre como o bom Deus não deveria repreendê-lo demais pela vida que levara nesta terra. A jogatina não era algo tão ruim. A própria vida era feita de apostas.

"Não tem ninguém com a ginga que Makey tinha."

"Alguém vai aparecer. Sempre aparece."

O velho piscou. "Eu vi os caras chegando e partindo em meus 82 anos. Mas nunca apareceu ninguém como Makey. E ele segurou o posto de rei por mais de seis anos, até aparecer quem quer que tenha dado um fim nele e arrancado suas orelhas. Alguém sabe se encontraram o local onde o perpetrador colocou as orelhas de Makey?"

Houve muita agitação de cabeças.

"Ninguém vai andar por aí carregando as orelhas de outra pessoa no bolso."

"Não, acho que ninguém decente faria isso."

"E talvez tenham cortado fora alguma outra coisa." O velho agarrou sua própria virilha diante de tal pensamento.

"Ninguém falou nada sobre isso. Ah, não acho que alguém faria isso com o velho Makey."

"Ouvi dizer que essa era a segunda coisa que ele fazia melhor, depois de jogar dados. Quando não estava de joelhos com os dados, estava de joelhos em cima de alguma fofura."

"Pois é, pode ter sido alguém que não gostou de ele ter mexido com *a puta de outra pessoa*. Gente assim fica irritada às vezes. E se tiver uma faca ou uma navalha, pode simplesmente usá-la em situações desse tipo."

"Bem, espero que nada disso tenha acontecido", suspirou o velho. "Ele com certeza estará morto de tudo se não puder ouvir os dados estalando, como fazia seu esqueleto no inverno. E, pior ainda, se não puder usar sua varinha com algumas das mulheres mortas que provavelmente vai encontrar. Afinal, nem todos os espíritos são de gente velha. Tem muita mocinha morrendo todos os dias, e Makey tinha um olhar malicioso para coisas jovens. Gastou muito dinheiro com elas também. Claro que ele ganhava muito dinheiro, então acho que podia gastar bastante."

"Vejam aquele caixão lá embaixo. Certeza que não vai mais ficar tão brilhante quando eles começarem a jogar terra em cima dele. Claro que já não vai ficar brilhante depois disso."

"Quem disse que não dá para levar nada com você quando chega a sua hora?"

"Makey com certeza está levando alguma coisa. Aquele caixão brilhante e aquela lápide enorme de mármore, toda entalhada. E ele abriu uma conta no bar 'Doença Venérea' da Louie há muito tempo. Disse que quando chegasse seu momento de partir para o grande vazio, Louie iria pagar bebidas para todos os seus amigos, enquanto o pão durasse. Vamos supor que ele tenha incluído comida na conta também. Eu certamente comeria alguma coisa quando voltássemos para a cidade. Em todos os meus 82 anos, sempre que volto de um funeral estou com fome. E quando fico com tanta fome assim, não gosto de tirar o dinheiro do meu bolso. Só fico comendo e comendo até quase explodir... Mas só explodo se não tiver que pagar a conta."

O número quatro riu. "Um rato velho e magro como você não é capaz de comer mais do que consegue pagar com um dólar." Ele riu novamente. "Até mesmo você, pobre desse jeito, deve ter um dólar em algum bolso."

"Eu tenho um dólar, mas não estou nada ansioso para gastá-lo com toda a comida de que vou precisar. Os funerais sempre me deixam faminto. Por que será que isso acontece?"

"Os vermes embaixo da terra junto de Makey não precisam se preocupar muito com comida. Tem um bocado de Makey lá embaixo. Tudo, exceto as orelhas."

"Você acha que os vermes realmente devoram o cadáver quando ele é coberto de terra?"

"Cara, com certeza. Como diabos você acha que os esqueletos aparecem? Os vermes entram lá e vão direto ao trabalho. E não demoram muito tempo."

"Vou comprar um caixão de chumbo e mandar que fechem bem apertado para que nada possa entrar nele."

"Os vermes encontram um caminho."

"Diabos, não diga isso."

"Mas é claro que eu digo. Digo mesmo. E eu sei. Leio muitos livros sobre esse tipo de coisa. Eles entram lá onde nenhum ser humano consegue chegar, e engordam e se espremem para sair da mesma forma como entraram. Só que eles estão sempre com fome e cavam um túnel no solo até encontrar outra pessoa que acabou de ser enterrada. Então entram lá e também a devoram."

"Talvez seja por isso que fico com fome o tempo todo nos funerais. Talvez fique pensando nos vermes ganhando todo aquele rango de graça, e com certeza gostaria que alguém me desse rango de graça. Só umas duas vezes em meus 82 anos ganhei comida depois de algum funeral. Na maioria das vezes tem muita bebida. Mas Makey deveria oferecer uma última refeição aos seus bons amigos. Veja todo o dinheiro que ele gastou naquele caixão, e na lápide de mármore entalhado, e na banda que nos acompanhou pelas ruas. Essas bandas não saem baratas. Não são bandas funerárias, não saem baratas. Elas têm que tocar alto, por bastante tempo, com empenho e de modo comovente, e são muito bem pagas por esse tipo de música barulhenta."

"Fico imaginando se Makey ouviu toda aquela música tocada na corneta, no tambor e naquele contrabaixo enorme."

"Como Makey poderia ouvir alguma coisa? Ele não tem mais orelhas! Ninguém pode ouvir quando não tem mais orelhas."

"E eram umas orelhas grandes também. Era por isso que ele podia ouvir a música que os dados faziam quando rolavam pelo tabuleiro. Isso devia dar um ritmo para Makey."

"De qualquer forma...", suspirou o velho, esfregando a barba grisalha desde o lóbulo da orelha até a ponta desgrenhada. "De qualquer forma", ele repetiu, com os olhos colados no buraco escuro do túmulo, "é certo que ele não vai ter as orelhas devoradas por nenhum verme lá embaixo."

"Aquelas orelhas estão em algum outro lugar, onde outros vermes poderão alcançar. Pode apostar nisso. Os malditos vermes conseguem se intrometer em todos os lugares. Eles não vão desperdiçar umas orelhas grandes assim."

"Pois é, e se aquela outra coisa foi cortada também, vários outros vermes vão ficar felizes."

"Era tão grande quanto as orelhas?"

"Faz as orelhas parecerem anões gordos. Era grande, grosso e comprido. Todas as garotas gostavam. Eu nunca ouvi ninguém... nenhuma garota... se queixar daquela coisa dele."

"Como você sabe tanto sobre a coisa dele? As orelhas ficavam lá expostas para quem quisesse ver. Já a outra coisa estava dentro da calça dele. Você já o viu de calça arriada?"

"Eu o vi no banheiro algumas vezes."

"Então você é uma autoridade nesse tema aí. E eu aceito a sua palavra. Do mesmo jeito que você diz que nenhuma das garotas jamais se queixou, eu também não sei de nenhuma que tenha reclamado depois de ficar com ele. Imagino que os vermes também vão acabar encontrando aquela coisa. Eles entram nos lugares mais difíceis, esses malditos vermes. Acho que isso é a única coisa que me impede de morrer agora mesmo. Eu nem vou pescar bagres porque não gosto de pegar nas malditas minhocas." O velho estreme-ceu. "Tenho andado longe dos vermes há 82 anos... Acho que posso aguentar por mais 82."

"Só quero saber quem vai agitar, chocalhar e rolar os dados quando o jogo começar esta noite."

"O Grande Ed Risonho está na cidade. Sem dúvida, Makey queria rolar os dados contra ele. Ficaram planejando esse encontro por mais de dois anos. Aposto que o Grande Ed não ia conseguir o jogo que queria se Makey tivesse durado mais alguns dias. Ele não ia conseguir rolar, não o Grande Ed, não mesmo."

"Eu não vou rolar contra ele."

"Nem eu."

O velho gargalhou e ficou ofegante. "Agora vocês falam como se todos ti-vessem medo do Grande Ed e daquelas mãos trêmulas dele. Falam como se talvez estivessem começando a pensar que o Grande Ed poderia ter superado o jogo de Makey."

"Isso ninguém nunca vai saber... com certeza."

Um outro homem entrou no cemitério a tempo de ouvir as últimas frases dos jogadores frustrados. Sorriu com um ar desafiador e deu um tapinha no ombro do último que havia falado... O velho se virou para ele. "Não tenha tan-ta certeza, meu velho", disse o recém-chegado.

"O que você sabe sobre isso?"

O novo homem apontou para a lápide e para o local onde estava faltando um pedaço. "Aquela lasca é grande o suficiente para dois conjuntos de dados."

"Makey nunca teve mais que um conjunto de dados em toda a sua vida de jogatina."

"Talvez ele tenha um parceiro lá no grande além, para onde ele foi."

"Ele não pegaria ninguém da laia do Grande Ed."

"Isso é verdade."

"Vocês estão certos, cavalheiros... Ninguém da laia do Grande Ed, que cortou a garganta dele."

O sobressalto fez com que até o pregador olhasse na direção deles. Mas o recém-chegado prosseguiu tranquilo. "Então, depois de cortar a garganta, ele também cortou as orelhas e aquela coisa grande. Então começou a sentir pena. Talvez ele pudesse ter vencido Makey... Isso chegou a incomodar o Grande Ed... Talvez ele pudesse ter vencido Makey de maneira justa e correta. Ele estava com medo de perder, então o matou. Mas talvez — apenas talvez — pudesse ter vencido Makey. Ele realmente sentia muito pelo que havia feito. Isso o incomodou por esses últimos três dias. Até chorou um pouco por perder o jogo entre dois dos maiores jogadores de dados do mundo. O Grande Ed ficou tão chateado que pôs as orelhas de Makey e aquela outra coisa grande na mesa, então pegou a pistola e atirou na própria cabeça."

Ouviu-se um imenso trovejar nos céus cinzentos, seguido de uma série interminável de trovões que batiam na terra e ricocheteavam e desapareciam, apenas para se repetirem uma e outra vez.

O recém-chegado olhou para o céu. "Isso me diz que o jogo está apenas começando..."

ED WOOD JR.

CONTOS & DELÍRIOS

O AMOR DELAS

1971

*Quando se trata de vaqueiras,
é difícil acompanhar quem está
transando com quem...*

A poeira do pelotão ainda rodopiava pela rua enquanto corriam atrás do homem que havia atirado em Wild Bill Hickok. Foi a primeira vez que alguém soube de Wild Bill ter se sentado de costas para a porta em um jogo de pôquer, e essa era a única maneira de alguém conseguir sacar uma arma antes dele. Foi também a única vez que Jane Calamidade beijou o robusto oficial da lei na fronteira.

Ela se levantou de onde estava o corpo sem vida e olhou ao redor da sala. Seus olhos se estreitaram e suas mãos descansaram no cabo das duas pistolas muito manuseadas.

"Alguma objeção? Alguém tem alguma objeção ao que acabei de fazer? Beijei o homem que eu amava. E nenhum outro homem jamais me terá, nunca mais."

Ela não encontrou reprovações entre o grupo de moças do salão de dança, os apostadores e os bêbados habituais que sempre eram vistos no saloon. Calamidade passou muito tempo olhando ao redor da sala, vasculhando os rostos de todos ali. Ela realmente desejava que alguém fizesse o menor movimento errado. Queria sacar as armas e matar alguém... qualquer um. Naquele momento, pouco importava o sangue de quem ela iria derramar. Porque Wild Bill estava morto, e Wild Bill foi o único homem que ela amou e que iria amar por toda a vida, embora ele não correspondesse aos seus sentimentos.

Ela se virou rapidamente e saiu do saloon, e, em meio ao redemoinho de poeira, se aproximou do agente funerário de cartola e casaco preto. Ele teria passado a toda velocidade sem sequer olhar em sua direção se ela não lhe tivesse agarrado o braço, obrigando-o a parar e a se voltar para encará-la. Ela olhou para a fita métrica na mão dele.

"É melhor você se certificar de que ele fique com as botas. E também é bom que ele não fique apertado naquela coisa. Se tentar economizar sua madeira bichada, você vai ser enterrado em um saco de papel ao lado dele."

O homenzinho tremia de medo. Ele sabia que aquela mulher que conduzia diligências, que bebia exageradamente, xingava sem parar e empunhava armas como ninguém estava falando sério. "Mas, Calamidade... você me conhece!"

"É por isso que estou lhe dizendo como tem que ser, Zeke. Trate de fazer o que eu digo." Ela soltou o braço dele e, com agilidade, esticou a mão para derrubar sua cartola.

O chapéu rolou na poeira e girou em círculos antes de parar. Então, quando o homenzinho se inclinou para pegá-lo, ela lhe disparou um chute bem no traseiro com a lateral da bota. O homem se esparramou na poeira junto do chapéu, e Jane Calamidade seguiu caminhando em direção a outro dos muitos saloons da cidade. Foi ao "Sapatona Alta", um lugar notório de propriedade da pessoa mais desonesta que já jogou cartas em toda a região das Black Hills. Era uma sapatona gorda conhecida como Kátia Nariguda. Chamar a mulher de *gorda* era muita gentileza. Ela pesava mais de 120 quilos, tranquilamente. Seu cabelo era de um vermelho berrante, e o nariz inchado que se destacava em seu rosto era igualmente vermelho, aspecto que se devia aos milhares de socos desferidos ali... e, ao que parecia, também se tornou um receptáculo para os litros de bebida que ela consumia em qualquer período do dia.

Diziam que Kátia Nariguda nunca saía da poltrona estofada e almofadada atrás da mesa de pôquer. Ela jogava, bebia, comia e dormia lá. E quando desejava uma de suas meninas, e elas eram muitas, simplesmente puxava uma tela grande ao redor da área. A menina ficava de quatro sob a mesa e se enfiava embaixo da saia da mulher gorda. Kátia Nariguda nunca usava qualquer tipo de roupa íntima.

"Fiquei sabendo que eles o pegaram desta vez", foi tudo o que ela disse quando Jane Calamidade chegou e se sentou à mesa em uma cadeira dura de madeira, servindo-se de uma dose tripla, que bebeu em um gole só. "Não vai ser a mesma coisa sem ele e aquela boca grande batendo em todo mundo por aqui."

Jane Calamidade não falou de imediato. Apenas serviu uma dose dupla e, em seguida, jogou tudo no rosto da mulher obesa. Então serviu outra dose, bebeu e voltou a encher o copo.

A mulher gorda lambeu a bebida do rosto até onde sua língua podia alcançar. Enxugou o restante com o braço e depois lambeu o líquido que ficou ali. "Que merda, garota. Você não vai começar com aquela coisa toda de morrer de amores por ele, vai? Oras, você sabe que ele nunca a amou de jeito nenhum, não importa o que diga."

E seu rosto mais uma vez foi banhado em uísque barato, e prontamente sugado da mesma maneira que antes. "Certo. Então talvez você o tenha amado à sua própria maneira. Mas pode apostar que ele fumou alguns charutos de carne durante a vida."

Calamidade serviu mais uma bebida e poderia ter jogado aquela também. Ela gostou de ver o líquido âmbar gotejar da ponta daquele nariz imenso para dentro do decote enrugado, entre os peitos enormes da mulher. Mas pensou melhor. Por que desperdiçar birita da boa, mesmo que não fosse ideal para dar aos índios?

"Merda...", ela murmurou. "Por que diabos entrei nesta espelunca sinistra, isso eu não sei. O que você sabe sobre qualquer coisa, afinal? Fica sentada aí com esses enormes charutos pretos, derrubando as cinzas no meio das tetas, e bebendo esse uísque vagabundo o dia todo, sem nunca se levantar dessa poltrona. O que diabos você sabe sobre o que acontece do lado de fora dessas portas de vaivém? Você não vê a rua lá fora desde quando era uma trilha de terra."

"Eu não saio mais tanto daqui, é verdade. Mas tenho um sistema de telégrafo que me informa tudo de interessante que acontece na cidade. E não apenas nesta cidade, mas em todo lugar. Sei que Wyatt Earp e Doc Holliday também estão aprontando das suas. Essa é uma dupla que eu pagaria muito para ver em ação. Eu os vi em um tiroteio uma vez. Mas sem dúvida gostaria de ver como eles tiram a arma um do outro." Ela riu alto, uma gargalhada seca que fez o lugar inteiro tremer. "Esses são os únicos dois homens que eu acho que gostaria de ver fazendo isso... já que não me interesso por nada que um homem tenha a oferecer, exceto o ouro." Ela riu uma vez mais e, então, seus olhos se estreitaram. "Você vai precisar de uma boa companhia esta noite, querida. Quer que eu chame a Carol ou a Barbara ou... bem, qual delas você quer? Não vai lhe custar nada, não esta noite."

Jane Calamidade engoliu a bebida, mas não matou o copo inteiro. "Vou pensar a respeito."

"São umas fofuras, essas meninas."

"Talvez eu não queira nenhuma fofura hoje à noite. Pode ser que eu queira algo rude, duro e imediato."

"Todas as minhas garotas estão prontas."

"Claro... elas estão prontas para qualquer coisa: homens, mulheres, o que você mandar; pagando o preço, suas garotas abrirão as pernas. Você não tem nenhuma durona aqui. Fofas... todas fofas... exceto você. Mas eu não tocaria em você nem com uma vara de três metros."

A mulher gorda rugiu de novo e apalpou sua ampla circunferência. "Docinho, você nem sequer chegaria perto de mim com uma vara de três metros." Então ela se inclinou e colocou os cotovelos sobre a mesa. "Sabe quem está vindo lá do Texas para cá?"

"Quem quer que seja, Bill o teria matado. Ele nunca gostou daquele bando do Texas."

"Dessa ele gostava. Ele gostava antes."

"Bill nunca gostou de um homem do Texas em toda a sua vida."

"Ele gostava da Ana Cabrita."

Jane Calamidade olhou por cima de seu copo. "Aquela cadela está vindo para cá?"

Kátia Nariguda assentiu. "Deve chegar a qualquer instante. Neste exato momento ela está conduzindo um grande rebanho vindo do Texas. Maior que qualquer outro que ela tenha trazido antes. E você pode apostar que essa é durona. Ela vai pegar todas as garotas que tenho à disposição antes do fim da noite." Ela olhou para Calamidade. "Está interessada?"

"Por que você disse que Bill gostava dela?"

"Porque ele gostava."

"Como sabe disso?"

"Eles não usaram o meu quarto número quatro no andar de cima? Aquele com o ferrolho na porta. O mesmo quarto número quatro que você e ele usaram tantas vezes."

"Se eu achasse que está mentindo, meteria uma bala bem no meio desses seus olhos flácidos e feios."

"Por que eu mentiria para uma lesbicazinha doce como você, querida?"

"Bill transou com ela, hein?"

"Algumas vezes. Talvez cinco ou seis, na última vez que ela esteve na cidade, no ano passado."

"Você não disse que ela pegaria todas as suas garotas? Elas não têm cara de homem, nem mesmo quando encaixam um consolo na cintura."

"Acho que ela gosta dos dois. Mas garanto a você que ela já pegou todas as minhas garotas."

"Bill alguma vez se deitou com uma delas?"

"Ele não gostava muito de carne pronta. Preferia sair e capturar ele mesmo."

"E Ana Cabrita foi uma de suas conquistas."

"Se você quer dizer que ela foi capturada... Eu acho que ela foi conquistada, e isso aconteceu lá em cima, no quarto número quatro com o ferrolho na porta."

Calamidade lhe jogou outra dose tripla de uísque no rosto, e a gorducha lambeu tudo. "Por que jogou tudo isso em cima de mim de novo, Calamidade? Hoje nem é noite de sábado."

"Talvez eu esteja tentando lavar alguns desses pensamentos imundos da sua mente. Estamos aqui pensando mal dele, e o pobre homem ainda nem saiu da casa dos mortos do Tio Zeke. Não deveríamos fazer isso."

"Querida, o que tem de tão imundo sobre ele plantar o nabo em quem quiser? E ele andou por aí por muito tempo, provavelmente teve muitas outras garotas, e homens também. Você não fica na cidade o tempo todo. Está sempre lá pelos lados da pradaria, dirigindo aquela sua diligência."

"Bem, eu preciso ganhar a vida."

"Você vive como um homem."

"É disso que eu gosto."

"E, vivendo como um homem, você tem que ter uma mulher quando vem à cidade. Não vai querer viver como um homem e ter outro homem para levá-la para a cama. Você sabe como costumam chamar os homens que fazem esse tipo de coisa."

"E como diabos você acha que são chamadas as garotas que pegam outras garotas? O que diz disso?"

"Não é a mesma coisa. Se uma garota pensa como um homem, então ela precisa agir como um; e um homem sempre precisa de uma mulher. Agora mesmo você estava pensando como uma mulher, quando ficou toda preocupada porque o cara morto pegou outra. No entanto, você fica sentada aí bem na minha frente toda vestida de homem, fumando charuto feito um homem... assim como eu. Você acha que eu gosto de usar esse vestido fru-fru o tempo todo? Não mesmo... Vou perder um pouco dessa gordura um dia desses, e a primeira coisa que vou fazer será comprar uma calça, uma camisa, um chapéu imenso e um par de botas, e aposto que montarei em uma sela junto dos melhores. Já me sentei em um bocado de selas na minha vida."

"Nisso eu apostaria todo o meu ouro. Mas agora são as garotas que montam na sela para você."

"Não consigo me virar muito como costumava fazer. Então... por que você não coloca essa tela ao nosso redor e se enfia embaixo da mesa para se lambuzar com um pouco de mel?"

"Vou colocar a tela e lhe enviar o balconista, isso é o que farei."

"Diabos, Calamidade! Não transei com homem algum por trinta anos. E não é agora que vou começar."

"Veja se a língua dele trabalha tão rápido quanto a sua."

"Ninguém é capaz de fazer isso. Homem nenhum! Vá em frente e ponha essa tela ao redor, mas se não quiser provar um pouco do meu mel, então me mande a Barbara. Ela é a nova beldade que acabei de trazer do Kansas... aquela loura linda ali."

Calamidade virou-se e analisou as muitas garotas no bar. Todas estavam vestidas com aqueles trajes curtos adornados de plumas dos salões de dança. Mas ela não pôde deixar de reparar na nova garota, a loura que estava no fundo do bar. Ela parecia nova, viçosa, não como as outras garotas exaustas e fatigadas, sempre sobrecarregadas... Seis meses de sexo intenso na pradaria tiveram consequências rápidas naquelas outrora lindas moças.

"Aquela é a novata, hein?" Ela olhou para a mulher gorda de novo. "Como não a vi antes? Eu dirijo a única diligência que entra e sai desta cidade."

"O trem, querida... o trem. Ele para aqui duas vezes por semana, não é?"

"Ah, é." Ela olhou de volta para a menina. "Acho que eu gostaria de provar um pedaço daquela carne nova."

"Posso resolver isso para você agora mesmo, se quiser. Vou inclusive lhe dar o quarto número quatro, com o ferrolho na porta."

Os olhos de Calamidade ficaram embaçados, como se ela fosse explodir em lágrimas. Mas resistiu e segurou-as. "Talvez eu faça justamente isso, mas não agora. Primeiro tenho uma conta para acertar."

"Com quem?"

"Com aquela maldita da Ana Cabrita! Pegando Bill pelas minhas costas, como ela fez, para depois chupar todas as garotas. Ela não merece nem estar no cemitério ao lado dele. Embora fosse melhor do que deixá-la passar aquela língua suja por todo o território. Ninguém amou Bill do jeito que eu amei, e é isso que vai ficar para a história."

"Calamidade, eu sei como você deve estar se sentindo. Mas existem maneiras melhores de dar uma surra em uma garota do que usando uma arma... especialmente o tipo de arma que atira. Pode ser assim que os homens fazem, mas uma garota chega muito mais longe com a língua."

"Só sei que a sua língua não vai me convencer a não meter bala na bunda daquela cadela."

"Então pode ter certeza que você vai ter a sua oportunidade. Mas talvez ela queira revidar, metendo alguma coisa também."

"É um risco que eu venho assumindo por toda a minha vida, e vou assumir agora. Sem dúvida, alguém vai meter alguma coisa em alguém antes que este dia termine, nem que seja a língua."

"Gostaria que você se concentrasse na Barbara. Nela certamente vai ser mais fácil de meter. Posso garantir."

"Não seria a mesma coisa. Você disse que Bill fez da Ana uma conquista. Bem, tenho certeza de que vou fazer o mesmo. Vou meter nela até chegar ao meu limite."

"Então, agora é a sua chance", disse a mulher gorda, apontando para o outro lado do saloon, na direção das portas de vaivém, onde estava Ana Cabrita, uma mulher notavelmente bela com calças de camurça, botas e chapéu. "Lá está ela agora!"

Ana Cabrita exibia uma expressão desafiadora. Uma verdadeira sapatona bofinho, exceto pelo rosto lindo e delicado. Estava com as mãos nos quadris quando Jane Calamidade se aproximou. "Você é Ana Cabrita?"

"Quem está perguntando?"

"Eu sou Jane Calamidade."

Ambas levaram as mãos às suas respectivas pistolas, presas à altura dos quadris. Seus olhos se encontraram. Neles, havia sinais de um ódio crescente, que de repente se transformou. Seus músculos faciais começaram a se contorcer. Os lábios tremeram. Os olhos marejaram, e então uma torrente de lágrimas lhes escorreu pelas bochechas. Elas caíram nos braços uma da outra... "Acabei de ficar sabendo", lamentou Ana Cabrita.

"Pobrezinha, querida, sei como você deve estar se sentindo, porque eu estava lá... Vamos dar uma olhada nele." Então, apoiadas uma na outra, elas saíram do saloon.

Kátia Nariguda fungou algumas vezes e disse apenas: "Merda...".

ED WOOD JR.

CONTOS & DELÍRIOS

REZE POR CHUVA

1971

As ruas, que não eram pavimentadas, e toda a área ao redor viraram um barro seco semanas atrás, e logo o vento escaldante começaria a desgastar a superfície como uma lixa, e todo o terreno se tornaria uma enorme arena empoeirada. Embora o calor abrasador e os ventos igualmente ardentes persistissem no grande Sudoeste, a chuva não chegava. Passaram-se meses desde a última precipitação e, mesmo assim, tinha sido apenas uma chuva leve. Antes disso, a última chuva de proporções consideráveis havia caído cerca de seis meses atrás.

O racionamento de água havia entrado em vigor quatro meses antes, quando a água na barragem, no alto das montanhas, a mais de 150 quilômetros de distância, atingiu um nível preocupante. O povo de Wet Hound Fork também estava preocupado. A água potável que abastecia os moradores era transportada por caminhões vindos de Tucson e Phoenix, e era uma operação dispendiosa — e mesmo essa água também precisava ser racionada.

Não havia dinheiro nem negócios consideráveis em Wet Hound Fork — individualmente falando, é claro. Algum montante de dinheiro podia ser reunido se todos os duzentos moradores juntassem seus recursos. Eles estavam fazendo algo desse tipo para o transporte de água. Grande parte do pânico por causa das restrições da barragem original fora atenuado porque sabiam que a cada duas semanas o caminhão viria — e, no único e pequeno saloon do local, sempre havia um amplo suprimento de vinho e uísque, também transportado por caminhão, mas por outra empresa, uma vez por mês. Mas as mulheres e as crianças não iriam se embebedar de uísque. Nas cinquenta famílias casadas havia a mesma quantidade de crianças, e elas precisavam de água.

E havia também as plantações. Nada cresce no barro seco, nem mesmo as algarobeiras, capazes de brotar praticamente em qualquer lugar. A comida tinha que ser enviada em grandes quantidades, caso contrário o fornecedor não aceitava entregar — não valia a pena fazer entregas que pagassem pouco. Como o envio era mensal, nada daquilo era comida fresca. Só entregavam enlatados. Tinha que ser assim; não havia refrigeração elétrica na pequena cidade, nem eletricidade de qualquer tipo, exceto um único telefone no armazém geral.

Alguns meses atrás, Hank Kleper tentou instalar um telefone em seu posto de gasolina de uma única bomba, mas a despesa era muito grande, então, quando a seca se intensificou, ele e a companhia telefônica perceberam que não valia a pena. Ter mais um telefone na cidade de duzentos habitantes não era necessário no momento.

A maioria dos homens se reunia à noite no saloon, em torno do lampião a gás, e todos se perguntavam o que diabos os mantinha naquela cidade fantasma onde ninguém tinha como ganhar a vida, exceto com os turistas — e, no momento, não havia nenhum. Ninguém conseguia ganhar dinheiro durante a seca, exceto o professor da escola e o pregador. O dinheiro que os financiava vinha de fora. Charlie Hellerman vinha distribuindo crédito de forma discreta porque, afinal de contas, suas finanças dependiam de clientes que não possuíam recursos, e os entregadores exigiam dinheiro vivo no ato. Para ele, não havia crédito; não desde que a seca começou.

Harry Tile oferecia crédito em seu bar para aqueles que sempre pagavam direitinho antes da seca, mas os outrora frequentadores habituais apareciam cada vez menos, salvo quando algum amigo lhes oferecia uma gota no balde uma vez ou outra. Harry Tile também tinha que pagar em dinheiro vivo quando o caminhão de bebidas chegava.

As esposas se encarregavam dos recursos financeiros dos homens — daqueles que eram casados. Elas empregavam o dinheiro de acordo com as prioridades: a carroça de água e a mesa de jantar. Não se falava em almoço havia algum tempo. O café da manhã ainda era servido para as crianças, e o jantar vinha para todos. Mas a situação era miserável na hora das refeições.

Os homens solteiros e as raríssimas mulheres solteiras tinham pouco no começo e se encontravam em situação ainda pior, por isso juntavam tudo o que tinham para si mesmos. E eram os homens solteiros os que ainda podiam visitar Harry Tile nas noites de sexta ou de sábado. Não que pudessem se dar ao luxo de beber tanto quanto antes — eles ficavam segurando as bebidas por mais tempo na mão, mas estavam lá, geralmente reclamando sobre toda a situação ao redor deles. E isso era tudo o que sabiam fazer — queixas e mais queixas, embora pouca coisa fosse feita em termos de ideias construtivas. Apenas queixas e mais queixas, um fim de semana após o outro — e era sempre a mesma conversa.

"Vi uma grande nuvem azul-violeta sobre a montanha esta manhã, logo depois do nascer do sol. Talvez isso possa significar alguma coisa."

"Claro que significa. Que ela estava indo para Montana."

"Precisamos pensar em algo. Temos que *fazer* alguma coisa."

"As mulheres estão insistindo na ideia de permanecer neste vilarejo fantasma."

"Enfrentamos uma seca pior nos anos 1930."

"Talvez você tenha enfrentado, vovô, mas eu não quero ver nada pior do que já estamos enfrentando agora. Aquele maldito vento vai ressecar e esfolar a nossa pele se ficarmos aqui por muito mais tempo."

"O cuspe chega a secar, e a língua queima dentro da boca ressecada e quente como um forno."

"Nem tenho água suficiente em mim para fazer alguma coisa com minha esposa. Faz duas semanas que não transamos."

"Diabos, homem, eu nem tenho o bastante para bater uma punheta lá atrás no banheiro."

"Cara, não tenho o suficiente em mim para sequer pensar numa coisa dessas."

Isso lhes arrancou algumas risadas, ainda que poucas. Não havia muitos motivos para rir em qualquer um dos seus pensamentos. Só o fato de ter que descobrir como continuar vivendo, dia após dia, era uma tortura por si só.

"Sabe de uma coisa", disse o velho, refletindo mais uma vez sobre a seca dos anos 1930, "as pessoas acham que a água sempre vai estar lá quando elas quiserem. Simplesmente nunca param para pensar que a água talvez pode nunca mais estar disponível. Nos acostumamos a pensar que é algo garantido, que a água nunca vai acabar. Quero dizer, se é que de fato pensamos na água. Quando você começa a achar que as coisas estão garantidas, não pensa mais nelas.

"No caso das nossas plantações, nós apenas abrimos a mangueira ou a vala de irrigação e lá está ela, a velha amiga água, só que não pensamos nela como uma velha amiga. É apenas água e está sempre ali, e as plantações precisam dela em abundância.

"Então um dia, como agora, ela simplesmente não está mais lá. O que sobe tem que descer. Isso é um fato que está escrito nos livros científicos. O que sobe tem que descer. É como a água e a chuva. A água está bem ali na terra, então o sol a atrai para o céu, onde algo acontece com ela e faz com que tome a forma de uma nuvem, para depois cair de volta para a terra. Isso é o que chamamos de chuva.

"Só que não temos mais água na terra por estas bandas. Então não tem nada para subir, e não tem nada para descer. E assim não temos chuva, e não vemos nenhuma nuvem, apenas aquele grande globo que é o sol.

"Agora começamos a odiar o sol, porque isso aqui virou uma fornalha que mais parece o inferno. E não percebemos que estamos tomando o sol como algo garantido, da mesma maneira que fizemos com a chuva. Agora odiamos o sol! E estamos a ponto de esquecer que a água não vai servir de nada se, de repente, não houver mais sol! Aí, de repente, a água já não é garantida, nem o sol. Neste momento, são as duas coisas mais importantes nas nossas vidas mirradas."

"Velho, do jeito que você fala, talvez tenha tomado sol demais."

"Mas estou falando de fatos. Vocês precisam entender isso." Então ele voltou a fumar seu velho cachimbo de espiga de milho.

"Todo esse calor nos sufocando, e lá está ele aquecendo a cara."

O comentário rendeu outra risada, porém mais fraca.

"Sabe o que vocês deviam fazer?", gritou o velho de novo. "Deviam fazer como fizemos na seca dos anos 1930. Quando conseguimos chuva. Acabamos juntando todo o nosso dinheiro e contratamos um *Fazedor de Chuva*."

Foi a maior gargalhada de todas.

"Existem aviões que sobem e borrifam as nuvens com algum tipo de produto químico, e isso nem funciona muito bem, se é que funciona. Nunca ouvi dizer que deu certo. Então, o que diabos um louco maldito soprando um chifre e batendo tambor conseguiria fazer?"

"Se ele bater uma punheta, talvez tenha resultados melhores."

As risadas sempre ajudavam a aliviar a tensão do momento. Mas o velho não estava rindo.

"Funcionou naquela vez. A chuva despencou tão forte que as represas transbordaram. Todas as valas secas se encheram em um dia, e as plantações começaram a crescer através da areia... que já não era areia, mas a boa terra marrom novamente. E juro que foi o *Fazedor de Chuva* quem fez isso."

"Você não pode jurar que foi ele! Talvez tenha sido o bom Deus, dizendo que os tempos difíceis tinham acabado e que era hora de chover, então choveu. Nenhum ser humano aqui na terra é capaz de fazer chover, isso com certeza."

Ele fez uma pausa, como se procurasse as palavras para continuar. "Claro... somente Deus pode fazer algo assim... como quando fez chover por quarenta dias e quarenta noites, e o mundo inteiro ficou cheio de água."

"Nós bem que podíamos ter pelo menos uns dez dias de chuva no momento, isso é verdade."

"Eu sei que ele não tem dinheiro, Harry, mas dê uma garrafa de cerveja... para o velho. Com todo esse falatório, ele precisa de uma cerveja. Eu pago. Talvez uma cerveja o ajude a ter outra ideia que não seja esse tal de *Fazedor de Chuva*."

"O velho tem estado por estas bandas há muito tempo", comentou Harry Tile. "Talvez vocês devessem ouvir o que ele diz, em vez de rir desse jeito."

"Puta merda, cara. Um *Fazedor de Chuva*? Isso é como aqueles índios nas reservas, dançando pintados para a guerra toda vez que querem alguma coisa. Eles têm um deus diferente para quase tudo o que existe na terra e no céu, e só o que eles fazem é dançar e tocar o inferno na terra."

"É exatamente aonde quero chegar", babou o velho, tomando seu primeiro gole de cerveja morna. "Tocar o inferno na terra. Agora mesmo estamos vivendo num inferno. Por que não tentar alguma coisa que possa surtir efeito... que toque direto no problema? Os índios nas reservas não parecem estar com fome e sede o tempo todo."

"Claro que não. Eles recebem ajuda do governo."

"Agora você está começando a entender o meu argumento. Talvez todo aquele papo deles de inferno e enxofre tenha tocado o governo de alguma forma. Então, se tentarmos alguma coisa com inferno e enxofre, talvez possamos chegar a uma solução."

"Bom, a ideia é trazermos para cá um desses *Fazedores de Chuva*", respondeu um homem barbado. "Não estou dizendo que concordo com isso, mas vamos supor que estivéssemos pensando em arrumar um. Quem é que iria cavalgando até North Fork para telegrafar para ele? North Fork é o local mais próximo com uma linha de telégrafo. Quem é que vai atravessar este inferno em cima de um cavalo até lá?"

"Poderia ir de noite."

"De noite é tão quente quanto de dia."

"E tem mais uma coisa", bufou um outro, "esses sujeitos custam muito dinheiro. De onde viria toda essa grana?"

"Do mesmo lugar de onde veio nos anos 1930. Todas as pessoas que estavam envolvidas arrumaram um pouco de dinheiro, e acabamos juntando uma boa quantia. Conseguimos o melhor de todos, e lhes digo que ele fez cair tanta chuva que as tinas ficaram cheias."

"A ideia toda é pura loucura."

"Assim como esse clima." Um homem acariciou a barba pontuda, imerso em pensamentos. "Caramba, eu tenho um pouco de dinheiro sobrando que posso colocar nisso."

"Claro, todos nós colocamos um pouco e, se contratarmos esse *Fazedor de Chuva* e ele não ligar a torneira, seríamos uma multidão pronta para linchá-lo. Se ele pegar o nosso dinheiro sem cumprir o prometido, ficaremos todos loucos de raiva. Sou contra nos envolvermos nesse tipo de problema."

"Meu Deus, Ed Healey, você é o único sujeito agourento aqui que pensaria em algo assim."

"Diga, velho, você conhece algum *Fazedor de Chuva*? Talvez o que vocês chamaram nos anos 1930?"

"Ele provavelmente já partiu para as nuvens há muito tempo... e mesmo que não tenha partido, eu não lembraria o nome dele. Mas temos o melhor *Fazedor de Chuva* do mundo a apenas alguns quilômetros daqui."

"Então por que ele não trouxe a chuva antes? Ele deve estar na mesma situação que nós!"

"Será que ninguém pediu para ele?"

"Isso não faz diferença. Ele deve estar no mesmo terreno escaldante que nós, deve estar com a língua inchada e a boca seca como todo mundo."

"Talvez não esteja."

"Velho, você está fazendo rodeios."

"Quem diabos é esse *Fazedor de Chuva* que está tão perto daqui?"

"O velho Chefe Águia Guerreira."

"Acho que a cerveja está lhe provocando alucinações."

"Você mesmo disse há apenas alguns minutos que os índios não estão precisando de muita coisa. Eles não precisam, você sabe."

"Meu Deus, homem, a chuva não está parada lá sobre as planícies, escorrendo em cima daquela pequena aldeia."

"Claro que não. Mas o governo está cuidando deles. Tudo porque aquele velho mestre *Fazedor de Chuva* vestiu seus trajes e pintou o rosto, e com certeza ele e todos os seus guerreiros fizeram algum barulho. E, sem dúvida, receberam ajuda. Aposto que se aquele mesmo índio, o velho Chefe Águia Guerreira, provocasse um escarcéu alguém iria ouvir. Talvez não o governo, mas quem sabe alguém sentado lá em cima, nas nuvens, observando os nossos ossos cansados, apenas esperando por algum tipo de oração.

"Talvez esse alguém tenha pegado no sono enquanto esperava. E agora, pode ser que o velho Chefe Águia Guerreira consiga fazer barulho suficiente para despertá-lo, e se todos estivermos orando... talvez ele fique bem desperto para nos ouvir. Então, quem sabe, sinta pena de todos nós a ponto de chorar um pouco. E suas lágrimas molhariam a terra."

Os homens ficaram em silêncio, e o velho não voltou a olhar para eles. Simplesmente se recostou na cadeira, segurando a cerveja pela metade em uma das mãos e o antigo cachimbo de espiga de milho na outra.

Em seguida, o ambiente foi tomado por uma sensação estranha, como se algum pensamento estivesse atravessando a mente de cada homem em silêncio ali. Alguns poucos olhavam para o teto escuro do saloon, outros encaravam o chão e as paredes também escuras. E havia a sensação de que os pensamentos eram direcionados para um único ponto, embora cada um deles fosse transmitido por meio de palavras diferentes... palavras silenciosas.

Ao longe, houve um ligeiro estrondo de trovão, mas nenhum deles o ouviu.

Estavam rezando por chuva!

O PROSTÍBULO DO HORROR

1972

Através da grade com pontas de ferro, Sandra podia ver a casa avultando ameaçadoramente além das lápides... velha e branca como ossos... e incrivelmente má.

Puteiro, casa da má reputação, casa de prostituição; a morada para a profissão 271 mais antiga do mundo é encontrada em cada vez menos cidades neste país, ou pelo menos era o que Sandra Livingston estava descobrindo.

Ela vinha seguindo na trilha da prostituição por pouco mais de cinco anos e talvez tivesse uma ou duas linhas a mais ao redor dos olhos, mas, fora isso, ainda era uma moça de boa aparência. Ainda conseguia ganhar uma boa grana com sua profissão — no ramo da prostituição —, mas fora longe demais por essa trilha para continuar como garota de programa. Era uma profissão para meninas muito jovens — para moças muito requisitadas e de alto preço.

Ela podia sair para as ruas, mas era um negócio perigoso de muitas maneiras. Havia sempre algum policial esperando para recolhê-la e, para um olho treinado, seria muito fácil encontrá-la mesmo em meio a uma multidão.

Outro problema era que os caras nas ruas não pagavam o suficiente, e sempre tinha aqueles que aceitavam os termos antes e depois davam uma surra na garota porque se recusavam a pagar quando chegava a hora.

Além disso, o risco de pegar pragas venéreas era muito maior — e, pelo que ficara sabendo, havia novas doenças das quais ela nunca tinha ouvido falar antes. Eram trazidas pelos rapazes que retornavam do Sudeste Asiático. Pragas que ninguém do mundo civilizado sequer conhecia. Ela sentia um horror absoluto de doenças e não estava disposta a correr qualquer tipo de risco com seu corpo. Podia não ser mais tão jovem para continuar fazendo programa, mas tampouco era tão velha a ponto de seu corpo deixar a desejar. Ainda podia cobrar um preço justo.

Outro problema das ruas eram as caminhadas, pois todo o tempo que levasse andando de um lado para o outro significava menos tempo deitada fazendo grana. Ela não gostava desse tipo de exercício. Se tivesse que fazer qualquer movimento com seu corpo, teria de ser algo que compensasse.

Só restava um lugar onde ela poderia encontrar abrigo, e esse lugar era uma casa... uma casa de boa-fé junto de uma cafetina, com empregada doméstica e banheiro. Ela teria um quarto e seria requisitada pelos clientes por um longo tempo. As garotas não se aposentavam das casas muito cedo. Algumas das mulheres permaneciam em plena ação até quase os 50 anos. Tudo o que tinham de fazer era descansar de vez em quando, usar um pouco mais de maquiagem e sorrir muito — desde que tivessem dentes bons.

Bem, Sandra sabia que não precisava se preocupar com maquiagem pesada, não precisava se preocupar com a silhueta nem com os dentes. Estava bem servida quanto a todos os atributos.

Mas onde diabos ela poderia encontrar um prostíbulo em uma cidade tão recolhida? O lugar mais parecia um caixão cuja tampa fora selada de tal maneira que nem mesmo as larvas eram capazes de entrar. Esse era o tipo de coisa em que ela não havia pensado nos últimos cinco anos. Estava perfeitamente segura como garota de programa e, durante aquele período, parecia que nunca teria que procurar outro tipo de trabalho. Ela se deu muito bem... até que...

Os anos se arrastaram, e ela se viu procurando um novo lar. Xingou a si mesma em pensamento por não ter feito uma *poupança* quando estava ganhando bem. Mas as garotas bonitas nunca pensam nisso enquanto são bonitas e jovens e a *grana* continua chegando. Os homens pagam muito bem pelas mais jovens, e as garotas de programa não precisavam passar todo o tempo na cama com algum cara. Os rapazes sempre as levavam para os melhores lugares da cidade, esbanjavam muito dinheiro e lhes davam roupas, carros e qualquer luxo que elas quisessem.

Sandra nunca considerou se estabelecer em um prostíbulo. Isso nunca lhe passara pela cabeça, portanto não fazia a menor ideia de onde começar a procurar. Mas precisava fazê-lo, e certamente devia conhecer alguém que pudesse orientar seus passos no caminho certo. Claro, não seria nenhuma das outras garotas de programa. Elas estavam no mesmo barco que ela mesma vinha remando há anos e nunca esperavam ter que procurar outro lugar.

E tinha mais uma coisa que ela não conseguia entender. Os homens sabiam identificar uma prostituta a cem metros de distância, talvez até mais, enquanto ela via apenas garotas... quais delas eram suas semelhantes? Era como se estivesse olhando para o seu próprio espelho, vendo em todas aquelas garotas a marca da prostituição — mas ela não ousava se aproximar sem ter certeza.

O suor começou a escorrer de sua testa, embora um vento frio estivesse soprando. Sentiu que precisava muito de uma bebida. Mas também ficou com receio de acabar pegando sífilis ou algo pior, caso se aventurasse nas espeluncas que encontrou pela rua. Então lembrou que o álcool era esterilizante. O mais provável era que não tivesse qualquer transtorno — especialmente se exigisse um copo limpo.

O balconista do bar tinha uma enorme cicatriz cheia de saliências que lhe cobria toda a extensão da bochecha, desde o olho até logo abaixo do queixo, e, quando ela pediu um copo limpo, a cicatriz ficou vermelha e branca ao mesmo tempo. Ele murmurou algo sobre as putas de rua terem um ar de superioridade, quando na verdade eram mais imundas que o chão de seu bar, mas mesmo assim pegou o martíni e o serviu em um copo limpo e brilhante.

Aquele copo limpo era apenas a primeira das revelações que ela iria testemunhar. No momento em que se deparou com o martíni no copo translúcido, ela ainda não sabia que havia entrado no bar certo.

O homem que se aproximou dela e se sentou no banquinho ao seu lado era um sujeitinho tímido com um terno de listras. "Você está na vagabundagem?"

"O que isso lhe interessa?"

"Talvez eu possa ajudá-la. Você sabe... Com clientes e todo esse tipo de coisa. Tenho uma dúzia de garotas na vagabundagem. E conheço todas as outras. Mas você eu não conheço. Sei o que você é porque consigo perceber a quilômetros de distância. Mas dá para ver que não estava na vagabundagem antes. Agora, se quiser entrar nessa, vai ter que se juntar a mim ou a um dos rapazes de Tallahassee."

"Cafetão!"

"Agente", ele sorriu, exibindo um enorme dente da frente.

"Eu não vou ficar na vagabundagem."

"Claro. Acho que você ainda não precisa disso. Não está decadente o bastante nem é tão velha... E é megera demais para se dar bem com alguém por aqui. Mas você vai voltar algum dia. E eu estarei aqui."

Ele começou a se levantar do banquinho, mas Sandra o agarrou de forma brusca e puxou-o de volta. O homenzinho afastou a mão dela de seu braço com uma força que desmentia a aparência física. "Ninguém nunca encosta em mim!", ele disse com um olhar mortífero.

"Desculpe, Cafetão." Ela o observou estremecer e, quando a mão dele recuou, foi rápida ao enfiar a própria mão na bolsa, puxando a navalha que sempre mantinha ali para sua proteção e abrindo-a em um movimento ameaçador. O Cafetão se acalmou. "Eu quero uma casa", ela disse simplesmente.

O Cafetão encarou seus olhos determinados, depois fitou a navalha, e os olhos mais uma vez. Manteve o olhar fixo por um longo momento, então o dente enorme voltou a se projetar sobre o lábio em um sorriso babado, que deixava escorrer saliva misturada a tabaco. "Você quer uma casa?"

"Foi o que eu disse, suas orelhas não estão aí de enfeite."

"Você tem experiência?"

"Do melhor tipo."

"Sim, eu conheço uma."

Sandra continuou segurando firme a navalha, mas suavizou a voz. "Ouça, preciso me instalar em uma casa. Eu divido o primeiro mês com você."

"Dois meses. E não vai conseguir me trapacear porque conheço a madame e envio algumas garotas para ela de vez em quando. Ela gosta da minha seleção."

"Não irei trapaceá-lo."

Ele olhou para ela. "Pode afastar a navalha. Não vou machucá-la. Não agora."

"Vou mantê-la à mão... Cafetão." Ela gostava de ver o homenzinho se encolher toda vez que o chamava daquele termo incômodo. "Só por precaução, vou mantê-la por perto."

"Sabe onde fica o antigo cemitério?"

"Claro. Nos limites da cidade."

Ele balançou a cabeça, e ela teve a certeza de ter ouvido as duas metades de seu cérebro ressecado chacoalharem como ervilhas secas em uma vagem ainda mais seca. "Não aquele, sua burra. O outro, que fica bem afastado no campo, a cerca de trinta quilômetros da cidade... perto das colinas."

"Um cemitério? Isso é importante?"

"Tem uma velha casa lá. Aonde ninguém jamais vai, exceto com encontro marcado. Apenas algumas pessoas aqui na cidade sabem disso. Só que ninguém vai até lá sem antes marcar o compromisso. São principalmente sujeitos de fora da cidade. Caras cheios da grana, pelo que ouço dizer."

"Eu nunca fui tão longe, mas vou encontrá-la."

"Claro que vai."

"Vou pegar um táxi."

"O taxista jamais encontraria. Eu mesmo irei levá-la... por dez dólares, para começar a nossa relação."

"Você vai receber os seus dez dólares quando eu entrar pela porta e conhecer a madame." Ela disse essas palavras com convicção e o sujeitinho percebeu, e novamente abriu o sorriso com o dente saltado, depois se virou e começou a andar em direção à porta dos fundos do bar. Sandra pulou do banquinho e seguiu seus passos. Ele não precisou pedir para ser seguido; era algo que ela sabia que deveria fazer.

A viagem durou um longo tempo através da escuridão da noite, cruzando uma floresta fechada nos arredores da grande cidade. O homenzinho parecia estar tentando deixá-la confusa quanto à direção que estavam tomando.

Cerca de uma hora depois, o carro atravessou um cemitério deserto, repleto de placas e lápides antigas e outras formas de recordações fúnebres. E, depois de abrir caminho pela área por quinze minutos, de repente, os faróis iluminaram uma estrutura antiga de três andares que parecia ter saído diretamente de um filme de terror dos anos 1930 estrelado por Béla Lugosi ou Boris Karloff.

"Isso pertencia à família que inaugurou o cemitério", informou o homenzinho, e em seguida a ajudou a sair do carro e a subir os degraus diante da antiga mansão de madeira que devia ter, pelo menos, uns vinte quartos. "Quanto mais quartos, mais clientes podem ser atendidos de uma só vez", foi o que passou pela mente dela, e então seu corpo foi tomado pelos calafrios da noite e por uma estranha sensação que a atravessou inteira. Não havia dúvida, esse era o local mais assustador em que já estivera.

A grande porta de madeira logo foi aberta, e a mulher que surgiu era muito velha... tão velha quanto o cemitério e a própria casa. Ela vestia um penhoar de veludo rosa desbotado cuja barra era decorada com uma fileira de plumas roxas.

Sandra tentou olhar o salão por trás dela, mas, naquele momento, isso era impossível. A enorme mulher obstruía toda a entrada, e seu sorriso de dentes tortos era ainda mais nojento do que o sorriso com o solitário dente protuberante do Cafetão.

"Trouxe uma nova, Mousy?"

"Se você gostar dela."

"Eu sempre gosto das que você traz, Mousy."

Ele se virou para Sandra. "Meus dez dólares e irei embora."

"Não tenho certeza se vou ficar."

A mulher grande pegou no braço de Sandra e o apertou com firmeza, mas ainda estava sorrindo. "Ah, você ficará. Tenho certeza de que vai gostar do nosso lugarzinho, aqui no ar fresco do campo." Ela tirou uma nota de dez dólares de seu penhoar e a entregou para Mousy. "Eu pagarei por esta, Mousy. Vejo você na próxima vez."

A mulher puxou Sandra com delicadeza, mas de um jeito firme, para a espaçosa sala de estar, onde ela viu várias outras garotas se locomovendo sem rumo pelo cômodo — uma sala decorada com velhos ornamentos de veludo de uma época esquecida.

"Você vai gostar daqui... desde que se mantenha saudável o suficiente para servir."

"Acho que vou embora, vou voltar para a cidade com Mousy, se você não se importa."

"Ah, mas eu me importo. Nenhuma das garotas jamais sai daqui depois de ter atravessado aquela porta."

Sandra levou a mão à bolsa para pegar a navalha. Mas logo percebeu dois braços fortes surgirem por trás, travando seus próprios braços ao lado do corpo. Em seguida, uma porta na outra extremidade da sala se abriu e duas mulheres de jaleco branco, vestidas como médicas, saíram e ficaram de prontidão.

"Sabe, minha querida menina, temos uma clientela bastante peculiar aqui. Em sua maioria, homens muito ricos. E eles não pagam nada. Sua diversão já foi paga por algum patrocinador muito antes de eles virem nos fazer uma visita. Um patrocinador que nutre certo rancor contra eles. *Talvez não a ponto de lhes desejar a morte...* pelo menos não por suas próprias mãos. *Mas o suficiente para querer que eles sofram.* Você irá notar que todas as minhas garotas são lindas. Se não fossem... o cemitério lá fora está cheio daquelas que acabaram sendo tomadas pela doença... Qualquer homem que entrar aqui ficará contente em pegar qualquer uma das minhas garotas. Você vai cobrar um preço especial dos meus contatos externos." Então a mulher grande se virou para as duas mulheres vestidas de branco. "Eu acho que esta aqui ficará com uma aparência excelente por muito tempo, mesmo com uma forte dose de sífilis..."

E Sandra foi arrastada aos gritos através do salão em direção à sala de cirurgia, onde uma das mulheres vestidas de branco já preparava uma seringa com a doença mortal.

FIM DO SHOW

1971

Fico parado à porta olhando para essa criatura.
O rosto bonito, vivo; os olhos arregalados,
olhando para a frente.

Madrugada adentro no teatro, quando o elenco e a equipe técnica já haviam ido embora, e muito tempo depois que a última pessoa da plateia tinha saído, um novo mundo surgia — o mundo dos espíritos e do invisível.

Por que não pensei nisso antes?

Desde que assumi o papel principal na peça e entrei neste teatro, senti que algum objeto invisível me chamava. Eu sabia que deveria encontrar esse objeto, embora não soubesse exatamente o que estava procurando. Também antecipava o horror de encontrá-lo.

Esta noite era para ser aquela pela qual esperei com ansiedade e terror. Sempre soube que chegaria mais cedo ou mais tarde, ainda que eu não pudesse fazer mais nada além de atender ao chamado.

Esta noite — a última noite da peça. Esta noite, quando todos os demais já foram embora.

Fico apoiado ao batente da porta do meu camarim, olhando para o palco comprido e escuro. No alto das passarelas, uma tábua produz um rangido. Teria sido apenas uma tábua? Ou talvez... uma figura invisível perambulando por lá?

Uma pequena lâmpada se apaga — parece ter queimado depois de muitas e prolongadas noites de uso incessante. Mas... será que a lâmpada queimou sozinha? Não poderia ter sido algo invisível que fez um buraco através do vidro fosco para deixar entrar o ar fatal?

Uma longa rajada de vento sopra pela janela aberta do meu camarim.

Eu me viro, os olhos arregalados de terror. Foi o vento? Talvez outro espírito entrando para uma noite de prazer na escuridão solitária que é o teatro nas altas horas, depois do fim do espetáculo.

Em algum lugar do lado de fora um gato berra. Por que estou prestando tanta atenção ao berro de um gato? Ele está lá fora... e eu só quero saber dos sons que estão aqui dentro. Ou quem sabe o berro tenha vindo de dentro...

Quem sabe!

Mais uma vez ele berra — como alguém em terror mortal, sofrendo uma dor horrível e insuportável. Os gritos ecoam e se espalham por todo o prédio — ou estão ecoando apenas na minha mente?

Cubro as orelhas com as mãos para abafar o som.

Não adianta.

De repente percebo que eu gritei, pois sinto a garganta arranhar com uma violência súbita.

O que é isso — essa escuridão com a qual me deparo aqui no teatro, muito depois de todos os outros terem ido? Essa escuridão que permite que um novo mundo apareça! Um mundo novo — aquele dos espíritos e do invisível! O invisível, que se esconde nas galerias mais altas e nos cantos sombrios durante as horas do dia... O invisível, que sai do esconderijo para passear, para brincar na imensidão do auditório quando está escuro e não há mais ninguém.

Ouvi falar que, quando chegava a hora maldita, aqueles espíritos invisíveis voltavam para morrer de novo e de novo, para viver e reviver as experiências que tiveram durante o tempo de sua existência mortal. Eu queria testemunhar tais acontecimentos, e sentir aquele frio na espinha que viria junto.

Sinto que queria ser como um deles.

Em algum lugar lá fora, o badalar de um sino anuncia a meia-noite — a hora das bruxas, a hora maldita...

Deixo as luzes reconfortantes do meu camarim e me dirijo ao palco escuro e vazio. Olho para o auditório na escuridão. Os assentos à frente são os mesmos que vi noite após noite, enquanto falava meus diálogos do lado de cá da ribalta. Mas agora, vazios, parecem homens atarracados e gordos parados em fila; como soldados em formação de batalha.

Ouço uma agitação no camarote — talvez a parte móvel de um dos assentos tenha se soltado.

Depois, um rangido nas galerias.

Uma lâmpada se apaga, como a outra igual a ela havia feito antes.

Um calafrio percorre o meu corpo.

Algo passa correndo pelos meus pés. Um rato? Talvez!

De repente, uma pancada nas tubulações em algum lugar lá em cima... O que é isso? Distante! Assustador! Quase inconcebível. Sem dúvida, deve ser água que ficou alojada nos canos, retida por um obstáculo que finalmente se deslocou.

Forço a vista, tentando penetrar ainda mais na escuridão, mas não consigo enxergar nada — nada além do pretume, e dos contornos dos assentos, e dos cumes altos que são os camarotes pendurados feito nuvens sombrias e carregadas de trovões sob um céu ainda mais escuro. Não consigo diferenciar onde termina o espaço e onde começam as paredes do auditório.

Mas eu realmente quero saber?

Alguma coisa, algo dentro do meu próprio ser, me atrai para este palco. Eu quero — preciso — explorar mais a fundo o interior dessa absoluta escuridão, subir as escadas, ver os demais pisos acima, entrar no departamento de figurinos, nos depósitos de cenário, nas salas de maquiagem. Em todas as salas nas quais alguém pode mudar sua aparência e se transformar em qualquer personagem capaz de ser nomeado, ou — conforme o caso — naqueles impossíveis de nomear.

Deixo meus olhos se afastarem do canto esquerdo para a extremidade direita, até recaírem sobre a escada em espiral naquele lado do palco. Hesito por um breve instante em olhar mais uma vez através da penumbra do auditório. Em seguida, percorro com cuidado a espessa escuridão rumo à escada em espiral. De algum lugar lá no alto, a luz fraca da lua passeia lentamente através de uma janela, tingindo o corrimão de um tom azulado. Toco o metal frio do corrimão.

Está gelado — gelado como os mortos!

A umidade da minha mão faz com que o metal adquira um aspecto pegajoso, quase sobrenatural. Ele se move na minha mão como uma serpente fria e viscosa. Afasto o braço de forma brusca e fico parado olhando o corrimão. Depois de um longo momento em pensamentos silenciosos, volto a colocar a mão, devagar, sobre o metal. Desta vez ele não se mexe. Não pode ter se mexido antes...

Subo lentamente — as escadas rangem com o meu peso, mais barulhentas do que eu jamais tinha ouvido... ou será que é, mais uma vez, apenas a minha imaginação? Sou tomado por um medo frio e tácito.

Impossível!

O som ecoa ao longo do palco e no auditório escurecido abaixo dele. Eu me vejo divagando sobre o motivo de soar muito mais alto à noite do que durante o dia. Essa é outra coisa estranha que só a noite pode responder e que devo assimilar.

O segundo andar. Apenas o estúdio de dança e ensaio com seu piso longo e retangular. Paro por apenas um momento e prossigo. Um vento súbito uiva lá fora. Fico perceptivelmente gelado. O roupão que envolve meu corpo parece tão leve que é como se eu não estivesse vestindo nada. Sei que deveria pensar em outras coisas — mas não consigo. Como posso pensar em outras coisas, em coisas agradáveis, quando estou em um corredor cercado de sombras macabras e objetos que se remexem e que podem assumir qualquer forma aqui na escuridão? Qualquer forma que minha mente aterrorizada possa conceber.

O terceiro andar. Dez salas de cada lado do longo corredor — vinte salas —, cada uma abriga um conjunto diferente de figurinos, perucas e cenários. O efeito sombrio produzido por essa passagem e pelas portas uniformemente espaçadas exerce uma profunda impressão na minha mente, e faz surgir gotas de suor na minha testa.

A maçaneta da primeira porta tem o mesmo toque viscoso do corrimão da escada, mas desta vez estou preparado para a sensação pegajosa. A porta se abre facilmente — sem fazer qualquer ruído.

O brilho do luar que se infiltra por uma janela no fundo da sala me possibilita vislumbrar a silhueta de uma mulher com longos cabelos dourados. Estou surpreso, incapaz de me mexer no momento.

Eu falo com ela.

Ela não responde.

Mais uma vez eu falo — e então percebo que é apenas o manequim de uma vampira em uma mortalha comprida e esvoaçante, que tínhamos usado durante muitas semanas no terceiro ato da nossa peça de terror!

Fico parado à porta olhando para essa criatura. O rosto bonito, vivo; os olhos arregalados, olhando para a frente.

Entro na sala e deixo que as dobras de seu vestido de seda resvalem minha mão. Levanto a manga flutuante e a acaricio, então sinto o impulso de esfregar o tecido suave contra a minha bochecha. Dentro de mim, sei que estou sorrindo, desfrutando essa nova sensação.

Será que é amor? Um amor estranho por essa criatura terrestre e sobrenatural incapaz de se mover ou de falar?

Deixo o tecido cair de volta. Por um momento, minha mão acaricia o corpo macio dessa beldade, então retorno para a porta.

Ao sair da sala, viro-me para um último olhar.

Ela está sorrindo?

Sim!

Seus lábios estão afastados e os dentes brancos emitem um brilho fosforescente. Os braços parecem se mexer, chamando-me de volta.

DE VOLTA!

DE VOLTA PARA O QUÊ?!

ENTÃO, FECHO A PORTA COM UM ESTRONDO.

Eu preciso quebrar esse feitiço maligno da noite que parece ter se apossado do meu corpo.

Fico sem fôlego, encostado à porta. Não pode ter sido imaginação. Foi muito real. Ela estava sorrindo. Fez um sinal para que eu voltasse para ela.

ISSO ACONTECEU!

Olho dentro de cada uma das vinte salas. Olho e tenho vontade de continuar olhando.

Não estou tão assustado agora — sei que o que eu procuro se aproxima.

Entro na última das vinte salas, no último andar. Em algum lugar na escuridão deste longo corredor, sei que ainda há outra passagem.

Como posso saber disso?

Se eu nunca cheguei a ver!

Nunca tinha me aventurado acima do segundo andar.

Mas sei que há outra passagem — e uma última sala.

Eu tenho que encontrar essa sala.

Sim, lá está...

O corredor faz uma curva para a esquerda.

Não há luz nessa estreita porção de parede, exceto pelo brilho da lua, que mais uma vez penetra através de uma janela. Uma janela no final deste novo corredor.

Vou tateando ao longo da parede.

Acelero o passo! Ando mais rápido, até que, sem fôlego, paro à porta e fico olhando pela extensão da sala em direção à janela. Tento me forçar a olhar para baixo, sob a janela, mas não posso me permitir fazer isso...

AINDA NÃO!

No entanto, quero olhar para onde o luar atinge o chão.

ESTOU PRONTO?

Uma nuvem atravessa devagar a superfície da lua. As sombras caem — meus olhos caem junto. Abaixo da moldura da janela tem uma sombra maior e mais profunda. Não consigo distinguir o que é por enquanto. Mas sei que é o objeto da minha busca...

O motivo da minha aventura repentina desta noite.

O verdadeiro motivo.

Meus olhos se esforçam, tentando penetrar a pesada escuridão.

À medida que as nuvens passam e os raios da lua conseguem alcançar a janela de novo, adentrando a sala, meus olhos se iluminam com súbita ansiedade — pois, abaixo da janela, vislumbro a forma de um grande caixão... um caixão preto revestido de veludo preto.

Ando lentamente até ele e ergo a tampa.

DEVAGAR...

MUITO DEVAGAR...

...e a deixo apoiada ao peitoril da janela.

O meu caixão me espera...

É neste momento que me dou conta de que vou entrar no caixão estofado e deixar que a tampa se feche sobre mim — *O FIM DO ESPETÁCULO... PARA SEMPRE...* para sempre... e sempre...

LAERTE COUTINHO nasceu em São Paulo em 1951, e se tornou uma das quadrinistas mais conhecidas e consagradas do Brasil. Começou sua carreira nos anos 1970 na revista *Sibila*, onde desenhava um personagem chamado Leão. Ainda nessa década, junto de Luiz Gê, criou a revista *Balão*. Algumas de suas tiras mais conhecidas incluem Piratas do Tietê e Los Três Amigos. Laerte foi colaboradora do jornal *O Estado de S. Paulo* e das revistas *Istoé* e *Veja*, e publica atualmente tiras e charges políticas na *Folha de S. Paulo*. Saiba mais em manualdominotauro.blogspot.com.

BOB BLACKBURN nasceu em Seattle e foi uma grande personalidade de rádio. Durante os tempos vividos na Hollywood Boulevard, conheceu Kathy, a viúva de Ed, e tornou-se um de seus melhores amigos, uma pessoa de grande confiança para Kathy. Bob é o organizador desta coletânea e as 33 histórias que compõem este livro foram criteriosamente recuperadas e selecionadas por ele, que sempre demonstrou um olhar atento para a obra de Ed Wood. Ele também participou de entrevistas sobre o cineasta e organizou a publicação de seus escritos.

ED WOOD JR. nasceu em 1924 no estado de Nova York e chegou a servir durante a Segunda Guerra Mundial. De volta aos Estados Unidos, ele se mudou para Hollywood em 1947, onde começou a escrever roteiros e a dirigir pilotos de programas de TV, comerciais e vários faroestes de baixo orçamento que foram esquecidos com o tempo. Poucos anos depois, ele se tornou amigo e parceiro de trabalho de ninguém menos do que o ator Béla Lugosi, famoso por interpretar Drácula no cinema e outros filmes de terror. Wood se destacou entre os piores de sua área, com uma sequência de filmes estranhos e excêntricos que trazia ao público. Sua criatividade se sobressaía em meio às barreiras — baixos orçamentos, mortes inesperadas e nem mesmo a falta de material para filmagem o impediam de executar suas ideias. Ao mergulhar na obra cinematográfica e literária de Ed Wood você vai encontrar um artista incansável que se importava menos com prêmios e mais com a audácia e a diversão que nascia de suas palavras. Entre filmes, curtas, séries e programas de TV ele escreveu 82 produções e foi diretor de 46. Ed Wood morreu em 1978, mas o legado do diretor de *Glen ou Glenda*, *A Noiva do Monstro*, *Plano 9 do Espaço Sideral* e outros clássicos autênticos só cresceu em importância.

DARKSIDE

"Vale a pena lutar pelos nossos ideais.
Por que iríamos querer passar o resto da vida
batalhando pelos sonhos de outras pessoas?."

— *ED WOOD* (por TIM BURTON, 1994) —